The Tenth Saint
by D.J.Niko

十人目の聖人

D.J.ニコ

市ノ瀬美麗=訳

マグノリアブックス

5

ニコラを偲んで

主な登場人物

サラ・ウェストン――ケンブリッジ大学の考古学者。
ダニエル・マディガン――文化人類学者。
スタンリー・サイモン――ケンブリッジ大学の考古学部の学部長。
ラダ・カベデ――言語学者。
アンドリュー・マタカラ――文化観光省の文化財局局長。
ギオルギス神父――イムレハネ・クリストス教会の修道院長。
アポストロス――イムレハネ・クリストス教会の修道士。言語学者。
ブレハン――アポストロスの元侍者長。
サンダー・ヒューズ――巨大企業の取締役会長。
スチュアート・エリクソン――海洋保全組織の社長。
ガブリエル――ベドウィンに助けられた男。
カルセドニー――ガブリエルの妻。
ハイラン――ベドウィンのシャイフで呪医。

十人目の聖人

1

ひび割れた大地の一角を、ラクダがためらいがちに歩いていく。地表の上部が、重い荷を背負った獣《けもの》の足の下で、窯焼き前に自然乾燥させた状態の陶器が粉々に割れるように砕けた。ラクダに乗っているのは、頭から裸足の足まで藍色の紗《しゃ》に包まれたやせた男で、しつこく舌を打ち鳴らしながら、ヤシの葉の鞭《むち》でラクダの臀部を打っている。その侮辱行為にラクダはすばやく二歩進み、それから立ち止まって不満げにうなった。乗り手が何度も呼びかけても、それ以上進もうとはしなかった。

男は頭にかぶった布をはぎ取って顔をあらわにした。肌はレイヨウの皮の色で、額と頬のくぼみには深いしわが刻まれている。五十年以上砂漠を歩き続け、太陽にさらされてきたのだ。人生に疲れ果ててやせ衰えた八十代の人間に見えるが、黒瑪瑙《オニキス》のような漆黒の目は、この過酷な地で遊牧民の部族を導くために必要な活力と英知に満ち、生き生きと輝いている。

彼は目を細めて空を見上げ、太陽の位置を確認した。思ったとおり、真上にある。続いて周囲の砂漠を見まわした。目に見えるものはみな、乾いて干上がっている。ラクダたちや、同胞の乗り手たちと同じように、干上がっている。真昼の太陽が容赦なく照りつけ、近くに救いは――水も日陰も――ない。

彼は宙に円を描くように片方の手をまわし、ほかの男たちを呼び寄せた。「ここで止まろればう」男たちがまわりに集まると、彼は言った。「ラクダたちは疲れている。水を飲ませなければ」

「しかし、長老《シャイフ》、水はありません」ひとりの若い男が疑わしげに目を細めて言った。「幾月も水は見かけませんでした」

族長は若者の肩に手を置いた。「では、見つけよう、アブ。砂漠は我らの母。つねに養ってくれる」

若者は族長に言い返さなかった。それがベドウィンの風習だ。信頼と服従。族長たちは代々、自身がすぐれた人格と道義心を備えていることを示し、そうして部族民の敬意を得ている。ハイランはこの部族の首長、ベドウィンの道徳的・精神的指導者だった。

ほかの者たちは老齢の首長のかたわらに立ち、指示を待っていた。ハイランは彼らに、テントを張って火をおこすように命じた。それから老婆のタネヴァを呼び、女を何人か集めて東へ水を探しに行ってほしいと頼んだ。

タネヴァは首長の前で敬意を示してひざまずくと、ベドウィンの未亡人が身につける一般的な衣装である黒い毛織りのローブの中で縮こまった。彼女は部族でもっとも年長の女であり、それゆえ二世代にわたる生誕をはじめ、誰よりも多くの出来事を目撃してきた。彼女の若き時代を思わせるものは威厳だけだった。目は黒いコール墨で縁取られ、半分消えかけた炎さながらにくすぶっている。薄くなりつつある茶色の唇は決然と引き締まっている。黒いベールからはみ出た数房の髪が、銀糸のように顔のまわりに垂れかかっていた。

ハイランは彼女に、自分と対等になるように立ちなさいと身振りで示した。「二日前、東で雨が降った」二つの砂丘を指す。「あの砂丘の向こうに低い渓谷がある。そこで水を探してきてくれ」

タネヴァは頭を下げ、あとずさった。

三人の女がタネヴァに付き添って東へ向かった。素足の下の砂は、煮え立つ大釜さながらに熱かった。女たちは頭の上にうまく土製のかめをのせ、不満をこぼさずに歩き続けた。何世紀も前から部族の人間がしてきたように。

三十分間苦難に耐えたあとで、その努力が報われた。ハイランが予測したとおり、砂のくぼみの中に水がたまっていた。多くはなく——かろうじて一日もつ程度だ——そのうえ虫が群がっている。だが、明日は明日の風が吹く。ほかの日と同様に希望がもたらされるだろう。女たちはひざまずき、あるだけの少ない水を集め、頭に巻いていた紗のベールで漉《こ》してきれいにした。

もっと見つかるという予感に突き動かされ、タネヴァはほかの女たちを残して、砂の中にできたもう一つのくぼみへと歩いていった。くぼみの端に着いたとき、これまで見たことがないものに目がとまった。もっとよく見ようと目を細める。

砂が盛り上がっている。

素足で大量の砂ぼこりを上げながら、急いで駆け下りていく。まちがいなくなにかがある。

なにか異様なものが。

かたまりに近づくと、砂漠の女としての義務感から、下に埋まっているものを掘り起こすべく砂をかきはじめた。砂嵐のあとで積み重なった毛糸の刺繍糸のごとく乱雑にもつれたものに手が触れた。タネヴァはぱっと手を引っこめ、目を見開き、恐怖に口もとを震わせた。本能的に助けを求めてあたりを見まわしたが、近くには誰もいない。深く息を吸いこみ、また作業に戻った。砂漠の女たちは、男たちと同様、目の前に現れたものに背を向けたりしない。それが自分たちの運命なのだ。立ち去ることは、神に逆らうことであり、必ず破滅がもたらされる。

タネヴァの手が、骨のように硬く突き出たものに当たった。新たな決意が湧き上がり、両手で砂に溝を作るように掘っていく。

最初に頭部が現れた。目の部分は深くくぼんでいて、まわりの皮膚は衝撃か苦痛のせいで紫色になっている。髪は金色で短く、砂で覆われているせいで、死後長い時間が経ったヒツジの毛を思い起こさせた。

残りの砂をかき分けると、裸の男の体が現れた。胎児のように丸まり、死人のごとく青ざめている。タネヴァは両手を口に当てて悲鳴をこらえた。そして男の横にひざまずくと、犠牲者の魂への捧げ物として死の歌を歌った。

その晩、ハイランは自身のテントで異人の看病をした。あらゆる点から考えて、男は死んでいたはずだった。だが、奇跡的に生きている。ハイラン自身は、男はもう長くないと考えていた。呼吸は浅く、体はぼろぼろで、意識がないのは昏睡状態というよりは死んでいるのに近かった。しかし、ベドウィンとして、シャイフとして、呪医として、この異人が回復するかあきらめるまで、看病しなければならない。

ハイランは自分のむしろの上に男を寝かせ、急激に下がりつつある体温を取り戻すためにあるだけの毛布でくるんでやった。異人の肌に触れると、まるで命がゆっくりと尽きかけているかのように冷たく乾いていた。こんなふうに白骨色の肌と太陽色の髪をした人間はいままで見たことがなかった。だがそれは関係ない。この異人が何者だろうと、どこから来たのであろうと、みな同じだ。人間と獣と砂漠の砂粒が同じであるように。

唯一の明かりである油の灯火《ともしび》のちらちら揺れる炎の中、老人は石の上に薬草を置き、指ですりつぶした。ひとつまみ持ち上げ、鼻に近づける。「まだだ」とつぶやき、草から薬用の油が出るまでつぶし続けた。

軟膏の濃度と香りに満足すると、少量を異人の頬と額と唇に、さらに少量を胸に塗った。残りの軟膏は男の両方の手の内側に塗り、軽く握らせた。

ハイランは自身の両手を空に突き上げ、神に敬意を示した。「わたしはなにも知らぬ愚かな人間です」と静かに唱える。「わたしに与えられし知識を喜んでこの白い兄弟と分かち合いましょう。しかし、彼を救うのはわたしではありません。彼の運命は、すべての命の守護者である神のみがご存じです」

ハイランは異人の隣の地面の上で丸くなった。この冷たく寝心地の悪い場所が今夜の自分の寝床になるだろう。不便さはベドウィンにとってたいしたことではない。照りつける太陽や、ラクダの口臭や、日が沈む前の最後の光で金色に染まった果てしなく広がる砂丘と同じように、砂漠の生活の一部なのだ。

ハイランは、この世の生にしがみつこうと闘っている男を見つめた。角度のついた鼻、薄いピンク色の唇、長い指と手足、色のない皮膚。ベドウィンでもアラブ人でもなく、さらにはユダヤ人でもない。

タネヴァがあたたかいヤギのミルクの入ったコップを持って歩いてきた。「彼は助かるでしょうか？」

首長はかぶりを振った。「それはわからない」

「東方から来たあの野蛮人たちの仲間でしょうか、シャイフ？」

「かもしれない。もしくは、紅海の向こうから来た商人かもしれん。このような問いは無用だ。時が来たら、我々がすべてを受け入れる準備ができたら、なにもかも明らかになるだろう」

「あなたは賢人です、ハイラン。寛大なお方」

「わしは自分に求められていることをしているだけだ。我々は一つであり、互いに助け合って生きる」

タネヴァは自分の毛布をハイランにかけ、珍しく愛情のこもったしぐさでやさしく彼の髪をなでた。部族のほかの者たちの前では、ハイランはシャイフであり、タネヴァは老婆だ。ただし、ふたりきりのとき、タネヴァは彼の母親だった。「あなたの父親も誇りに思うでしょう。おやすみなさい、息子よ」

七日目の朝、異人は目を開けた。昏睡状態の影響でまだベールがかかっているみたいにまぶたが重く、体がひどく痛むためにじっと横たわっているしかなかった。

冬眠から目覚めたクマのように、長い眠りのあとの朦朧《もうろう》とした状態で、彼は周囲を見まわした。壁は厚い黄麻布で、屋根は部屋の中央に立つ丸太で支えられている。床はない。砂の上に敷かれた毛布の上に彼は横たわっていた。奥の片隅に、木を彫って作った小さな長椅子があり、石器がいくつか置かれている。寝床のかたわらには、黒く焦げた土製の壺が一つと、汚れた紗が積み重ねられていた。毛布は毛糸製で、彼の力では持ち上げられないほど重いが、美しかった。明らかに職人の手で織られたもので、星やサソリや〝全能の目〟といった柄が藍色と濃黄色と深紅色で施されている。

事態を把握しようとしたが、脳が働かなかった。なじみのない光景だ。テントの中にいるのはわかるが、誰のもので、どこなのか？　危険な状況なのか？　それに、どうやってここに来た？　この場所に来ることになったいきさつを思い出そうとすると、頭痛がした。思い出せない。記憶がよみがえるきっかけになるものがないかといらいらしながら懸命にまわりを見まわしていたとき、ひとりの男がすっと中に入ってきた。

男は彼に向かってうなずいたが、なにも言わなかった。乾燥した唇にはこわばった笑みが浮かび、顔は歪んで細かいしわが寄っていた。

「誰だ？」彼はしゃがれ声で英語で言った。「ここはどこだ？　わたしはなぜここにいる？」

首長らしき男は理解できない言葉でなにかを言い、紗を液体につけ、彼の額を拭いた。

彼は体を引こうとしたが、抵抗するだけの力はなかった。

首長は小さな土器を彼に渡すと、自分の唇を指し、またなにかをしゃべった。

依然として当惑しつつ、彼は顔をそむけた。「ほうっておいてくれ、ご老人。自分のヤギかなにかの世話をしろ」

首長は無言でテントを出ていった。

彼は目を閉じ、記憶を呼び起こそうとした。映像が無秩序に頭の中をかけめぐり、理解するのは不可能だった。顔がいくつも見える——誰の顔だろうか。その顔立ちは記憶の残酷な手で消されていた。頭の中でキンキンした声が響き、邪悪な音色で彼をあざ笑っている。暗闇、それから炎のように形がなく強烈な明るいオレンジ色の光。その光景にぞっとした。暗闇の奥から女の声が聞こえてきた。顔は見えないが、その声は穏やかで心が安らいだ。彼女はたったひと言、こう言った。ガブリエル。

それが自分の名前であることははっきりとわかったが、ほかはなにも記憶になかった。いくら努力しても、ガブリエルは自分が何者で、なにをしていた人物かは思い出せなかった。

2

正午、サハラ以南のアフリカの太陽に焼かれた大地は崩れやすい粉塵と化していた。古い羊皮紙のように、地面はもろく乾燥している。スコップで土を掘るたびに砂ぼこりが大きく渦巻きながら立ちのぼり、空中に舞った。サラ・ウェストンは土を掘る手を休め、額の汚れと汗をぬぐった。この五カ月毎日そうしてきたように夜明けから働いていたので、疲れきっていた。熱い大地と花崗岩の下に、世界のこの地域でまだ考古学者が発見していない王族の墓地が無傷の状態で残っているはずだという自分の学説を裏づけてくれるなにか——なんでもいい——を見つけるためだ。

アクスム。かつては東アフリカとアラビアでもっとも強大な王国だったエチオピアの帝国。シバの女王ゆかりの伝説の土地。王や屈強な戦士や莫大な富が生まれた地であり、そのすべてが、セントジョージ山のふもとの丘陵地帯で不滅の兵士さながらに静かにたたずむ倒壊した石碑群《ステッレ》の下の、巨大な迷路に埋葬されている。

サラは地中探知レーダーのデータで座標を確認した。「ここのはずよ」平型スコップで地面を掘り返す。

こういう作業をするのは珍しいことではない。ケンブリッジ大学の考古学者として、サラは世界中の発掘に派遣されてきた。エジプトの墓、サントリーニ島のアクロティリ遺跡、グアテマラのジャングルの奥にあるマヤ遺跡。発掘現場では、誰も彼女が貴族であるとは思いもしない。イギリスの準男爵と、その美しさのみならずウオッカと精神安定剤の依存症で命を落としたことで有名なアメリカ人女優とのあいだに生まれた、ひとり娘だとは。

悪名が高いウェストンの名前にもかかわらず、サラは私生活をおもてに出さず、作業員たちと対等の立場でいるために労を惜しまなかった。夜明け前に誰より先にそでをまくり、夜はいちばん最後につるはしを置いた。

上流社会で育ってきた人間にはまるで見えなかった。流れるような金色の巻き毛は手入れしようともせず、露店で買った安いバンダナに押しこんでいた。グレイハウンド犬よろしく引き締まってしなやかな体は、ぼろいぶかぶかのカーキパンツと、着古した〈マークス&スペンサー〉のTシャツの下に隠れていた。目は氷河の色と透明感を備えているが、誰もそれに気づかない。大学院時代から使っている大きな黒いアビエイターサングラスを外すことがめったにないからだ。また、爪の先の黒い汚れを落とそうともしなかった。彼女が言うところのこの〝高潔な汚れ〟は、自分が大地と、そして彼女より前にそこを歩いてきた人々とつながっていることを思い出させてくれた。

この発掘の指揮を執っているのはサラだ——三十五年生きてきて、はじめて待ち望んでいたチャンスを与えられたのだった——が、ほかの全員と同じように彼女も発掘作業をしていた。えらそうに威張り散らすほどばかではない。そんなことをしたら、いとも簡単に面目を失うか、叩きつぶされるだろう——母親の経験からいやというほど身に染みている。

「まったくもどかしいですね」モロッコのアル・アハワイン大学からの交換留学生のアイシャが言った。「これでもう、ええと、五カ月経ったんですっけ？　いまごろは発見があるはずでしょう」

「辛抱よ、お嬢ちゃん」サラは顔を上げずに言った。「インディ・ジョーンズの映画じゃないんだから。考古学のレッスンその一、つねに思っている以上に時間がかかる。レッスンその二、どれだけ時間がかかっても、根気よく続ける」

アイシャは長く浅黒い指で頭に巻いたヒジャブを直した。若者らしくいらいらとため息をつき、作業現場の向こうの山脈を顎《あご》で示した。「あそこになにかあると思います？」

乾燥した風景の中を軽いそよ風がそっと吹き抜ける。サラは目を細めて山脈を見やった。

「そのはずよ」

「それって専門家としての意見ですか？　それとも、考古学者に備わっているっていう有名な直感ってやつですか？」

「両方かしらね。いい、もし簡単に見つかった場合、たぶん現場はすでに荒らされてるわ。これだけ時間がかかっても見つからないということは、実際にはいい兆候よ。この下にあるものは、十五世紀以上人目にさらされていない可能性が高い。セクシーだと思わない？」

「セクシーだと思うのはイギリス人だけですよ」

サラは声をあげて笑い、若い娘の肩を叩いた。「来て。町に行ってランチにしましょう。おなかがぺこぺこだわ」

現代のアクスムの町には、かつての偉大な都市を思わせるものはなにもない。教会を見守る信者たちや、乾燥地でどうにか生計を立てることにこだわる農民たち以外には見向きもされず、大昔に失われた繁栄の悲しき名残として存在していた。

それでも、町には五万人以上の住民が暮らしていて、そのほとんどが正午には外出する。町中はにぎわっていた。土がむき出しになっている中庭から煮こみ料理《ワット》のスパイシーな香りが漂ってくる。料理をするだけの気力がない歯の欠けた老婆たちが、道路脇のベンチに座って、機織り用の綿を紡いでいる。子どもたちは野放しで黄色い歓声をあげながら半分舗装された通りを走りまわり、とげだらけのアカシアの枝を持って追いかけっこをしている。白い綿のローブを羽織り、貧民のようにやせ衰えた風貌の村人たちは、貧しく孤立した農村では避けられない退屈をまぎらわすためだけに通りをうろついている。

サラのお気に入りは〈ティグリニャ〉という道端に立つ軽食店で、ランチタイムには大勢のエチオピア人でごった返す。料理は特別おいしいわけではないが、店の熱気はなにものにも代えがたい。誰もが知人に会ったり、噂話を交わしたりするために集まる。今日もいつもと変わらなかった。満席のテーブル、料理が遅いと言ってコックと喧嘩をする地元民、空中に充満する熱い油の悪臭、八〇年代製の大型ラジカセから鳴り響くアムハラ語の音楽。

「席を見つけておいて」サラは仲間たちに言った。「注文してくる」

作業員の誰よりもサラはアムハラ語が堪能だった。子どものころから語学の才能に長けており、数カ月で外国語を習得できる能力は考古学者として有利だった。列に並ぶあいだ、雨が降らない厳しい夏について話す農民たちや、テーブルサッカーの戦略について話すティーンエイジャーたちに加わって、会話の練習をするのが好きだった。正直なところ、アフリカ人と話すほうが、自国の人々と話すより楽しかった。彼らの話といえば互いについてのゴシップばかりで、サラには耐えがたいほど退屈だった。

背後から肩越しにエチオピア人男性が片言の英語でささやきかけてきた。「あなた、イギリスのレディでしょう？　谷で発掘をしている？」

振り返ると、見知らぬ男がいた。背が高くひょろりとしていて、足首まで届かないぼろぼろのジーンズをはき、メネリク二世が描かれた銀貨のチェーンペンダントをつけ、古いヤンキースの野球帽をかぶっている。この地域によくいる、典型的なぼったくり商人だろう。偽物のアンティークを外国製品、できればアメリカ製品と交換するのだ。サラは平然と笑みを浮かべたが、答えなかった。

「あなたの力になれます。古いものがある場所を知ってます」

「ねえ、ミスター――」

「エジグです」男は手を差し出した。「はじめまして」

「ねえ、エジグ、失礼なことを言うつもりはないけど、あなたの力は必要ないの。でも、ありがとう」

「これを見てください」エジグはこそこそ肩越しに後ろを見ながら、ポケットから陶器の破片を二つ取り出した。

　サラは興味がないふりをしつつ、その破片を観察した。一つは色あせた幾何学模様——規則的に並んだひし形、様式化された垂線、中に十字が描かれた小さな円——が描かれ、すべて黄土色に塗られている。もう一つは白黒で、流れるような渦巻き模様が描かれている。サラは破片の縁の粘土がむき出しになっている部分に指を這わせた。大昔に割れて、それ以来ずっと大地に守られてきたかのように、なめらかだ。記号体系に基づくなら、四世紀か五世紀のものだろう。とくに十字は、西暦三二〇年以降にキリスト教を受容したアクスム文明がこの地に普及したことを示唆している。「どこで見つけたの？」

　サラの関心を引いたことにエジグは明らかに満足そうだった。「秘密です」と内緒話をするようにささやく。「でも、イギリスのレディが知りたいのなら……」人さし指と親指をこすり合わせ、金を表す世界共通のサインを見せる。

　サラは首を横に振り、声をあげて笑った。「いいえ、無理よ。わたしは大学に雇われてるの。つまり、あなたにあげるお金はない」

　エジグはサラを上から下まで見た。「すてきな時計ですね」と言って、サラの手首のくたびれた〈タイメックス〉の腕時計を指した。「それをくれたら、こういう破片が見つかる場所に連れていきます」

「こういうのがもっとあったの？」

「ええ、そうですよ、レディ。もっと、もっとたくさん」エジグは目を見開いた。

彼が誇張しているのはわかっていると伝えるように、サラは薄ら笑いを浮かべた。彼のことは信用していないが、さらに一歩踏み出す程度にはこの破片に興味を引かれていた。カウンターから大柄なエチオピア人女性がサラにおしゃべりをやめて注文しろとどなった。

「ねえ、もう行かなきゃ。もし本気なら、明日ここで会いましょう。その場所に連れてってちょうだい。もしすべてあなたの言うとおりだったら、必ず報酬を払うわ」

ふたりは握手を交わし、サラは注文カウンターへと歩いていった。


翌日の午後、サラは〈ティグリニャ〉で待っていた。イギリス人として正しい教育を受けてきたサラは、絶対に地元民を信頼してはいけない、とくにあらゆるものが適正価格で売買できるエチオピアのような場所ではなおさらだとわかっていた。しかし、それと同じくらいアメリカ人としての面も持ち合わせていた。両親が離婚したとき、サラは母とともにニューヨークに移り住み、コネティカット州の寄宿学校に入った。その冷酷な競争環境の中で、直感を磨いた。他人を見定め、相手の土俵で打ち負かすすべを学んだ。そうやってアメリカで培った処世術は、現場で役に立っている。エジグなど怖くない。彼は三流のペテン師、手っ取り早くもうけて次の取引に移りたがる男だ。

重要な発見があるかは疑わしいが、結局のところサラは来た。たいていの考古学者は、ケンブリッジの同僚たちは言うまでもないが、地元民から手がかりを得ようとはけっして思わないだろう。彼らにとって、地元民はがめつい偽予言者なのだ。いっぽうサラは、そういう偏見を持っていなかった。こうした約束の九十九パーセントは無駄だとわかっているものの、残りの一パーセントを信じてもいいという直感があった。直感に従えというのが、これまでの人生で学んだことだ。

エジグは時間どおりに来た。昨日と同じ擦り切れたジーンズと、明らかに観光客と交換したらしい黄緑色の靴ひもがついた泥だらけの〈ナイキ〉のスニーカーという、山歩き用の格好をしている。あたりをぶらついている大勢の地元民から離れて、木の下にある木製のピクニックテーブルについていたサラのところまで来ると、エジグは腰をおろした。

サラは一本の煙草に火をつけ、もう一本をエジグに差し出した。「それで」と疑わしげな口調で言う。「どこに行くの?」無知なよそ者と思われないよう、アムハラ語でしゃべった。

エジグは、サラが発掘をおこなっている谷の北側の山脈を指した。「あそこです。見つけるのは簡単じゃありません。山を登らないと」

サラはよく見ようと折りたたみ式双眼鏡を開いた。地面は岩だらけで乾燥しており、ふもとのなだらかな丘陵地帯を越えると、山の頂上付近は風にさらされて荒れた険しい断崖となっている。遠くの崖の上に、石造りの平屋根の建造物が建っている。あれはなんだろうか。

「あの建物は?」

「デブレ・ダモ。エチオピア最古の教会があります」

この修道院の伝説は知っている。エチオピアにキリスト教を広めた九人の聖人によって建てられた教会の一つ。九人のうちのひとり、アブナ・アレガウィが、一般人はたどり着けない高い崖の上に修道院を造った。そこに住んでいる修道士たちでさえ簡単には行き来できない。水くみや歩行瞑想のために修道院を出るたびに、崖面に吊るされた革編みのロープを使って下りなければならず、登るときも同様だった。

隔離されたような状態になっているのは偶然ではない。世界から孤立するように造られているのだ。デブレ・ダモには重要な彩色写本や幻想的な宗教画が収められており、エチオピア人は神聖な場所とみなしている。サラはずっと行ってみたいと思っていたが、不可能だとわかっていた。現在に至るまで、女性がその神聖な領域に足を踏み入れることは許されていないのだ。

「デブレ・ダモに行く途中の洞窟の中で、見つかります」エジグが話を続けた。「いくつもあります。陶器、コイン、ガラス……」

「ガラス?」サラは驚いた。アクスムの歴史によると、エチオピアではガラス製品は作られておらず、エジプトやシリアから輸入されていた。輸送は困難で、とても費用がかかるため、富裕層のみが使用していた。そのような遺物が見つかれば、なかなか見つからない埋葬地の手がかりになるかもしれない。サラはじりじりしていた。

「ええ、色のついたガラスです」エジグは言った。「青、黄色……自分で見ればわかります」

どのみち、なにか発見があるかもしれない。「じゃあ、行きましょう」サラは薄っぺらいアルミニウムの灰皿に煙草を押しつけて消した。「あまり時間がないの」

丘陵地帯に向かって北に車を走らせたあと、着実に山を登っていくと、高原に着いた。休憩は必要なかったが、サラは足を止めて眼下の景色を眺めた。南には、彼女なしで同僚たちが発掘作業を進めているステッレの谷が見える。遠方には、静かな古代住居跡が広がっている。地元民たちはそこをシバの女王の王宮だと考えたがっているが、考古学者たちはシバの時代よりずっとあとの七世紀の建造物だと特定していた。それでもエチオピア人は自国の伝説を愛しており、科学で彼らの信仰をくじくことはできなかった。サラたちが立っている場所から数百メートル上方には、入り組んだ洞窟があるという悪名が高い花崗岩の崖がそびえている。洞窟は自然にできたものもあれば、そうでないものもある。サラは日が暮れる前に洞窟を探検したくてたまらなかった。

「陶器は、あの崖の頂上にある洞窟の中です」エジグが目的地を指した。「行きましょう。こっちです」サラの先に立ち、石だらけの平原から、むき出しの崖面に通じる細い小道へと進んでいく。道は崖に沿ってぐるりと延び、人ひとりがかろうじて立てるだけの幅しかない。崖とは反対側の足もとの斜面には岩が多くなっていった。

つねに一歩先を考える癖があるサラは、頭の中で計算した。足を踏み外して斜面をすべり落ちたら、岩のあいだから生えているコソの木のごつごつした根をつかんで落下を防ごう。

エジグは、恐怖というものを知らないのか、生というものを軽んじているのか、すいすいと道を進んでいく。崖面に背中を向け、一歩ずつカニさながらに横向きで登っていく。

サラはしぶしぶあとに続いた。足もとで浮石や小石が崩れるたび、額に新たな汗がにじんだ。

「あと数メートルです」エジグが灰色の歯を見せて笑いながら言った。「あと少しです」

サラは深く息を吸い、集中して歩を進めた。道の最後のあたりは、手をかけるところがなかった。崖は雨風でなめらかに磨かれていた。サラはじっと遠くに視線を向けた。下を見たら、足を踏み外してしまうかもしれない。いままでは、暑さだけでなく、主に不安のせいで本格的に汗をかいていた。岩に添えた手が湿ってすべりやすくなっていたが、まさにこういうときのために手首に巻いておいたバンダナで拭くこともできなかった。

「レディ、動かないで」エジグが静かに、だが明らかに警戒して言った。「サソリです。あなたの足もとにいます。じっとしていれば、襲われることはありません」

サソリはサラのブーツを上って、脚を這い上がってきた。

サラは静かにじっとしていた。僻地で長い時間を過ごしてきた経験から、サソリは動きを感知すると脅威だと思って攻撃してくるというのは知っている。じっとしていれば、景色の一部だと思わせることができるかもしれない。

武装したいやらしい黒い生き物は、尾を丸めて頭の上で投げ縄のようにぶらぶらさせながら、少しずつ這い上がってきて、サラの腹部を通ってむき出しの首までたどり着いた。ハサミが肌をかすめ、八本の毛むくじゃらの脚が一本ずつ動きながら喉仏を横切ると、髪の毛が逆立った。頸動脈を刺されたら一巻の終わりだろう。

サラは選択肢を考えた。まちがいなくバランスを崩して崖から落ちるのを覚悟してすばやくサソリを払いのけるか、なにもせずにサソリが通りすぎてくれるのを願うか。

致死量の神経毒を打ちこまれるかもしれないと思うと恐ろしかったが、平静を保った。コントロールできないのは、髪の生え際を伝って顔の輪郭から顎へと落ちていく汗だった。心臓が二倍の速さで鼓動し、目の前の光景がスローモーションで展開する。汗が顎からサソリの頭の上に滴り落ちる。

毒針が持ち上がる。

攻撃される直前、サラは手の甲でサソリを体から振り払った。どこに落ちたか確認する間もなく、地面が崩れ、サラは岩だらけの斜面をすべり落ちていった。とにかくなにかをつかもうと岩に手をかけたが、崖はあまりに急勾配で、サラはあまりに速いスピードで落ちていく。とがった花崗岩で左の二の腕の内側から手のひらまで長い切り傷ができたものの、アドレナリンがほとばしっているせいで痛みはまったく感じなかった。

肩越しに下を向き、恐ろしいほどのスピードで迫ってくる岩だらけの急斜面と自分とのあいだの地面を確認した。コソの古木の黒く穴だらけの枝が目にとまり、手を伸ばすと、葉がついているあたりをつかむことができた。重力のせいで止まれなかったが、速度は落ちて、進行方向が斜めにずれ、木が複雑に枝分かれした部分に衝突した。

うまくいった。もう落ちていかない。少なくとも、体勢を立て直すことはできる。あとは岩を伝っていけば、無事に下りられるだろう。

崖の上からエジグが叫んだ。「レディ、そこにいてください。いま下りていきます」

「いいえ。危険すぎるわ」

だが無駄だった。エジグはシロイワヤギさながらの敏捷さで這い下りてきた。

そのあいだに、サラは岩肌を少しずつ下りていき、安全な場所まで移動した。根から手をはなして岩棚の上に飛び移り、石の詰まった袋みたいに横向きで脇腹からどさりと着地した。最後の落下の衝撃で、肺から空気が出ていった。一瞬、死んでしまうかと思った。

ゆっくりと肺の中に空気が戻ってくると、怪我の程度を確認した。服は裂けて鮮血で汚れ、落下の衝撃で肋骨が痛み、左腕から血が滴っている。縫合しなければならない。けれどもっと悪いのは、痛みを感じはじめていることだった。前腕が猛烈に痛み、指先まで脈打っているのが感じられた。

動こうとしたが、あまりに痛すぎた。岩に寄りかかって、エジグを待つのが賢明だろう。怪我のせいで発掘作業を進められなくなるのではと不安だった。ばかなんだから、と内なる声が叱責した。こんなことをするなんて。

エジグが驚異的なスピードで到着した。険しい地形を動きまわれるエジグを見て、サラは少し安心し、夕暮れ前にここから帰れるかもしれないというかすかな希望を抱いた。

「大丈夫ですか、レディ?」エジグはたじろいだ。「ひどい姿だ」

「お世辞を言ったってなにも出ないわよ」サラはエジグの手を借りて立ち上がった。「登山道具が必要だって教えてくれればよかったのに」

「すみません、すみません」

サラは手首からバンダナを外し、傷口をきつく縛った。出血が落ち着くと、積み重なった岩にもたれて気を落ち着け、下山のための力を奮い起こそうとした。動揺した状態でも、積み重なった岩の均整のとれた構造に感心せずにはいられなかった。目の前にある岩は、自然の石工によって崖面に詰めこまれたかのように、整然と積まれている。だが、その規則正しい並べ方はどことなく奇妙な感じがした。じっくり見ても、なぜなのかわからなかった。痛みで意識が朦朧として幻を見ているのかわからないが、もつれた根の後ろの岩になにかが刻まれているのが目にとまった。おそらく初期のコプト十字の大まかな輪郭か、それが変化したものだろう。

背後にいるエジグを見ると、なにもないところに小石を投げていた。サラは岩に刻まれたシンボルに向き直り、根の後ろに手をすべらせて岩の表面に触れた。溝になっている部分に指を這わせる。経年と雨風で摩耗し、でこぼこしている。心拍が速くなる。

エジグが手を叩いてサラの注意を引いた。「もしもし？　早く行かないと。日が暮れてしまいます」

彼の言うとおりだ。太陽は山の向こうに沈みはじめていた。じきに暗くなるだろう。これからまだ二時間歩かなければならないというのに。

エジグに続いて下りるあいだ、一歩進むごとに激痛が走り、そのたびにサラは自分の好奇心を呪った。

その夜、診察時間外だったが町の医師に怪我を見てもらい、大量の鎮痛剤を持って宿泊所に戻ってから、サラはノートパソコンの横で記憶を頼りにシンボルを描いていた。いまとなっては、あれがコプト十字かどうか確信がなかった。コプト教会の象徴的な十字架であるコプト十字とちがって、円が二つある。一つの円の中にもう一つの円が描かれ、内側の円が十字で四等分されている。神性を表す縦線は、円の中心から下に垂直に伸びて途切れている。故意にそうなっているのか、何百年もの年月で浸食したのか。オンラインのシンボル事典を参照してみたが、似たようなものは見つからなかった。

自力で突き止めるのは楽しいものの、ケンブリッジの象徴学者に助言を求めるよりほかに手はない。サラはスケッチをスキャンし、大学の考古学部の学部長であるスタンリー・サイモンにメールを送った。

『教授

デブレ・ダモに行く途中の崖面にこのシンボルが彫られていました。コプト十字が変化したもの――でしょうか？　その近くに、少し完璧すぎるほどきれいに岩が積み重ねられていました。わたしの直感では、人工だと思われます。明日、さらに調査してみます。教授の考えをお聞かせください。

S・W』

　翌朝、鎮痛剤が効いていたためにサラは五時半までぐっすり眠っていた。電話が鳴ったとき、頭が混乱して、自分がどこにいるのかわからなかった。本能的に電話を手に取り、それが地球外の物体であるかのようにじっと見つめた。頭をはっきりさせ、発信者の名前に焦点を合わせる。スタンリー・サイモン。はっとして、自分がまだアクスムにいること、いつもより一時間も長く眠っていたことに気がついた。「教授」としゃがれ声で言う。「メールを見たんですね」

「ひどい声だな」電話の向こうからぶっきらぼうで気難しそうな声がした。機嫌が悪いときのいつもの口調だ。「いま起きたのか？」

「長い話なんです。昨日、ちょっと大変なことがあって」

「聞きたくないな。そもそも、崖でなにをしていたんだ？　埋葬室は谷の中にあるんだぞ。それとも、忘れていたのかね？」

「いいえ。その……ちょっとしたまわり道です。手がかりを探していたんです」

「まわり道？　手がかり？」サイモンの声は震えていた。「サラ、きみがなんのためにアクスムに送られたのか、思い出させなければならないのか？　五カ月が過ぎて、すでにユネスコの助成金を五十万ポンド使ってしまったことに気づいているのか？　大勢の人々がこの発掘に不安を抱きはじめている。結果を見たがっているんだ。これ以上きみの代わりに弁解を続けることはできない。とくにきみが怪しい情報屋からのでたらめな手がかりを追ってぶらぶらしているときには」

「そういうわけじゃありません。遺物を見たんです。本物でした。自分の時間を数時間ほど使って確認しに行く価値があると思ったんです」

「お嬢さん、気づいてないかもしれないが、我々はいま資金提供者と面倒なことになっているんだよ。ユネスコがひどく焦りはじめている。コンサルタントを送りたいそうだ」

「なんですって？」

「聞こえただろう。ダニエル・マディガンをアクスムに派遣した。一週間後に到着するはずだ」

ダニエル・マディガン——その名前は知っている。「あのきざなアメリカ人のことですか？ドキュメンタリー映画かなにかに主演するので忙しいのでは？」

「きみが気に入らなくても、マディガン博士はサウジアラビア地域に関しては一流の研究者のひとりだ。実際、いまはキング・サウード大学のグループと一緒にルブアルハリ砂漠にいて、すばらしい進展を見せている……どこかのグループとちがって」

サラは、この文化人類学者の研究レポートを読んだことを思い出した。アラビアの砂漠の下に隠された古代都市カリヤト・アル＝ファウについて書かれたものだ。そのプロジェクトで彼は世界中で有名になったのだが、自分の研究についてＩＭＡＸの映画を制作して主演したことがとりわけ大きな原因だ。「わかりました。協力します。けれど、彼が映画制作班を連れて現れたら、わたしはここから出ていきます」

「サラ、頼むから大学に恥をかかせないでくれ。理解するのは難しいだろうが、多くのことがかかっているんだ」

サイモンのわざとらしくへりくだった口調がしゃくにさわった。サラは精一杯それを無視しようと努めた。「教授？　わたしが送ったシンボルは調べてくれなかったんですね？」

「もちろん調べたとも。神学部の生徒たちは、コプト十字のはずがないと言っている。それはたしかだと。コプト十字には円は一つしかない。こういう二重の円には神学的な象徴性はない。同心円の表意記号《イデオグラム》はサハラ砂漠の先史時代の壁画で見つかっているが、それは異教のシンボルだった」

「でも、あの十字は？　宗教的な意味合いがあるはずです。とくに修道院の近くであることを考えれば」

サイモンは息を吐いた。「サラ、わたしの助言に従って、このことは忘れなさい。いま取りかかっている仕事で手一杯のはずだ。まわり道をしている時間はない。わかったか？」

サラは完全にわかっていたが、自分の密かな企みを否定することはできなかった。いまだに教授に子ども扱いされるのに苛立ちつつ、電話を切った。サイモンはサラを一歳のときから知っている――彼とサラの父親のサー・リチャード・ウェストンは幼なじみであり、大学のクラスメイトであり、ヒマラヤ山脈で探検をした――が、だからといってサラを見下す権利はない。

サイモンはサラの父とは仲がいいが、サラにはけっして親身になってくれなかった。実際、彼女を一匹オオカミだと思っている。なので、これほど重要なプロジェクトの指揮を執るのはもっと熟練した、できれば男性の専門家がふさわしいという社会通念に反して、サイモンがサラにアクスムの発掘を担当させるべきだと主張したとき、サラは誰よりも驚いた。父が手をまわしたのではないかと勘ぐったが、その懸念は心の中にしまっておいた。長いあいだ望んでいたチャンスをもたらしてくれたのがどんな魔法であれ、干渉したくなかった。

サラは水で顔を洗い、縫合した腕に包帯を巻いた。いつか好奇心のせいで身を滅ぼすかもしれないが、自分を抑えられなかった。

ドアをノックする音が聞こえた。

「サラ？　アイシャです。大丈夫ですか？　一時間前から作業員たちが指示を待ってますけど」

サラはドアを開けた。

若い女性は当惑したガゼルみたいに、リーダーの怪我をした腕を見つめた。

「大丈夫よ。作業員たちには、ＡＢステッレの東側の発掘を進めるように伝えてちょうだい。それから、デニスとマーカスをつかまえて、ロープとカラビナを用意させて。ちょっと散歩に行くわよ」

3

ラボの中で、サラは前日に作業員たちが掘り出した金属の道具やコインを記録していた。車のクラクションが夏の朝の静寂を破る。それが意味するのは一つだけだ。こんなふうに下品なやり方で到着を告げるのはアメリカ人しかいない。

窓の外に目をやると、ダニエル・マディガンがおんぼろの青いランドクルーザーから降りてくるのが見えた。ドキュメンタリー映画で見るのとまったく変わらない。たくましい角張った顎、くすんだカーキ色のショートパンツ、ザ・スミスの古いコンサートTシャツ。左の二の腕はヘビのタトゥーで覆われている。ゆるいウェーブがかかった栗色の髪はもつれながらうなじまで届き、こめかみの数筋の白髪が四十代であることをほのめかしていた。アラビアの太陽で煙草色に焼けた肌と、屋外で働く人間らしく引き締まった筋肉質の体格から、中年のロックスターに見える。彼はランドクルーザーの後部座席に手を伸ばし、二つのアーミーグリーンのダッフルバッグとアルミのパソコンケースを取り出した。そしてしばらくそのまま座っていた。

サラは彼を出迎えるために外に出ると、後ろ手にラボのドアの鍵を閉めた。「こんにちは、マディガン博士。アクスムにようこそ」

「ぼくのことは聞いているんだね」彼はアメリカ南部特有の間延びした口調で言った。「いい話か悪い話かはわからないけど」

　サラはなんとかこわばった笑みを浮かべた。「まあね。自己紹介は必要ないわ。お噂はかねがねうかがってるから」

　ダニエルはゆっくりとサラの体に視線を這わせた。「きみの噂もね。ウェストン卿の娘さんだろう？」

　サラはうんざりした。ウェストン卿の娘と言われるのは嫌いだ。まるで彼女自身にはなんの価値もないみたいではないか。いつだって、爵位を持った貴族であり、イギリス議会の貴族院の議員である英雄的な父親と比べられる。遠く離れたアフリカのこのほこりっぽい山にいてさえも。サラは怒りを見せまいとした。「父を知っているのね」と礼儀正しさを装って言った。

「去年、国境なき医師団《メドゥサン・サン・フロンティエール》の資金集めパーティーで会ったんだ」テネシー訛りのせいでフランス語の発音が台なしだった。「恐ろしい夜だった。きみのお父さんがいなかったら、フォアグラを食べたあとで帰ってたよ。あの人は本当に話し上手だ」

「あなたたちにはかなり共通点が多そうね」サラは巧妙に皮肉を隠して言った。

「発掘への情熱を持つふたりの男が話題に尽きることはない。実のところ、砂漠へ行く直前、ベルグレイヴィアの彼のお宅でのディナーパーティーにお邪魔したんだ。お父さんから聞いていなかったなんて、驚きだ」

「父とは長いあいだしゃべってないの。自分自身のプロジェクトでだいぶ忙しいから。さて、それで、エチオピアははじめて？」

「いや、まさか。八〇年代にはアフリカで多くの時間を過ごした。博士号取得後の研究のためにオルドヴァイ峡谷で調査をしていたんだ。一年の大半、エチオピアとタンザニアのあいだを行き来してたよ。その後、アディスアベバで二カ月、地元の遺跡発掘人たちと気ままに過ごした。そのときに、おもしろ半分にここまで旅行に来たこともある。ほら、観光だよ」

「そうなの？　それは驚きだわ。古代アクスム人とアラビアの人たちのあいだには深いつながりがあるのよ。あなたにとって興味深い話だと思うけど、マディガン博士」

「たしかに。だけど、当時はそうでもなかった。それと、頼むからダニーと呼んでくれ」

「いいわ」サラは荷物運びのひとりに向かってうなずいた。裸足のほっそりしたアフリカ人で、ぶかぶかの白い紗のターバンをかぶっている。「ソトが部屋まで案内するわ。荷物を置いたら、ラボに来てちょうだい。ここの状況を簡単に説明するわ」

彼は自信たっぷりの笑みを見せた。「ボスはきみだ、レディ」


ダニエルは一時間後にラボに現れた。彼が時間をかけてシャワーを浴び、アーミーグリーンのきれいなTシャツに着替えたことに、サラは苛立ちを覚えた。自分だったら、ベッドにバッグを置いて、ドアが閉まらないうちに部屋を出ていただろう。とはいえ、ダニエルはわざわざひげを剃ったりはせず、顎のラインに黒い無精ひげが残っていた。

「それで、わたしたちに助言するためにユネスコに雇われたのね」サラは今回の件に関する懸念をとくに隠そうともせずに言った。

「というより、サウジアラビアからアメリカに戻る途中で、ここに立ち寄ってもらいたいと頼まれたんだ。ちょうどこの地域にいたから」

「社交的な訪問だとでも言いたいみたいね」

「きみがそう思いたいなら、それでもいい」ダニエルは考えこむようにサラをしげしげと眺めた。「ぼくに会えて、あまり嬉しそうじゃないね」

「どうしてそう思うの？」

「そうだなあ。そうやって腕を組んで、足を交差させて立っていること。身構えたような口調。稲妻のような眼光」

サラは冷たく笑って彼の疑いを否定した。「ちがうわ」

「そうか？」

サラは組んでいた腕をほどいた。言い争う気分ではない。「わたしたちの発掘について、どれだけのことを聞いてるの？」

「ええと。きみたちは五カ月と十二日間ここにいる。地中探知レーダーと電子線トモグラフィーによると、東側のステッレ群がある区域の地下深くに埋葬室のような広い部屋があることを示すデータが出ている。発掘作業では小物が見つかった——金属品、矢尻、コイン、石器の破片、などなど——が、まだ入口が見つかっていない。そしてそのせいで、大勢の人々がじりじりしはじめている。だいたいそんなところかな？」

「だいたいね」サラは測定と記録のために遺物が並べられているテーブルまで歩いていった。

「これらは四、五、六世紀のものだと特定できたわ。アクスム王国が滅亡する前よ。東側の区域の地下にある墓地も同じ時代だと思われる。ものすごく広くて深いことを考えると、王族か裕福な支配階級の埋葬地かもしれない。つまり、かなりわくわくする発見になるってことよ」

「それで、計画は？」

「毎日掘る。夜明け前に働きはじめて、動いていられないほど暑くなったらランチ休憩をとって、夕暮れどきに終わる。いま、現場に作業員たちがいるわ。順調に進めてくれてる」

「きみは？」

「いつもはみんなと一緒に掘ってる。でも今日は、数時間ほど抜けなきゃならないの。ちょっと用事があって、町に行くことになってるから」

「ぼくも一緒に行こう」

「いいえ、いいの、本当に。あなたはここに残って、プロジェクトについて把握しておいて」

「お好きにどうぞ。じゃあ、ぼくはこれで」ドアのところでダニエルは振り返った。「ところで、腕の痛そうな傷はどうしたんだい？」

「事故よ。ちょっと」――言葉に詰まる――「岩でこすっちゃったの」嘘ではないが、まったくの事実でもない。デブレ・ダモの崖で発見したものについて、ダニエルには絶対に話したくない。

サラはドアのところに立ち、ダニエルがランドクルーザーに乗って発掘現場に向かうのを眺めた。彼が視界から消えたのを確認してから、バックパックをつかみ、ラボの鍵をかけ、自分のジープに飛び乗った。

午後に崖まで小旅行をするのが日課になっていた。最初の数日の午前中は、精巧な木製の足場を作ってくれる人材を町で集めた。岩だらけの険しい崖やサソリだらけの砂利道を通らずにあの場所へ行くためだ。発掘チームの建築工学技術者たちの監督下で十人以上の地元民に働いてもらい、みなで協力して記録的な速さで精巧な木製の足場を建設した。それを用いて、サラはもっとも信頼するふたりの同僚とともに、例の謎めいたシンボルの脇に積まれた岩をどかす作業に取りかかっていた。

「みんな、こんにちは」足場の最後の段に着くと、サラは声をかけた。「今日はうまくいってる？」

発掘チームの年配のメンバーのひとりであり、サラとはジンバブエで一緒に働いたことがある考古学者のデニスが、作業員たちの手で取り除かれた岩の山の上に座っていた。丸い顔は太陽と熱気でピンクになっている。Tシャツのすそで眼鏡から汗を拭き取った。「順調だ」イーストエンド訛りで言う。「ほら、来て。見てごらん」

サラは岩が取り除かれたところに近づき、小さな隙間に手を置いた。「空気が冷たい」サラは驚いた。「この裏は洞窟になってるんだわ」

「その通り。ぼくの推測では、ここの小さな岩石層は――」

「自然にできたものじゃない」サラは興奮して言葉を継いだ。岩の裏になにがあるのかは想像するしかない。けれど、なにかがある。「この部分だけに集中しましょう。中を調査できるように、岩を取り除いて誰かひとり通れるだけの縦長の穴を作ってちょうだい。そのあとで、どうするか考えるわ」

「そんなに時間はかからないはずだ。この部分はいちばんもろい。岩はほとんどぼろぼろだ」

その日の午後はずっと、作業員たちと岩を取り除く作業に取りかかった。つるはしで割り、手で慎重にどかしていくうちに、岩に縦長の入口ができた。サラは懐中電灯で中を照らした。見えるのは岩だけで、おそらく洞窟の壁だろうが、定かではなかった。「中に入ってみるわ。アイシャ、ロープで支えてちょうだい」

アイシャはあたりを見まわした。「ロープはどこです?」

「もう、やだ。ジープの中に置いてきちゃった。いいわ。すぐに取ってくる」

足場を下りて崖の下に着くと、八百メートルほど先のいちばん近い道路の脇に止めたジープまで走っていった。日光がどんどん薄れていく。トランクと運転席を引っかきまわし、地図や道具や思いついたことをメモしたルーズリーフの下を探った。ロープは運転席と助手席のあいだの床に落ちていた。だからうっかり忘れてしまったのだろう。

「つまり、毎日きみが町に行くのはこういうことだったのか」

背後から声がしてものすごく驚き、サラはロールバーに頭をぶつけてしまった。

「ごめん」ダニエルが言う。「ノックをするべきだったな」

「わたしをつけてるの？」

「ああ、そうだ。きみは嘘をついている。だから、おあいこさ」

「あのね、わたしは急いでるの」サラはダニエルの脇をすり抜けた。

「それはどうかな」ダニエルが背後から呼びかけた。「説明したほうがいいぞ。サイモン博士と資金提供者たちにぼくの勝手な見解を話されたくないだろう」

「ろくでなし」サラは歯を食いしばって単調に言った。高慢で尊大な男には我慢ならない。

「きみはぼくを敵だとみなしているみたいだ。きみを手助けするために来たのだと思ったことは？」

サラはダニエルのほうを向いた。「じゃあ、発掘現場に戻ってくれたら助かるわ」

ダニエルは足場を顎で示した。「あそこでなにをしているんだ？　自分で上って、この目でたしかめたほうがいいか？」

「あなたには関係ないわ。ちょっとした課外活動よ」

「課外活動？　発掘の作業員と資金を使って？」

「言っておくけど、わたしたちはステッレの谷から半径六十キロの範囲で発掘許可をもらってるの。だから、おわかりのように、ここにいてもまったく問題はないってこと」

「つまり、このせいできみのプロジェクトが大幅に遅れているんだな」

サラはいらいらとため息をつき、ロープを地面に投げ捨てた。「もう、マディガン。わたしにどうしてほしいの？」

「真実を話してほしいな」

「いいわ。あなたに話して、笑いものにされるしか選択肢はないみたいね」

ダニエルはサラのほうに歩いてくると、少し手前で立ち止まった。声は落ち着いていたが、目には警告が浮かんでいた。「結論を急ぐな、ヤマネコさん。ぼくのことをなにも知らないだろう」

サラはダニエルの顔をじっと見つめながら、じりじりと後退した。彼が敵か味方かわからないものの、窮地に追いこまれたサラは白状するよりほかになかった。「二週間前、ひとりの地元民と一緒にここに来たの。陶片が見つかる洞窟に連れていってくれることになってた。ガラスも見たって言ってたし、もしかしたら宝石かもしれない。でも途中でわたしは小道で足をすべらせて、あそこの崖から落ちて、あのあたりで止まったの」

「当ててあげよう。そのときに腕を怪我したんだな」

サラはうなずいた。「そこでものすごく奇妙なものを見たの。積み重なった岩の横に、コプト十字に似たイデオグラムが彫られていたのよ。すぐにサイモン博士にメールを送ったわ。だけど、手を引いて、墓地の入口を見つけることに集中しろと言われた。ユネスコがしびれを切らしているからって。ご存じのとおり、これはユネスコが出資してるプロジェクトだから」

「だけど、結局きみは彼に逆らった」

「べつに犯罪じゃないわ。あそこにはなにかがあるはずなの。わたしは考古学者よ。見て見ぬふりはできない。直感を信じなきゃ」

ダニエルは微笑《ほほえ》んだ。「それで、ぼくにはかかわってほしくないと考えてるんだな」

「どう考えればいいのかわからない。さっき指摘されたように、わたしはあなたのことをなにも知らない。テレビで見たこと以外にはね」皮肉を抑えられなかった。

「ロープでなにをするつもりだったんだ？」

「岩をいくつかどかして、縦長の穴を作ったの――入口よ。洞窟になってるみたいなの。その中に入るつもりだったんだけど」サラは空を見上げた。「でも無駄ね。もう暗すぎるわ」

無線で作業員たちに連絡し、今日のところは引き上げるように指示を出した。

ダニエルはサラと一緒にジープまで歩き、道具を片づけるのを手伝ってくれた。「なあ、ぼくは洞窟に関してはちょっとした専門家だ。ルブアルハリ砂漠では、洞窟探検のキャリアを大いに生かして都市の遺跡を捜した。明日はぼくも一緒に行く」

サラは反論しようと口を開けた。

ダニエルは手を上げた。「絶対に行く。思うに、きみはぼくを信用するしかないんじゃないかな」

ふたりは夜明けとともに取りかかった。サラはロープを腰にしっかりと結び、体をくねらせながら狭い入口を通り抜けた。

ダニエルがあとに続く。「二枚目のトーストは食べなきゃよかったな」岩に顔を押しつけながら、ジョークを言う。

サラはそんなに笑うほうではない。よくも悪くも、真面目なタイプなのだ。同僚たちからはよく冷血漢と呼ばれ、サラはそれを褒め言葉として受け取っていた。

中に入ると、ふたりはヘッドライトをつけて暗闇を照らした。明かりが洞窟の壁にちらちらと揺れ、トンネルのような空間のでこぼこした表面に影を作っている。両手を伸ばすと、天井と両側の壁に触れることができた。岩はもろくて砕けやすく、乾燥した泥のような感触で、それが不思議だった。この山脈はほとんどが硬い花崗岩だからだ。

思いきってさらに奥へ進むと、トンネルは狭くなり、ひざと腰を曲げて体をかがめなければならなかった。

カビくささと、腐ってからずいぶん経つ肉の強烈な悪臭が襲ってくる。死のにおい。誰かがここに住んでいたのか？　それとも、単に動物のすみかが長いあいだ放置されていただけだろうか？

「あそこ……」ダニエルが小さな括約筋のような形の穴を指した。

「大当たり。わたしたちが捜してる地下への通路かも」

「たしかめる方法は一つだけだ。ぼくが先に行く。下には汚いものがあるかもしれない」

「そうはいかないわ」サラはダニエルを脇に押しやった。「たしか、この発掘のリーダーはまだわたしだったはずよ。つまり、仕切るのはわたし」

ダニエルは食い下がったりしなかった。「お好きにどうぞ。騎士道精神は死んだと思われたくなかっただけだ」

サラは体を低くして穴を通り、前腕を使って前進した。体に触れる石は冷たくごつごつしていて、奥に進むにつれて腐敗と焦げた土の悪臭が強くなっていった。なんとか吐き気を無視したが、空気不足は無視できなかった。肺が万力《まんりき》で締めつけられているみたいで、呼吸がつらかった。

背後からダニエルが声をかけた。「どうだ？　トンネルの先に光が見えるか？」

「いいえ。光は見えないわ」サラは声をふりしぼって答えた。「でも、ちょっと待って。先が少しカーブしてる」

トンネルは右に曲がっていて、そこまで行くと広くなった。「どうやら入口に近づいているみたい。ここは広くなってるわ」

「なにか見えるか？」

「真っ暗よ。待って。これはどういうこと？」

「なんだ？　どうした？」

「トンネルが下向きになってる」

「それがきみの捜してる地下への通路だ。千回は見たことがある。危険かもしれない。気をつけろ」

「たしかめる方法は一つだけね。行ってみるわ」

「サラ、本気だぞ。気をつけるんだ」

「なにが心配なの？　ロープで外とつながってるのよ」サラは通路を下りはじめた。「行くわよ。懸垂下降で下りてみる」片方の手でロープを握り、もう一方の手で岩をつかみながら下りていく。さらに足を使って通路の幅を確認する。

　壁がなくなって足が宙ぶらりんになったところで、目的地だとわかった。「いいわ」サラはロープを引っ張って叫んだ。「下げてちょうだい」

　どれだけ下がるのか、あるいはどこに着くのか、見当もつかなかった。水かもしれないし、おぞましいネズミの寝床かもしれないし、ひょっとするとゴキブリが群がる糞《ふん》の堆積物の山かもしれない。

　ほっとしたことに、少し下がったところで足が地面に着いた。まわりを見まわすと、たしかに洞窟の中のようだ。岩に手を這わせる。硬く、ざらざらしていて、花崗岩の感触と一致する。

「なにも問題はないか？」通路の上からダニエルのかすかな声が聞こえた。

「まちがいなく奇妙な場所だわ」サラは叫んだ。「ここの岩はほかとは全然ちがう。この洞窟はかつて封印されていたんだと思うわ」

　ダニエルが自力で下りてきたとき、サラは天然の起伏と条線に驚嘆していた。長い年月における大地の進化。地殻の変化を観察するのは、この仕事で好きなことの一つだ。岩たちが秩序と矛盾、光と影、生と死を語りかけてくる。

サラは息を吸いこんだ。まちがいなく炭化した土。左側に移り、炎で黒焦げになった岩のところで足を止める。珍しいものではない。羊飼いや遊牧民は暖をとるためにしばしば洞窟の中で火をおこす――が、通気性がいい場合だけだ。これも、この洞窟がかつて開放されていて、のちに意図的に封印されたことを示すヒントだ。問題は、その理由だ。

サラは焦げた岩を少し削り取ってバッグの中に入れ、ふたたび周囲を見まわした。

木箱の角に視線がとまる。長い時間をかけて酸化した太い鉄の釘で閉じられている。

ダニエルが体からロープをほどいた。「なにがあった?」

サラは自分が見つけた長い木箱を懐中電灯で照らした。「棺《ひつぎ》よ」ダニエルを見上げる。「ここは洞窟じゃない。墓よ」

「なるほど。外のシンボルに、積み重ねられた岩。明らかに誰かがなにかを守ろうとしていたんだな」

「もしくは、隠そうとしていた」サラはざらざらした木の表面に手を這わせた。手のひらにとげが刺さり、ぱっと手を上げる。「アカシアだわ」痛みは気にせずに言う。「アクスムの伝統では、アカシアの棺で埋葬されたのは貧民か修道士だけだった。中で眠っているのはどっちかしら?」

「蓋《ふた》になにか彫られている」ダニエルがよく見ようとひざまずいた。「なあ、ゲエズ語はどれだけできる?」

サラは、アムハラ語より前に存在していたその古代エチオピア言語の文字を勉強したことがあるが、専門家ではない。それでもなんとか翻訳してみようと試みた。「二つの言葉はわかるわ。これは〝光〟という意味。こっちは〝なる〟という動詞ね」首を横に振る。「わたしにわかるのはそれだけ。でも、訳すのは難しくないはずよ」

ポケットからデジタルカメラを取り出し、彫られた文字と棺をさまざまな角度から撮影した。カメラのぼんやりした青いフラッシュが、雷雨のように壁に反射する。箱の全長と横幅がわかるように広角撮影したあと、箱の木目や、蓋を閉じているさびた釘の頭まで、あらゆる細部をズーム撮影した。撮影を終えるとカメラを下ろした。「すごく奇妙だわ」自分自身に、そして棺の寸法を測っているダニエルに向かって言った。ハロゲンペンライトを手に前かがみになり、明かりの下で釘を調べる。「これを見てちょうだい」

ダニエルはメジャーをポケットにしまい、サラのほうにやってきた。「釘の横に穴が開いている」驚いたように言う。

「ええ。つまり、この棺は開けられたことがあるのよ」

「盗掘者か」

「かもしれないけど……」そうなのだろうか。

「なにを考えてる?」

サラは洞窟の入口にあったシンボルを考えた。棺を開けた人物が墓を封印し、あのイデオグラムを岩に刻んだのではないかという考えを振り払えなかった。しかし、その考えは頭の中でうまくまとまらなかったので、口にしないことにした。代わりに明らかなことを述べた。

「これは明らかに貧しい人の棺だってこと。盗むようなものがある?」

「いや、案外そうでもないぞ。貧民にだって所有物はあったんだ。ナイフ、シンプルな金属製の十字架。盗掘者のような悪党どもにとっては、もっともありふれたものさえ価値がある」ダニエルは棺の後ろにあるくぼみに懐中電灯を向けた。「そこになにかある……」

「え?」サラははっとしてダニエルのライトが照らす箇所に視線を向けた。口がぽかんと開き、しばらく息をするのを忘れた。岩壁の内側全体に文字がびっしりと刻まれている。近づいてもっとよく見てみた。まったく見たことがない文字で、急いでいたかのように無秩序に書かれている。一文字も理解できないが、そこからは不安が感じられた。「こんなのは見たことがないわ」とささやく。

ダニエルも文字をじっくりと見つめた。「これはセム語の一種だ。方言みたいなものだよ。アラビアで似たような文字が墓標に刻まれていたのを見たことがある」

「宗教的なものかしら?」

「そうは思わない。形がとても単純だ。文字が下に曲がって、螺旋を描くようになっているだろう。宗教的なものはこれよりもっと精巧で、もっと整然としている」

サラはバックパックからトレーシングペーパーと木炭を取り出し、文字を複写した。

ダニエルは笑い声をあげ、サラのやり方に疑問を投げかけ、写真を撮ればより正確な画像が見られると指摘したが、サラは写真だけではなく、身体的な触感で刻字を記憶しておきたかった。そのほうが彼女にとってはよりリアルに感じられ、文字を彫った人物の気持ちに近づける気がした。それはサラの奇癖の一つであり、悪いとも思っていなかった。

「ここから出たほうがいい。空気が減ってきている」

洞窟に空気を循環させる通気口はあまり多くなかった。ここにあった少量の酸素はふたりでほぼ使いきってしまった。たしかにそろそろ引き返したほうがいいが、サラはまだ戻るつもりはなかった。

「先に戻ってて。まだここでやることがあるの」サラは帽子のつばの位置を調節し、洞窟に書かれた文字のほうを向くと、自分が見ているものを口頭で描写した。「洞窟の北側の壁にくぼみがあり、内部の八〇パーセントが文字で覆われている。おそらくセム文字と一致すると思われる」

「なにをしてるんだ？」

サラは黙るようにと人さし指を唇に当ててから、帽子のつばの縁の下にあるものをペンライトで指した。

「ビデオカメラか」ダニエルはささやいた。「本当に賢いな」

サラはまたつばの下に手を伸ばし、カメラを切った。「ビデオカメラを持ち歩くのは面倒だから、自分でこれを設計して、大学の工学部に作ってもらったの。狭い場所とか、余計な荷物を持っていけないときとか、本当に便利よ。しかも、ケンブリッジのイントラネットに送信できるの。すごいでしょう？」

「特許は取ったのか？　同業者はみんな欲しがるぞ。ぼくのも注文しておいてくれ」

「もう一つ、あなたが気に入りそうなものがあるわ」サラは左手首をかかげた。「〈タイメックス〉の腕時計が見えるでしょう？　〝手荒に扱われても時を刻み続ける〟っていうキャッチフレーズがあったけど、これは〝手荒に扱われても録音し続ける〟」

「声を？」

「ええ、そのとおり。ずっと前から持ってるの。いまではこのビデオカメラがあるから、あまり使ってないけど。でも、いつ必要になるかわからないから、つねに携帯しているの」上部のボタンを三回押して、録音モードにする。時計の文字盤がデジタルスクリーンになってよくある録音のオプション画面が現れると、べつのボタンを押して実演してみせた。

「きみたちイギリス人はおもしろい装置を持ってるな」ダニエルは声をあげて笑った。「ジェームズ・ボンドはフィクションじゃなかったのか」

サラは頭を左右に振ると、またカメラをオンにして、洞窟とその内部を見まわして映像記録を撮影した。呼吸が苦しくなっても、作業を続けた。どんな状況でも、はじめたことは最後まで終わらせる。それがこの仕事の基本だ。手に入るものは最初に手に入れる。またチャンスがあるという保証はないのだ。

頭がくらくらし、花崗岩の壁で体を支えなければならない状態になってはじめて、サラは手を止めた。いま出なければ、通路を登っていくための体力がなくなってしまうだろう。

「帰る時間だ」ダニエルがサラのハーネスとロープをカラビナでつなげた。「ノーという返事は受けつけないからな」

サラはうなずき、通路を登っていった。わざと大きく呼吸をして、肺に流れこむ空気を増やし、二酸化炭素をより速く吐き出す。出口へと這っていくあいだ、胸が二十キロの重りで押しつぶされている気がした。墓の中での作業はサラにとってなによりも興奮することだが、いまは外の世界が恋しかった。

とうとう洞窟の出口に着いたとき、サラは息を切らしていた。ダニエルが出てくるのを待ちながら、頭からバンダナを外し、汗と汚れでひりひりする目を拭いた。

ふたたび目を開けたとき、人影が見えた——革のような黒い肌の老人で、白いローブを羽織り、頭には長い白色の紗を何重にも巻いている。素足はたこができて節くれだっていて、古いコソの木の幹のようだ。首には十字架のついた革編みひもをかけている。

「どなたですか？」サラは聞いた。

老人は声を震わせながらアムハラ語でしゃべった。「ここにいてはならん。おまえたちはこの地に悪をもたらす」

「わたしたちは考古学者です」サラはアムハラ語で言った。「科学者です。許可を得てここにいます」発掘許可証の写しを取り出そうと、ポケットに手を入れる。

「神の許可は得ておらんじゃろう。すぐに立ち去れ。さもなくば報いを受ける。彼は見ている」

「すみません。誰が見ているんです？」

だが、男はサラの質問には答えなかった。サラが立っている地面に唾を吐くと、驚くほど機敏に崖を登っていった。明らかに山歩きははじめてではないようだ。

ダニエルが出口から姿を現した。「いまいましいイギリス人どもめ。この出入口をもう少し広くしてくれないか？」

サラはダニエルの言葉を聞いていなかった。ぼんやりとダニエルを見つめた。

「どうした？」

「なんでもないわ。ただ、男の人がいて……」

ダニエルはあたりを見まわした。「どんな男だ？　どこにいる？」

「修道士みたいだったけど、確信はないわ。十字架をかけていて、神の話をしてた」

「神がどうしたって？」

「わたしたちが神の許可を得ずにここにいるって言ってたわ。わたしたちはこの地に悪をもたらす、すぐに立ち去れって」

「まあ、ぼくたちにはエチオピア文化観光省の許可がある。ぼくの考えでは、神さまの許可と同じさ」

「だとしても、一日でだいぶ損傷を加えてしまったわ。ここから離れましょう」

夕食のとき、サラはいつになく無口だった。今日の発見について複雑な気持ちを抱いていた。一つには、封印された墓と、そこに隠されているかもしれない秘密に興奮を覚えて血管が脈打っている。だがいっぽうで、サイモン博士と、彼女を雇ってくれている神聖な機関に逆らってしまった。教授が激怒するはずだというのは百も承知しているが、前に進まずにはいられなかった。これは彼女の発見だ。組織からの指示というよりは、彼女自身の直感と独創力がもたらした結果。そこが重要なのだ。たとえケンブリッジの学者たちには理解できなくても。

テーブルを片づけ、皿をキッチンテントに運んだあとで、ダニエルがサラをテントの外に連れ出した。「きみのために持ってきたんだ」そう言って、ピンセットを見せる。

サラはあきれて目を上に向けたが、とりあえず手のひらを差し出した。

ダニエルはふざけてヘッドライトをつけ、とげ抜きに取りかかった。「今夜は口数が少ないな」上皮を薄くはがし、その下のアカシアの破片を掘り出す。「なにを考えてるんだ?」

「あら、なんでもないわ」サラはびくっと手を引っこめた。「ちょっと……痛いわ」

ダニエルはいたずらっぽくにやりと笑い、肩をすくめた。「すまない。わざとじゃないんだ」

彼に話さない理由はない。それどころか、できるだけ味方が必要だ。サラの直感は、ダニエルは企業にこびへつらうごますり男ではなく、この仕事を純粋に愛している人間だと言っている。それが正しければいいのだけれど。「棺の蓋にあったゲエズ語の文章を訳したの」

ダニエルは顔をあげた。ライトの下で琥珀色の瞳がきらめいている。「それで?」

「それで……あれは警告文だったわ。こう書いてあったの、『この骨を日の光のもとにさらす者は呪われることになる』と」

4

実験台の上に置かれた骨が、サラをあざ笑っている。四日前に作業員たちが棺を掘り出して運んできて以来、サラはラボを離れられなかった。食欲はない。ときどき思い出したように椅子で眠ったが、それも起きていられないほど疲労困憊したときだけだった。この人体標本を調べ、目の前の事実を解明することしか興味がなかった。骨盤からは、この遺体が男のものだとうかがえた。細長い頭蓋骨の形、高い頬の構造、角張った下顎骨、角度のついた鼻、腕と脚の骨の長さを考えると、アフリカ人ではないだろう。サラは測定結果をもう一度見た。身長一八八センチ。白色人種。まちがいなく白色人種。骨はほぼ無傷で、二カ所に損傷があるだけ。折れた右手首と、左下部胸郭の骨折。サラは手袋をはめた指を傷痕に這わせた。真っ二つに切断された骨は鋭く、時間の経過や自然の影響を受けているわりには崩れていない。戦闘かなんらかの紛争で死んだにちがいない。槍《やり》が胸に、心臓の真下に激しく突き刺さり、致命傷を与えるところを、サラは想像した。

それから頭蓋骨に注意を戻し、曲面に触れた。上品な頬骨、かつて目があった部分の暗いくぼみ、顎。いちばん気になったのは歯の状態だった。きれいにまっすぐ並んでいて、まったくの無傷で、古代人の男のものとは思えなかった。いつの時代の骨かさっぱりわからない――数週間後には放射性炭素年代測定の結果が出るはずだ――が、棺の構造から、西暦初頭だと推測できた。これらの事実は、少なくとも現時点では筋が通らず、サラは好奇心のあまり爆発しそうだった。

「おやおや、こんな早くからなにをしているんだ？」ダニエルの苛立たしいほど快活な声に、サラはもの思いから我に返った。

腕時計を見ると、朝の四時だった。「眠れなかったの。そっちこそなにをしてるの？」

「ぼくは慢性的な不眠症なんだ。この職業にはつきものさ。それは紅茶？」

「わたしも同じく不眠症よ」サラはダニエルのためにマグカップに紅茶を注いだ。手が震えていて、熱々の液体が指の関節にこぼれた。本能的にマグカップを落とす。自分の不手際を非難するというより、痛みに反応してサラは顔を歪めた。

「彼はどこにも行かないよ」ダニエルが棺を顎で示して言う。「少し眠ったほうがいい」

「大丈夫よ」言いわけがましい口調になってしまったことをすぐに後悔した。

ダニエルはしゃがんで割れた破片を拾いはじめた。「大丈夫じゃない。きみは疲れきっている。紅茶を注ぐだけなのに、ぼくのお気に入りのマグカップを割ったんだぞ」

サラは息を吐いた。「そうね。ただ、わたしたちの友人のことが気になってしかたないの。ひと晩中、わかっている事実についてじっくり考えてみたけど、つじつまが合わないのよ」

棺まで歩いていき、標本を見つめる。「大昔に、白人がエチオピアでなにをしていたの？」

そう尋ねたが、答えを期待しているわけではなかった。

「そんなに大昔だったとは思えない。アビシニアに最初に来た白人は、キリスト教の福音を広めるために旅をしていたローマの宣教師たちだったという記録がある。それは、ええと、四世紀か五世紀だったかな？　当時のローマ人の平均身長は一七〇センチだったかもしれない。この男はかなり長身だ。当時にしては高すぎる。それに、この歯を見てごらん」ダニエルは棺まで歩いてきて、下顎第二大臼歯を指した。「わかるかい？　なにかの詰め物がされている。さて、四世紀か五世紀の人間が虫歯治療をしたと思うかい？」

その見解にサラは驚いた。歯について気づいたことといえば、きれいにまっすぐ並んでいて、かなり珍しいことにすべてそろっているという点だけだった。ダニエルが先に細部に気づいたことに、サラは恥ずかしさと軽い苛立ちを覚えた。

「もちろん、分析が終わるまではたしかなことはわからない」ダニエルが話を続けた。「だけど、全財産を賭けてもいいが、ぼくらが見ているのは現代人だ」

「それはどうかしら。棺に彫られていた警告文は？　ゲエズ語は古代の言語よ」

「ああ、だけど、現在でもエチオピア正教会の聖職者たちが典礼や研究に使っている。あの警告文は、おそらく教派の人間が彫ったものだ。それに、修道士にここを去れって言われたんだろう。偶然じゃない」

「オーケー。つまり、教会は墓を掘り返されたり、骨を明るみに出されたりするのを望んでいない。どうして？」

ダニエルは顎の無精ひげをこすった。「教会がなにかを隠すのはよくあることだ。ぼくの考えでは、あそこは普通の墓じゃなくて、山から来たきみの不気味なお友だちを含めた修道士たちが公にしたくない古代の秘密が隠されているんだ。彼らにとって、ぼくらは異教徒だ。あの壁に書かれている自分たちの尊い碑文をぼくらの手に渡したくないのさ」

サラはダニエルの顔をまじまじと見つめた。ランプのほのかな光で瞳が琥珀色に輝き、強い知性をさらけ出していた。彼の中にも、サラと同じように、この仕事への熱情があるのだ。そのことに感動したサラは、ダニエルは味方かもしれないと思う程度には心を許すことにした。

「碑文で思い出したけど、あれはどの言語かわかった?」

「まちがいなくセム語だけど、どの方言か正確にはわからない。千年以上にわたって、アラビアのさまざまな地方でものすごく多くのセム語の方言が話されていたんだ。どの方言でもおかしくない。だが、理解できない点がある。セム語の言葉がどうやって紅海の向こうからここに伝わったんだ? 考えれば考えるほど、ラダ・カベデの力が必要だという気がしてくる」

「誰?」

「アディスアベバにいる言語学者だ。エジプトのプロジェクトで一緒に働いたんだ。頭の切れる男だよ。すぐに翻訳できるかはわからないけど、少なくともぼくらを正しい方向へ導いてくれるはずだ」

「信頼してるの?」

「きみはアフリカで誰かを信頼することがあるのかい?」ダニエルはウインクをした。「ラダとは長年のつきあいだ。彼はいい人間だと、ぼくの直感は言っている」

「直感ねえ」

「ぼくらは科学者かもしれないが、この仕事では直感に勝るものはない。きみだってよくわかっているはずだ」

サラはうなずいた。反論はしなかったが、彼女の直感はほかのことも言っていた。それでも、ダニエルの意見は一理ある。手がかりを得られるなら、アディスアベバまで行く価値はあるだろう。それに、目の前の光景から離れてひと休みする必要がある。「オーケー、乗ったわ」


疲労の霧に包まれたサラには、アディスアベバへの道は果てしなく続く乾燥した赤い土のリボンに見えた。周囲の単調な景色と、ダニエルのランドクルーザーの一定の振動が、鎮静剤のような影響をもたらす。青ナイルの有名な源流であるタナ湖の北岸を走り抜けるあいだ、サラはその景色に見入っていた。無限に広がるライラックグレーの湖面に霧をまとった島々が浮かんでいる様子は、わら紙に描かれた幻想的な水彩画を思い起こさせた。葦船の小さな船隊が、岸から岸へ食料を運んでいる。舳先《へさき》に立った根気強い漁師が網を投げ、湖の平穏を乱す。そののどかな景色の美しさに包まれながら、サラは重い眠りに落ちた。

助手席側の窓に頭がぶつかり、目が覚めた。どうやらランドクルーザーがとりわけ意地の悪い穴の上を通ったらしい。空は青みがかった濃い灰色で、雲に覆われ、雨が猛烈に地面に叩きつけている。道路はゆうに十五センチは冠水しているが、イタリア占領時代に設置された欠陥だらけの排水システムのおかげで、エチオピアではよくあることだ。

「アディスアベバにようこそ」ダニエルが言った。「外出にはもってこいの天気だ」

サラは薄暗がりに目をこらし、首都を眺めた。広い大通りには、ソ連時代の地味な様式に感化された巨大なコンクリートの建物が並んでいる。そのほぼすべてが汚れ、修理を必要としており、所有物に対する地元民の放任的態度を表していた。これらの建物は、屋根があるかぎり、雨風をしのぐ場所あるいは仕事場として使われていた。メンテナンスは貴重な時間の無駄であり、そんなことをするくらいなら、コーヒーを飲んだり、友人たちと雑談をしたり、あるいはいっそのこと眠って退屈をまぎらわすほうがいいのだろう。

人々はみな同じようにだらしない身なりをしていた。ビジネスマンはサイズがひとまわりは大きい色あせた濃紺色のスーツを着ていて、まるで思春期のやせた息子が父親の服を引っかけているみたいだった。女たちはスリングで幼子をだっこしながら、傘を差して歩道にしゃがみ、古いブランケットやプラスチック製のマットの上にトランクいっぱいの商品を並べている。売り物はさまざまだ。きれいなピラミッド形に積み上げたオレンジ、電池、戦前のスーツケース用南京錠、フィルターのない緑色の煙草を小さな束にまとめたもの、ミルクビスケット、フランス語の漫画本、安っぽい綿のパンティー。

ダニエルが、ほかの人たちと同様に、歩道に車を止めた。

雨の中、ふたりは数ブロック歩いて〈ファジル・ゲビ〉というレストランへ向かった。そこでラダ・カベデと遅いランチをすることになっている。街の市場がある地区に建っている荒廃した戦前の建物が、その伝統的なレストランだ。正面のひびは地震活動があったことを示唆している。外壁の弾痕は、暴動や内戦、あるいはその両方によるもので、この国の過去の騒乱がうかがえた。そのうちのいくつかはそれほど昔に起きたものではない。サラはこの建物に仲間意識を覚えた。ぼろぼろに傷んでいるけれど、立ち続けられるほど頑丈で、誇り高い過去を堂々と示している。

サラとダニエルは、大通りにいちばん近い角にある斜めに傾いた巨大な木製のドアを入っていった。

「〈ファジル・ゲビ〉にようこそ」染み一つない白いチュニックと細いズボンと腰に巻いたスカーフという、伝統的なエチオピアの衣装を身につけた男が言った。「お待ち合わせですね？」

「ああ、そのとおり。案内してくれ、友よ」ダニエルが言う。

「こちらへどうぞ」案内係はおじぎをすると、揺れる赤いビロードのカーテンがかかったアーチの下を歩いていった。

ダイニングルームは煙が充満し、カイロやイスタンブールの市場と同じくらいにぎやかだった。ばか笑いやおしゃべり、グラスがカチンと鳴る音などが不協和音を生み出しており、それまでの数時間を相対的な静寂の中で過ごしてきたサラの耳には世俗的に感じられたが、香辛料や強い煙草の香りに感覚が呼び起こされた。異国情緒あふれる場所に活気づけられ、生き生きした気分になる。店内で顔の色が白いのはサラとダニエルだけだが、サラはすぐにくつろぎ、いまこの瞬間ここにいるべき人間であるかのように自信たっぷりにダイニングルームを通り抜けた。

低いテーブルについていたラダが立ち上がり、片方の手を差し伸べながら旧友のほうに突進してきた。唇は大きく開いて、美しく並んだ上下の白い歯がのぞいている。三十代後半だが、ぴんと張った肌のおかげで十歳は若く見えた。四角い黒縁の分厚い眼鏡をかけているため、目が二つの小さな黒曜石のビー玉みたいだった。真面目な学者肌といった風貌だが、立ち居ふるまいは興奮した男子学生のそれだった。

ふたりの男は軽くハグを交わし、元気よく互いの背中を叩いた。

「同僚のサラ・ウェストンだ」ダニエルがサラの腰に手を置き、ラダに紹介した。下心のない紳士的なしぐさだとはいえ、ダニエルに触れられるのは奇妙な感じだった。

「はじめまして、レディ。どうぞ」――ラダは手を振ってテーブルを示した――「座って」

三人は、筒状のバスケットの上に金属を叩き伸ばした丸いトレーを置いただけの即席のテーブルを囲んで、低いスツールに腰かけた。

ラダがウエイターに向かって三本の指を立ててから、ダニエルに向き直った。「教えてくれ、友よ、なぜエチオピアに来た？」

ダニエルは頭を左右に振った。「残念ながら仕事だよ。それ以上におもしろい話はない」

「まあ、前回のぼくらの冒険みたいな仕事なら、とてもおもしろくなるにちがいない」

ウエイターがセントジョージ・ビールを三本持って戻ってきた。

ラダがアムハラ語ですらすらと長い注文をしてから、サラのほうを向いた。「エジプトにいたとき、こいつは珍しいヌビアアイベックスを見つけるためにぼくらのグループを狩猟旅行に連れ出したんだ。何日も山の中にいたけど、アイベックスの姿はなかった。すると突然、ダニエルがうなりだして――」

「おい、あれは求愛の鳴き声だったんだぞ」ダニエルは怒ったふりをした。

ラダは体を折り曲げて笑った。その笑い声はとても早口で甲高く、アニメのキャラクターみたいだった。「そうだった」金切り声の合間になんとか言う。「じゃあ、あのおかしなダンスはなんだったんだ？」

「アイベックスは来たの、来なかったの？」

「来たよ。来たとも。あんなに奇妙な出来事は生まれてはじめてだった」

「ぼくは動物の扱い方を心得ているんだ」

ふたりの男は声をあげて笑い、ビールのグラスを打ち合わせた。

「楽しかったな」ラダが頭を左右に振りながら言った。

サラはいらいらと微笑んだ。「ミスター・カベデ、あることについてあなたの意見をお聞きしたいんです。この――」

ダニエルがテーブルの下でサラの手をつかみ、握りしめた。

サラはしぶしぶ口をつぐんだ。

給仕係の女性がピッチャーと手洗い用のボウルを持ってテーブルの横に現れた。ラダが石鹸を手に取り、ボウルの上で泡立てながら、臆面もなく女性を口説いた。

ダニエルがサラに身を寄せ、「途中でさえぎってすまなかった」とささやいた。「この国では物事の進むペースが異なる。テーブルでビジネスの話をするのはとても無礼なことなんだ。とにかくぼくを信じて」

サラはあきれて目を上に向けた。礼儀作法については十分承知している。ただ、忍耐強さがないだけだ。

それからの二時間、三人は碑文以外のあらゆること――世界情勢、カリヤト・アル＝ファウ付近の砂漠でのダニエルの冒険、ロンドンの天気――について話した。ウエイターがトレイのテーブルの上に広げて置いていったインジェラという大きく酸味のあるクレープを細かくちぎり、それを食器代わりにして、ドロ・ワットと呼ばれるスパイシーなチキンの煮込みや、レンズ豆のサラダ、香辛料で味つけしたヤギのチーズ、ヒヨコ豆のフリッターなどを、ひと口分ずつ取ってたらふく食べた。最後の料理が出てきたとき、はじめて食器が用意された。カーブした刃がついた象牙の柄のナイフで、地元のごちそうである生の牛肉のかたまりを切るためのものだった。

全員が満腹になったあと、ラダが両手をこすり合わせ、歯を見せて微笑んだ。「さて、コーヒーでも飲もうか」

じきに食事が終わって本題に入れると思い、サラはほっとした。

三人でべつの部屋に移動すると、床のところどころに草が敷かれていた。頭から足首まで白い綿の薄いショールで包まれた女性が草の上に座った。燃える石炭の上に平鍋をかけ、中のコーヒー豆が煎り上がるまで前後に揺り動かす。それから、まったく急ぐことなく、すり鉢とすりこぎで豆を砕く。砕いた豆を水と一緒に陶製のポットに入れて煮立て、たっぷり十分間かけて抽出する。小さな陶磁器のカップに注がれたのはタールではないかと思うくらい、黒くてどろどろしていた。

サラは口の中で液体をまわすようにして飲んだ。ガソリンの味がすると思っていたので、なめらかなナッツのような風味に驚いた。おいしかったと伝えるつもりでカップの中身を飲み干したとたん、カフェインのせいで心臓の鼓動が速くなるのを感じた。ちょうどいい。どのみち今夜は眠れなかっただろう。

その後、三人はラダのオフィスまで歩いていった。夏の湿気がコンクリートの街に染みこんでいた。雨のあとはいつもこうだ。蒸し暑くて重苦しく、土の地面から立ち昇る霧やほこりが肌にくっつく。サラたちはまだラダを訪ねてきた理由についてなにも話していなかった。時間の無駄だったのではないかと思っていると、オフィスでラダがこう言った。「ぼくになんの用なのか、教えてくれるか？」

「いいとも、旧友よ」ダニエルが言った。「ぼくと同僚に力を貸してほしい。あるものを見つけたんだ。碑文なんだが――」

「アクスムで？」

「ああ。墓の中で見つけた」

ラダは指を組み合わせ、その手を口に押し当てた。

「デブレ・ダモの近くの封印された洞窟の中に墓を見つけたんだ。埋葬者の遺品はなにもなく、シンプルな木製の棺だけが――」

「このプロジェクトについて、あまり詳しくは話せないの」サラは口を挟んだ。「わかってくれるわよね。あなたがこの言語を翻訳できるかどうか知りたいだけなの」ラダの前の机の上に写真を何枚か置く。碑文の各部分をアップで撮影したものだ。

ラダは文字をじっくりと眺め、明らかに興奮した様子でちらりと視線を上げた。「いまではもう存在していない古代の言語だ。セム語の方言の一種、サファー語が変化したものにちがいない。およそ二千年前から、主に遊牧民がアラビアで使っていたものだ」ラダはサラに、それからダニエルに目を向けた。「これをアクスムで見つけたのか?」

ダニエルはうなずいた。

「ありえない。この方言はここでは使われていなかったはずだ」ラダは拡大鏡を手に取り、じっくりと碑文を見た。そして椅子にもたれ、首を横に振りながら黙りこんだ。

「きみの考えていることはわかるぞ」ダニエルが言った。「話してくれ」

「仮説にすぎないが、シリア砂漠の遊牧民はしばしばネゲヴや、さらに南の古代都市ウバールに定住して、家畜を交換していた。その何人かが部族から離れて、ひと財産築くために西のエジプトへ向かい、そこから南下してヌビアやアクスムに行ったと考えても、不自然じゃない」ラダは写真をもっとよく見てみた。「これまで見つかっているサファー語の碑文の多くは、遊牧民の生活を記したものだ。この方言を使っていた人々は平凡な部族民だったから、少なくとも初期のヤギの放牧やラクダのレースについて知るうえで大きな手がかりになるだろうな」ふたたび甲高い笑い声をあげる。

ダニエルはくすくすと笑った。

単に緊張をやわらげるためのジョークだとわかっていたが、それでもサラは苛立った。

「ミスター・カベデ、わたしたちの力になれるんですか、なれないんですか？」

ダニエルが口を開けたが、サラは手を上げて黙らせた。

ラダは肩をすくめた。「いくらかは訳せるだろう。だけど、本当の意味できみたちの力になってくれるのは、石を持っている人物だけだ」

ダニエルがサラを見た。彼も同じことを考えているのだとわかった。この地域の古代言語を翻訳する鍵が、エジプトのロゼッタストーンに匹敵するものが、存在するのだ。

「その石はどこにあるんだ？」ダニエルが聞いた。

「ラリベラ近くの教会の地下墓地に保管されている。修道院としての機能も持つイムレハネ・クリストス教会だ。どのみち噂だけどね。誰も見たことがない。地元の司祭たちが厳重に守っている。〝契約の箱〟のように」

「ミスター・カベデ、いくらかは訳せると言いましたね？」サラは言った。「どれくらいかかります？」

「調べるには数日かかる。この方言について書かれている資料はとても少ないんだ。リサーチをしなければならない。だけど、なにも約束はできないよ」

他人を信用するのは気が進まなかったが、サラはしかたなく写真を置いていった。

〈ヒルトン・ホテル〉に着いたときには、夜の八時になっていた。サラはダニエルに明日の朝いちばんに車でアクスムに戻ろうと伝えてから、自分の部屋に入った。デッドボルト式の鍵を閉め、ライトをつけた。

足もとの床の上に白い封筒が落ちていた。一瞬、翌朝のチェックアウトに関するホテルからの通知だろうと思い、開けずにおこうと考えた。だが、封筒はおかしな形で、たいていのホテルで使われているよりも厚い紙でできていた。

封筒を開けると、カードが出てきた。文化観光省の印が押してあり、その下には文化財局局長という言葉があった。カードには興味深いメッセージがタイプされていた。

『親愛なるウェストン博士
アディスアベバにようこそ。きみのプロジェクトに関して話し合いたいことがある。今夜、〈シェラトン・アディス〉のペントハウス・スイートで会いましょう。ひとりで来てください』

サインは判読できなかったが、きっと局長のものだろう。手紙は内密に送られてきたらしく、サラは当惑した。なぜ局長は正規の手順で面会を要求しないのだろう？　とはいえ、文化観光省を敵にまわしたら計画がつぶれてしまう。とくにいまは、文化観光省に発掘許可を出してもらっているのだから。

サラは気を取り直し、階下に行ってタクシーを呼んだ。

門が開き、アディスアベバで最上級のホテルのロータリーに車が止まった。門の外の通りは汚く、家々は崩れかけている。歩道にはホームレスが住みついている。いっぽう、門の内側は別世界だ。この不調和がサラには信じられなかった。ここはまるで、周囲をあからさまに無視して立つ豪華な神殿だ。巨大な噴水が連続的にネオンカラーに照らされ、水中のスピーカーから流れる西洋音楽に合わせて水柱が躍るように噴き出ている。

ロビーはヨーロッパの優雅さがはっきりと表れていた。象眼細工の大理石の床、東洋の絨毯、飾り天井《トレイシーリング》から吊るされたクリスタル・シャンデリア。太ったアフリカ人の重鎮たち――政治家、貿易業者、あまり名の知られていない王族――が、シルクで覆われたソファに座り、葉巻の青い煙のベールの後ろで笑ったり大声で意見を言ったりしていた。

サラはフロントデスクまでつかつかと歩いていき、受付係にペントハウス・スイートで人と会うことになっていると告げた。

「マタカラさまがお待ちです」受付係は電話を取り、サラの到着を伝えたあと、礼儀正しくおじぎをした。それからサラをエレベーターに案内し、カードキーを差しこんで、ペント《P》ハウス《H》のボタンを押した。ドアが開くと、〝プレジデンシャル・スイート〟という札がついた部屋を指した。

サラは受付係の手に数ブルを押しつけ、マホガニーの両開きドアへと廊下を歩いていった。

「ようこそ、ウェストン博士」執事の服を着た男がドアを開けて押さえながら、完璧な英語で言った。「お待ちしておりました」

スイートルームはロンドンのサラのアパートよりも広く、当然ながら飾りたてられていた。

「こちらでお待ちください」男がリビングにある二脚のクイーン・アン様式の椅子を指した。

「冷たいお飲み物はいかがですか？」

「いいえ、けっこうよ。でも、ご主人にわたしが少し急いでいると伝えてくれるかしら」

「マタカラさまはすぐにいらっしゃいます」執事はおじぎをし、部屋を出ていった。硬い靴底が大理石の床に当たる音が部屋に反響した。

ここの主人はサラを感心させたいのだろうか。サラは感心しなかった。もっと立派なものに囲まれて育ってきたので、高級品に感動することはなかったし、ましてやにわか成金のけばけばしい豪華さなど論外だ。人でも物でも、本物のほうがはるかに心を動かされた。

執事が約束したとおり、数分後にアンドリュー・マタカラが現れた。ほっそりした男で、四十代前半に見える。こぎれいに仕立てられたピンストライプのスーツに、小さなあぶみと乗馬鞭の柄の〈エルメス〉のネクタイを身につけており、人目を引く容貌だった。カフェオレ色の肌と端整な顔立ち――小さく高い鼻、薄い唇、高い頬骨――は、威厳ある王族のようだ。黒いストレートヘアは横分けにして、丁寧に後ろになでつけてある。エチオピア人というよりはアラブ人みたいだ。

アフリカ人の官僚が、とくにエチオピアのような貧しい国で、オーダーメイドのスーツ――まちがいなくサヴィル・ロウで作ったにちがいない――と高価なネクタイを身につけられるほど高給をもらっていることは珍しい。いかがわしい裏取引にかかわっているのではないかという思いがサラの頭をよぎったが、考えないようにした。

「サラ・ウェストン博士、ようやくお会いできた。アンドリュー・マタカラです」マタカラは手を差し出した。そのイギリス訛りから、おそらく留学していたのだろう。「こんな時間にお呼びして、本当に申しわけない。来てくださってよかった」

彼の態度は少し愛想がよすぎて、サラがケンブリッジで一緒に勉強していた金持ちのうぬぼれた外国人たちに似ていた。彼らは英国人らしくないことがまるで愚行だとでもいうように、つねに過剰にそれを補おうとしているようだった。サラは先入観を持たないようにしようと決めたが、手の内は見せないことにした。「文化観光省のためなら」微笑みながら言う。「わたしになんのご用でしょうか?」

「きみたちイギリス人はいつも単刀直入だな」マタカラはネクタイをまっすぐにした。「いいだろう。だが、説明するよりも、見てもらおう。こちらへ」

マタカラに続いてダイニングルームに入ると、プロジェクターが用意されていた。マタカラはノートパソコンを開き、花崗岩の玉座の画像を呼び出してから、そこに書かれた碑文を拡大した。「これはギリシア語だ」サラのほうを向く。「だが、きみにはわかっているな」

「アクスムの王の玉座？」サラは興味を引かれた。

「そのとおり。四世紀に、エザナ王が自身の統治の終わりに建立したものだ。知っているだろうが、エザナ王は帝国全土にこうした玉座をいくつか造らせた」

「ええ、そうです。神々に敬意を表し、王の武勇伝を伝えるために、戦いのあとに記念碑として建てられました」

「わたしたちエチオピア人は、我々の最古の歴史書だと考えている。当時についてはほとんどわかっていない。このような碑文は、我々の過去を見せてくれる窓だ」

「なぜいくつもある中でこの碑文をわたしに？」

「きみときみの発掘にとって重要だからだ。そして、我々にとってはよりいっそう重要なのだ」

サラは腕を組んだ。「続けてください」

マタカラは文章の冒頭までスクロールし、英語に訳した。「空と地において万物を支配する天主の御力により、エラ・アミダの息子、ビシ・ハレン、アクスムとヒムヤルとライダンとサバとサルヒンとチアモとベジャとカスの王、王の中の王であるエザナは、一度たりとも敵に敗れなかった」スクリーンを指さす。「これは、王がメロエで戦ったときの記録だ。詳しい説明はきみには退屈だろうから」次の画像を呼び出す。「こっちのほうがきみにとって興味深いはずだ。訳そうか？」

サラはうなずいた。

「恐ろしき敵が大胆にも王に襲いかかってきた。だが、余が生き延び、この地を支配することは主のご意志だった。余の呪医が、余の体と槍の刃先とのあいだに身を投げ出し、余の代わりに倒れた。立派で勇敢な男を亡くした。しかし、彼の者の犠牲は無駄にはならず、天主の御力により、余の軍隊が敵を殺し、捕虜にし、故郷に凱旋《がい》した」

「天主。エザナはキリスト教の王だった」サラは思い出した。アクスムの歴史は熟知しているとはいえ、自分の知識を過信したりしなかった。「これが今回の件にどう関係してくるのでしょうか」

「辛抱したまえ、博士」マタカラはべつの画面を呼び出した。今度はステッレが映っている。「これはきみの発掘現場の近く、現在デブレ・ダモが建っている崖の上で見つかったオベリスクだ。ここにはこう書いてある、『天主の教会により神聖化された勇敢な呪医が、アクスムと広大な帝国の支配者、王の中の王、エザナ王の命を救ったことで最高の栄誉を与えられて眠っている。天と地と聖なる万物を支配する主よ、彼の者の魂に赦《ゆる》しを与え、天の御国に受け入れたまえ。余は天主の御力によってこの墓碑を建立した。これを汚す者、また持ち去る者は、血族ともども地表から消えるべし』」マタカラは言葉を切り、サラを見た。

サラは文字を見つめ続けた。「このステッレはわたしたちの発掘現場の近くにあったとおっしゃいましたね。いまはどこにあるんです？　ぜひ見てみたいわ」

「残念ながら、いまは個人が所有している。何年も前に盗賊によってエチオピアから盗まれ、ブラックマーケットでドイツ人収集家に売られた。誰もそのありかを知らなかったが、収集家が亡くなり、遺産がオークションにかけられた。我々はこれを入手しようとしたが、匿名の収集家が我々よりも高値をつけた。我々はなんとかオークションハウスからこの写真を入手することができた」

「なぜわたしがここに呼ばれたのか、理由を教えてください」

「それは……複雑な話なんだ」マタカラは慎重に言葉を選んでいるようだった。「きみは信心深い人間かね、博士？」

「わたしは科学者です。目で見て、耳で聞いて、触れられるものを信じます」

「これは信仰の問題なんだ。簡潔に説明してみよう。きみも知っていると思うが、我々の信仰は九人の聖人を認めている――ゲエズ語で〝ツァドカン〟、すなわち高潔な人々という意味だ。彼らは信心深く、キリスト教という宗教を広め、国中に修道院を建てた。だが、コプト教の神秘主義信仰によると、十人目の聖人が存在していたという。証拠はなにもなかったが、そんなとき、このステッレの碑文を目にした。すべてが石に刻まれていたのだ。ステッレに書かれている人物がエチオピアの教会によって聖人とされたのは、九人の聖人がこの地に訪れる前、ゆうに百年は前だった」

サラは口を挟んだ。「その十人目の聖人についてわかっていることは？」

「伝説によると、彼はエチオピア人ではなく、西洋人だった。あくまで推測だが、わかっているのはそれだけだ」マタカラは身を乗り出した。「ウェストン博士、協力していただきたい」

次になにを言われるか、サラはわかっていた。歯を食いしばり、マタカラに話をさせた。

「きみが見つけたのは、我らが十人目の聖人の墓だ」マタカラの目つきが険しくなる。「我々の信仰にとって重要な人物であることは言うまでもない。我々は……」軽く握ったこぶしを口もとに持っていく。「言い方を変えよう。我々の政府のゲストとして、きみには権利がある。そこに議論の余地はない。王族の墓地の発掘が早く進むよう、国家の助成金で労働力を提供しよう。だが、この特別な発見については文化観光省に任せてもらいたい」

顔が燃えていたが、サラは冷静にしゃべった。「わたしが協力するとして、文化観光省はこの発見をどうするつもりなの？」

「デブレ・ダモの山の神聖な地が、聖人のいるべき場所だ。墓所に戻し、墓を封印する。その後、すべてを教会に引き継ぐ。我々の主教の望みであり、わたしたちはそれに従う義務がある」

「そして、歴史的記録を抹消するのね」サラは苦笑して言った。

「西洋のやり方ではないことはわかっている、博士。しかし、エチオピアではこういうやり方なのだ」

「もし拒否したら？」

「それはお勧めしない。この国の権力にたてつくのは賢明ではないだろう」

「ミスター・マタカラ、第一に、わたしは誰にもたてつくつもりはありません。わたしは完全に権限があってここにいるんです」いまこの瞬間、べつの人間が彼女を通して話していて、自分は目の前で起きている光景を眺めているような、非現実的な感じがした。「第二に、わたしがいちばんに、そして唯一身も心も捧げているのは、科学です。わたしの仕事は、もちろんご存じでしょうが、このような遺物を通して古代の歴史を研究し、記録することです。例の墓がイエス・キリスト本人の墓だったとしても関係ありません。それでもわたしは真実を掘り起こすのをやめません。むしろそうせずにはいられなくなります。いいですか、ミスター・マタカラ、あなたが信者たちには聖人を静かに埋葬しておく権利があると思っているように、わたしは人々には過去を知る権利があると思っています。というわけで、あなたとわたしの考えは相反するようですね」

「気をつけたまえ、博士。自分が誰を相手にしているかわかっているのか？」

「それは脅しですか？」

「我々の要請を少し検討してみたほうがいいと提言しているんだ――エチオピアで仕事を続けたいのなら」

サラはうなずくと、ドアのほうを向いて足早に歩きだした。

「ああ、ウェストン博士？」マタカラが呼び止めた。「これを見たことはあるか？」

サラは立ち止まり、深く息を吸った。振り返り、マタカラと向き合う。

埋葬地にあったイデオグラムが、スクリーンいっぱいに映し出されていた。

押し寄せる感情に逆らって、サラは懸命に無表情を保とうとした。

「これは古代の宗教教団のシンボルだ。メンバーは自分たちのものを守るためなら、手段を選ばないだろう」

サラはマタカラの目をじっと見つめた。

マタカラはノートパソコンを閉じた。「この国では、人々は一度だけ警告を与えられる。わたしだったら、それを無駄にはしないだろう」

5

月日が流れ、冬が春になり、飢饉《ききん》が弱者の命を奪っていくが、部族の生活は相変わらず着々と形式張らずに続いていく。すべてをありのままに受け入れるというのが遊牧民のならわしだ。よりよい日々を期待することも、報われない思いを抱くことも、死に絶望することもない。そのような厄介事がなくても、毎日の生活は十分に厳しい。利己主義という贅沢は遊牧民には手に入らない。ヤギの乳をしぼり、ヒツジの毛を刈り、ラクダに乗り、パンを焼き、子どもを育て、毛布を織り、夜空を読み解き、季節を予測し、たき火のそばで音楽を奏でることができればいいのだ。

たいていはなにも起こらずに日々が過ぎていく。少なくとも、神聖な習慣を壊すようなことはなにも起こらない。昼のあいだは、男と少年たちは家畜を追いたてて水や草を与え、満腹にさせる。明日がどうなるかはわからない。砂漠の中に牧草地はほとんどないが、ベドウインはたまたま植物が生えている場所を見つけるために、もっといいのは、小川が流れ、平野が青々として、ヤシの木に実がなっている完璧なオアシスを見つけるために、砂漠をどうやって進めばいいかわかっている。そこでは獣たちに力をつけさせ、自分たちの蓄えを補給するだけで、長くは留まらない。この荒涼とした土地での掟《おきて》は、書き留められてはいないが、広く敬われている。どの部族も通りすがりに控えめに資源を消費し、次に来る者たちのことを考えてみずからの蓄えを補給する。何世紀もおこなわれてきたことであり、誰も疑問を抱いたりしない。貪欲さはこの地域では深刻な違反行為に当たる。いかなる部族でも、掟を破ったシャイフは、それによって害を被った者たちの手で捕らえられ、違反の程度によってさまざまな形で辱められたり、強奪されたり、殴られたりする。

女たちにも義務がある。夜が明けると、料理や飲料や洗濯のために毎日水をくむ。朝は、ベドウィンにとっての家族である部族民のために食事の準備をし、男たちが平野から戻ってくるまで、かめの中に入れて蓋をしておく。その日の収穫によるが、ヒツジが屠殺《とさつ》された日はヒツジ肉の煮込みなどの手のこんだものだったり、仕上げにねばつくトウモロコシ粉のかたまりを入れた水っぽい豆のスープや、かまどで焼いたパンなど、簡単なものだったりする。運がいい日には、男たちが小川で魚をつかまえて持ち帰り、女たちがつぶした丁子《クローブ》をすりこんで直火で調理する。

真昼の苛酷な日光から逃れるために全員で昼寝をしたあとは、男たちは放牧地に戻り、女たちは輪になって集まって、雑談をしたり、くすくす笑ったり、歌ったりしながら、娘たちの嫁入り用の布を織る。織物と刺繍はベドウィンの女たちの遺伝情報にしっかりと組みこまれており、父親たちが誇らしげに自分の娘は針と糸を持って生まれてきたと公言するのが習慣になっている。商人が装飾的なビーズや、コショウの入った大袋、香辛料、象牙の魔除けなどと織物を交換したいと言っても、ベドウィンの女たちは断る。優れた作品を手ばなしたくないからではなく、例えば男と女の寝所を仕切ったり、凍えそうな冬の夜に子どもたちをあたためたりといった、有益な目的があるからだ。

砂漠の夜は特別な時間である。部族民は危険と苦難と果てしない孤独に満ちたこの厳しい土地でまた一日を生き延びたことを祝う。男に年長者、女に子どもたちが、炎のそばで輪になって座り、近くの人とささいなおしゃべりをしているうちに、やがて若い男のひとりがヤギ革の太鼓を叩いたり、ラバーバの弦をつまびいたりして、お祭り騒ぎをはじめる。ひとり、またひとりと、ほかの者たちが加わる。笛吹きが土笛を吹き、陽気で単調なメロディを奏でる。老齢の男たちは、ヤシの実の核や種を入れてヤギの乾皮を張った小さな樽を振って参加する。集団の中で、女たちは歌い手だ。合唱隊よろしく集まって座り、季節や日々の出来事や愛についての歌を歌う。その哀愁を帯びた甲高い声は、獲物の肉を切り裂くトラの爪さながらに、夜の静寂を貫く。

ガブリエルは血のインクが乾くまで待ってから、長いヤギの乾皮を脇によけた。治療師のテントから出たときに贈り物として与えられたものだ。それは新たな命の象徴であり、肉体の再生を示す捧げ物だった。幾月も、数えきれないほど長いあいだ、部族のもとで過ごしながら、ガブリエルはほとんどの時間をひとりで観察したり書き物をしたりしていた。砂漠や空、夜ごと火のまわりに集まって暗闇の中で顔を赤銅色に輝かせている人々について、彼はなにもわからなかった。唯一知っている言語である英語で日記を書き続け、印象を記録することでこの場所を理解できるように願った。

事実、そうなった。最初はまったく知らない文化に苛立ち、耐えられなかったものの、しだいにある種の共感を覚えはじめた。遊牧民はあれこれ口を出さないいっぽうで、彼をよそ者として扱うことはなかった。いつもは祝宴に参加するのもしないのも自由だったが、今夜はちがった。

肩に手が置かれた。

ハイランがなにかしゃべりながら、炎のほうを身振りで示した。

言葉が話せなくても、老人が彼に祝宴に加わってもらいたがっているのは理解できた。ガブリエルは気が進まなかった。「ありがたいけれど」と言い、招待を断った。「そういう気分ではないんだ。またべつの夜に」

ハイランはうなずいたが、子どもたちにはこのような礼儀正しさは伝わらなかった。首長が招待したことで自信を得たのか、たき火から離れて異人のまわりに集まってきた。くすくす笑いながら、彼の長く白い指や、乾燥と放置でもつれてごわごわした淡い金色の髪、頬骨から下の顔全体を覆って乳白色の肌を隠し、老人のような無骨さを与えている赤みがかったもじゃもじゃの顎ひげを観察した。少年たちはガブリエルのまわりにひざまずくと、ローブのすそを持ち上げ、その下にどんな異様なものがひそんでいるのかとのぞきこみ、興味津々にささやき合った。ひとりがガブリエルの手を取り、集団のほうへと引っ張っていく。べつの少年たちがやってきて、興奮したように笑い声をあげはじめたので、ガブリエルは主催者たちの歓待を受けないわけにはいかなくなった。

子どもたちに引かれて部族の若い男たちの近くへと連れていかれたガブリエルは、彼らに交じって腰を下ろし、ぎこちなくうなずいて挨拶した。寒さを防ぐために毛織りの毛布にくるまり、背景に溶けこもうとした。それは不可能だった。誰もが彼の存在を意識している。彼らがガブリエルにとって珍しいのと同じように、彼らにとって自分は珍しいのだ。みな、威嚇するのではなく観察するためにじっと見つめている。対象者を長く見ていれば、その性質を理解できるといわんばかりに。

ガブリエルは彼らと目を合わせないようにして、代わりに燃えさかる炎を見つめた。ベドウィンは彼のことを怖がっていないかもしれないが、自分も彼らを怖がっていないとは断言できなかった。

どうしてこの人々のもとに来ることになったのだろう？　以前の生活を懸命に思い出そうとしたが、無理だった。記憶はまるでペテン師のように、人格という基本的なものさえだまし取っていた。あの夜、ハイランのテントの中でどうにか生きながらえて目覚めたときに、人生がはじまったかのようだった。それ以前のことは謎で、いまだにそのベールを取り除けずにいた。

ガブリエルはたき火を見つめ、なんとか意識を集中させた。頭に浮かぶのは、いつものように雑然として意味がわからないものばかりだった。名前のない顔、なじみのない場所、夢の潮のように寄せては引いていく映像。

頭の中をかけめぐる考えは、アカペラで歌う女の甲高い声で中断された。女の歌はすばらしく上手で、抑揚をつけて喉の奥から響かせる声が、現実と幻想の隙間を夢のように漂う。誰もがじっと動かずに、大切なのは彼女の歌だけだというように、歌い手に釘づけになっている。

俗物だとみなしていた人々が美に対して敬意を示していることに、ガブリエルは驚いた。恥辱が波のように押し寄せてくる。

歌姫の祝歌は、ひと晩中続く踊りと歌への序曲だった。演奏家たちが、いつもは春の訪れや、人間や動物の誕生といった大きな出来事に向けられる熱烈さで、音楽を奏でる。楽器は絶え間なく叩かれ、つまびかれ、吹かれる。

女たちは男たちの前にひざまずいて、ヤギ革の袋から小さな陶製のカップにワインを注ぐ。女の中でいちばん年長のタネヴァがガブリエルの前でおじぎをし、彼のカップにワインを注いだ。老女は母親のようなやさしい目で彼を見つめ、大きく笑った。すると紫色の歯茎に鍾乳石のようにくっついている四本の歯がのぞいた。

彼女が何者なのか、彼を永遠の砂から掘り出してくれたのはこの女なのかはわからなかった。ガブリエルはワインを飲んだ。酢のようにすっぱくきつい味がしたものの、喉が渇いていたのでごくごくと飲んだ。見られていることに気づいていなかったが、カップをからにすると、まわりの若い男たちから歓声があがった。ワインの後味に顔をしかめる。

ふたりの若い男がガブリエルを立たせ、彼が抵抗してもおかまいなしに輪の中央へと引っ張っていた。牧歌的な笛の音色の陽気な拍子に合わせ、男たちが足を踏み鳴らしたり、体を揺らしたり、両腕を空に向けて振ったりしながら、つかみどころのない調子で歌っている。男たちがガブリエルに動くようにうながすと、群衆から異常に興奮した笑い声や穏やかな大声が起こった。こうなったら楽しんで、笑いものになるよりほかになかった。精一杯ほかの男たちの動きをまねてみたものの、なじみのない旋律に合わせて即興でうまく踊ることはできなかった。それは彼にとっても、ほかの者たちにとっても、たいして重要ではなかった。この瞬間を楽しむことが目的なのだ。そのうち、ガブリエルは気兼ねするのをやめ、音楽に任せて足を動かしながら、周囲の一風変わった美しい光景を夢見心地で眺めた。

子どもたちは炎のそばで眠りこんでいた。星が——あまりに多くの星が——黒い奈落に張られたロープの上でバランスをとる曲芸師みたいに震えている。踊り続けるうちに、消えかけた炎の煙で目がひりひりしはじめた。夜の訪れだ。

翌日、ガブリエルが目を覚ましたときには、砂漠はサウナのようだった。乾燥した熱気が料理用の炎の煙と混ざり、容赦なく気道に侵入してくる。テントの垂れ幕を開けると、予定よりも遅くまで眠っていたことに気がついた。男たちの姿はなく、女たちは仕事をしている。若い女は料理をし、老いて弱っている女は織物と刺繍に取りかかっている。

織物は複雑な作業に見え、女たちの器用さにガブリエルは驚嘆した。まず、ヤシの葉で作った梳毛機《そもうき》を催眠術にかかりそうなリズムで回転させて、原毛を梳《す》く。次に、複雑な楽器で音楽を奏でるみたいに指をすばやく緻密に動かしながら、完全に手作業で羊毛のかたまりから糸を紡いでいく。そうしてできた糸の束は、純粋な大地の色の染料——巻貝の殻の藍、渓谷の粘土の茶、サフランの黄、山にいる深紅色の蠕虫《ぜんちゅう》あるいは動物の血の赤——が沸騰しているかめの中で染色され、その後、木の枝を交差させて作った格子の上で乾燥される。そして織り手たちが枝と縄でできた原始的な背織機を準備し、星や、オアシスの豊かさ、不屈の動物たち、砂漠の孤独などについての簡単な歌を歌いながら、作業をする。こうして布を織るのは、普段の生活や暖をとったりするのに必要だからであり、いわば必然から生まれた儀式のようなものだが、そこには計り知れない美しさがあった。

織物は感情表現のはけ口であり、それは完成品にはっきりと表れていた。夫を迎えたばかりで快活な気分なら、空へ手を伸ばす抽象的な人物像が描かれている。最近子どもを亡くして苦しんでいるなら、天界を表す星や渦巻きが暗く表現されている。ガブリエルは自分の毛布を見おろし、はじめてその特徴を観察してみた。先端のとがった渦巻きが同心円を描く精巧な柄で、おそらく砂漠の季節の変化を表しているのだろう。

ガブリエルの背後で声がした。振り返ると、まだ十六歳くらいの少年がいた。小柄で、身長はほんの一五二センチほど、手足は幼い子どもと同じくらい小さいが、自分の前にそびえるガブリエルにも畏縮していないようだった。背筋を伸ばして胸を突き出し、存在を主張している。ぽってりした唇をすぼめて、目の前の奇妙な男についてじっくり考えているようだった。

「なんて言ったかわからないんだ、友よ」ガブリエルは答えた。

わんぱくそうな少年はまたなにか言い、自分の胸に手を当てた。ゆっくりと言葉を繰り返す。「ダ、ウ、ド」

「ダウドか。よろしく」

少年はガブリエルを指した。「アビヤン」さらになにか言ってから、立ち去りはじめたが、振り返ってガブリエルについてくるように合図した。

素足に触れる砂は、乾燥したパン粉のように感じられた。砂漠のこのあたりは珍しいことに粒子が粗く、砂や砂利から玄武岩が突き出していて、先史時代の趣を与えている。それは砂漠が持つ多くの顔の一つにすぎない。大地は日ごとに、週ごとに、広大な黄塵地帯から、石の散らばった原野、低木の広がる平原、豊かなオアシスへと変化する。その多様性のおかげで、遊牧民は生存することができた。生きるか死ぬかは、自身のラクダの歩幅を知っているように大地の特徴を知っていることにかかっていた。だがガブリエルにとっては、なにもかもが苛立たしいほど異質で、予測不能だった。

若い男は彼をどこに連れていくつもりなのだろうか。いまやベドウィンのテントは視界から消え、ふたりは迷路のような玄武岩のあいだを縫うように進んでいた。何千年も苛酷な太陽に照らされて薄灰色に色あせたこの石たちは、すべてを見てきたにちがいない。火山の噴火、大陸移動、氷河時代、隕石の衝突。いまでは砂の墓地に立つ墓石となっていた。化石化した体の中に長年の英知をすべてとどめ、宇宙の秘密を守っている無言の歩哨。

ダウドがガブリエルになにかを言ってから、一枚岩の後ろにまわり、その巨大な岩の底部にできた空洞の中へと姿を消した。

ガブリエルもあとに続き、這って中に入った。そこは暗くて涼しく、厳しい暑さから逃れられたのが嬉しかった。空気は灰のにおいがした。

ダウドは、誰かが洞窟の中に置いていった数本の棒と乾燥した草で火をおこしはじめた。隠れ家。自分の目で見ていなかったら、砂漠のように厳しく荒涼とした場所がそこに暮らす生き物たちのためにこれほど多くのものを与えてくれるとは思いもしなかっただろう。砂漠の策略や気まぐれを理解し、自身の秩序を生み出すのではなく砂漠のリズムに進んで従う者には、避難所や食料や水はつねに用意されているのだ。

ガブリエルは冷たい地面に座り、膝をかかえた。弱々しい炎がためらいがちに照らす石の壁で視野が限られていたが、ふたりの声は目に見えない部屋の中で反響した。まわりでは影が女神《ミューズ》の影絵のように踊りながら、岩の構造を隠したりあらわにしたりを繰り返している。

ベドウィンの若者はクレーパイプに煙草を詰めると、灰色の乱杭歯《らんぐい》を見せてやさしく微笑みながら、仲間に差し出した。ガブリエルはたきつけの一本を使ってパイプに火をつけて吸い、咳こんだ。

「これはなんだ？　ひどい味だ」

ダウドはひどく興奮した様子で大笑いした。

ガブリエルも笑った。またパイプを吸い、新しい友人の気分を害さないように楽しんでいるふりをしながら煙を吐いた。吐き気を催す味だが、喫煙という行為は心が落ち着いた。

ダウドが一枚の紗を棒に巻きつけ、炎にかざして松明《たいまつ》にした。ついてこいとガブリエルに合図すると、サルのように両手足を使いながら、洞窟の奥へと足早に進んでいった。そこで松明を壁に近づけた。

意外にも、岩壁の底部から天井まで奇妙な線画と言語のような文字で覆われていた。すべて岩に刻まれている。

「文字が書けるのか？　言語を知っているのか？」ガブリエルは驚いた。

ダウドは、線で描かれた人物と、それと一緒に書かれた文章を指した。それぞれ場面ごとに並んでいて、ダウドはジェスチャーゲームのようにその意味を説明しはじめた。馬に乗って槍をかかげている男を指し、悪そうな表情を作る。

ガブリエルは熱心に見ていた。少年の言葉は一つも理解できないが、怒りは感じ取れた。この身振りは敵を表現しているのだろう。

次にダウドはべつの場面を指した。馬に乗った男とその仲間が人々やテントを踏みつけている。物語を述べるダウドの声はしだいに大きく——ほとんど熱狂的に——なっていった。

次の絵では、ひとりの男が地面に横たわり、それに襲いかかるように馬が後ろ脚で立ち、近くには小さな男の子の姿があった。ダウドは自分の体に両腕をまわし、前後に揺れた。目は涙できらめき、声には苦悩が満ちていた。

ガブリエルは懸命に理解しようと努めた。踏みつけられている男は肉親なのか？　ひょっとすると父親か？　目の前の光景を眺めている小さな少年はダウドなのか？

ダウドは落ち着いたが、目には憎悪が満ちていた。胸を三度叩き、両方のこぶしを突き上げた。それから、ふたりの男が取っ組み合いをしているべつの絵を指した。歯を食いしばり、喉の前で手を横にすべらせた。興奮した身振りの意味は明白だった。

その絵は、ダウドのジェスチャーと大きく目を見開いた話し方と合わせて考えると、復讐の物語だとわかった。敵《かたき》を討つために命を奪っている。ここにいる少年は幼かったかもしれないが、正義のために人を殺せるほど大人びていたのだ。ガブリエルは言葉を失った。

ダウドは話を続け、べつの列の絵を指した。空虚な目つきで、物語の最後の部分を語る。地面の上のとがった火打ち石を指し、それを拾うと、ガブリエルに差し出した。

ガブリエルは拒んだが、ダウドの険しい表情を見て、黙って受け取ったほうがいいと悟った。それから若いベドウィンの肩に手を置いた。男たちは視線を交わし、無言で理解し合った。結局のところ、ふたりは似た者同士なのだ。

6

サラは机の前に座って、宿泊所の窓から外を眺めていた。この三日間、いっこうにやまない土砂降りのせいで作業員たちは外に出られなかった。アクスムはとうとう本格的な雨季に入っていた。

アディスアベバへの旅から何日も経っていたが、これまでの出来事がまだ理解できずにいた。エザナ王の玉座に書かれた碑文についてずっと考えていた。『余の呪医が、余の体と槍の刃先とのあいだに身を投げ出し、余の代わりに倒れた』王の言葉は、埋葬されていた男が胸郭に負った傷と一致する。あれが十人目の聖人なのだろうか？　だから棺に警告文が彫られていた？

サラは屋内でずっとメロエの戦いについて調べて過ごしていた。王の呪医についてなにか手がかりが見つからないかと期待したが、なにもなかった。彼の存在を示す唯一の証拠は、サラの知るかぎりでは、マタカラが見せてくれたものだけだった。

マタカラがほのめかしていた教団のことも心に引っかかっていた。サラとダニエルはケンブリッジやラトガース大学などの同僚に電話をかけてみたが、収穫はなにもなかった。この教派はきわめて厳重に秘密にされているのか、そもそも存在しないのか。後者であればいいのだが。

サラは書類の山から一通の手紙を手に取った。マタカラからの手紙で、文化観光省の正式なレターヘッドが印刷されており、アクスムに戻って間もないころに配達証明郵便で届いたのだった。

『親愛なるウェストン博士

先日の晩はお会いできてよかった。お互いに協力関係を築けることを期待しています。わたしの提案を検討する時間はあったでしょう。四十八時間以内にわたしのオフィスに電話をして返事を聞かせてください。

よろしく
アンドリュー・マタカラ』

期限は過ぎており、サラは返事をしなかった。どんな結果になろうとも、自分の考えを変えたりはしない。それでも、敵についてもっと知っておきたかった。エチオピア特産の蜂蜜酒《タッジ》をグラスに注ぎ、〈ロスマンズ〉のきつい煙草を吸った。厳密には二年前にやめていたのだが、とにかく気合を入れるための助けになるものが必要だった。

「ウェストンだ」安らぎと苦悩をもたらす声が聞こえた。

「もしもし、パパ」サラは煙を肺いっぱいに吸いこみ、吐き出した。

「ダーリン、煙草を吸っているのか？　また手を出すほど意志が弱いわけじゃないだろうな」

心が痛んだが、それを払いのけた。「いまはやめて、パパ。力を貸してほしいの。調べてもらいたい人がいるのよ。名前はアンドリュー・マタカラ。どんな人物なのか、どこで教育を受けたのか……わかるかぎりのことを知りたいの」

「新しい恋人か、ダーリン？」

「真面目に話してるの。アディスアベバで知り合った人よ。文化観光省で働いてるけど、なんとなく信用できないの」

「おい、サラ、被害妄想じゃないのか？　想像力が暴走しているせいでそんなことを言っているんじゃないだろうね？」

またはじまった。サラが子どもであるかのようにまともにとり合ってくれないのだ。電話しなければよかった。「ねえ、大変だったら、忘れてちょうだい。ほかの方法で情報を手に入れるから」

「やれるだけやってみよう。だが、少し時間がかかるぞ。ほら、会議の予定が詰まっているし、出張旅行もある。ブリュッセル、ドバイ、東京。その合間になんとか調べてみよう」

合間に。

そのとき、サラの部屋のドアがノックされた。マタカラの警告が頭をよぎる。自分が誰を相手にしているかわかっているのか。

「それでいいわ。もう切るわね。誰か来たから」急いで電話を切る。

ふたたびノックの音。

「サラ、ぼくだ」

ダニエルの声にほっとしてドアを開けると、同僚は雨の中に立っていた。額から雨粒が小さな川となって滴り、黒っぽい太い眉の端を伝って顔の輪郭をたどり、地面に落ちている。朝霧のように青白い顔で、きつく口を閉じていた。

サラは彼を中に入れてから、戸棚まで行って何枚かタオルを取った。「具合が悪そうね」

ぼんやりとサラを見つめるダニエルの目は、いつもの輝きが完全に消えていた。

ダニエルが黙っているせいでサラの胃が締めつけられた。「ダニー？　どうしたの？」彼の前腕に触れる。

長いあいだ黙りこんでいたあとで、ダニエルは天井を見上げ、声に出してため息をついた。

「ラダが死んだ」

「え？」てっきり、国外から悪い知らせが届いたとか、早急に宿泊所を発たなければならなくなったとか言われるのかと思っていたが――こんなのは予想していなかった。「嘘よ」

「ラダの秘書から電話があったんだ。今朝、彼が死んでいるのを見つけたそうだ。昨夜遅くに亡くなったらしい。彼女が十時に帰宅したとき、ラダはまだオフィスにいた。その後、何者かが押し入って、ラダの胸を三発撃ったみたいだ。本当にひどい話だ」

サラは両手に額をうずめた。

「秘書は、強盗の仕業だと考えている。彼女が出勤したとき、オフィスは荒らされていた。ラダは床に倒れて、書類の山の上で血を流していた」

サラは体を起こした。「強盗？　嘘にきまってるわ」

「ああ、絶対に強盗なんかじゃない。ラダはなにかに気づいて、それで何者かが彼の口を封じようとしたんだ」

「どうしてわかるの？」

「昨夜、秘書が帰るとき、ラダからぼく宛ての封をした封筒を渡されたらしい。ぼくに頼まれた資料が入っているから、朝いちばんに送るようにと。彼女はオフィスに行く前に手紙を出し、その後、ラダを発見した。資料というのは、まちがいなく例の碑文に関係していると思わないか？」

「秘書は碑文について知っていたの？」

「いや、なにも知らなかった。ラダは打ち明けなかったようだ」

サラは窓まで歩いていき、雨を眺めた。満月の光の中、溶かした銀の針みたいに地面に打ちつけている。頭の中ではマタカラとの会話がまだ気になっていた。もし……？

ダニエルのほうを向く。「マタカラが言っていたコプト教の教団のことが頭から離れないの。彼らは自分たちのものを守るためなら手段を選ばない。もしそれが事実なら――」

「たしかめる方法はないけど、ぼくらが思っているよりも早く真実が明らかになる気がする。そして、ラダと同じように、ぼくらもその最中に殺されるかもしれない」

サラはダニエルの顔をじっと見つめた。深い怒りのベールの裏に苦悩がひそんでいる。あるいは罪悪感かもしれない。

「ラダのことは残念だわ。友人だったのよね。でも、自分を責めないで、ダニー。あなたのせいじゃないわ」慰めようとしたものの、ぎこちない口調になってしまい、この状況にはそぐわなかった。

ダニエルは苦々しく微笑むと、立ち上がってドアへと歩いていった。

今夜はふたりとも安全ではないという考えが頭をよぎったが、サラは弱さをさらけ出したくなかった。

だからダニエルに残ってくれと頼む代わりに、おやすみと言い、彼が出てからドアに鍵をかけた。

7

部族は玄武岩だらけの地にとどまり、冬が過ぎるのを待った。昼は寒くなかったが、夜になると気温はしばしば氷点下まで下がり、部族民は洞窟の中に避難した。ガブリエルは数人の男たちと火の近くに座っていた。二枚の毛布にくるまっていても体が震えていた。憂鬱な気分だった。先ほど、年長者のひとりが亡くなるのを見た。老いて弱っていた男の心臓は寒さに耐えられなかったのだ。こうして生命が尽きるのを目にすると、思っていた以上に深く心を動かされた。だが、ベドウィンは冬がもたらす苦難に動じることなく、避けられない人生の一部分だとみなし、自分たちにそれを変える力はないと考えていた。穏やかな話し声とパイプの煙の土くさいにおいが、ガブリエルを眠りへといざなう。

夢の中では、記憶の断片がしつこく襲ってきた。ガブリエルは大きなホールの中で大勢の人々の前に立っていた。何百人、もしかしたら何千人もいたにちがいない。鋭く傾斜した鼻柱を何度もずり落ちてくる眼鏡以外に、自分がなにを身につけているかわからない。言葉は不明瞭で意味がわからない。唯一はっきりと理解できるのは、若い女からの質問だった。

「しかし、地中海はどうなんです？　あの過ちから教訓を学ばなかったのですか？」

苦しみに悩まされながら、ガブリエルは眠ったまま絶えず寝返りを打った。夢は次から次に現れ、意味をなさないものもあれば、痛々しいほど現実的なものもあった。一つの夢では、かろうじて体が入る大きさの鋼管の中にいた。寒いけれど汗だくで、明らかにおびえていた。閉所恐怖症になった気がして、外に出たくてしかたなかったが、ほとんど腕を動かせず、鋼の壁を押して出口を捜すことができなかった。鋼管の底から冷たい液体が入ってきて、足、膝、腿、へそを覆っていく。下肢の感覚がなくなっていた。助けを求めて叫んだが、口からはまったく声が出ていなかった。いままさに言語に絶する悲運を迎えようとしている男が見せるような、おびえて苦しげな表情を浮かべることしかできなかった。液体が下唇まで上がってくる。

ガブリエルは息を切らしながら目を覚まし、しわくちゃになったぼろぼろのベドウィンの毛布と、夜におこした火のかすかな残りを見てほっとした。意識を集中させて夢の光景を理解しようとすればするほど、それはするりと逃げ、彼を嘲弄し、あざ笑った。

怒りにかられてガブリエルは洞窟から飛び出し、あてどなく砂漠を走り抜けた。やがて寒さで落ち着きを取り戻すと、膝をついた。なにも考えられないほど疲れきっていた。

ガブリエルの人生のパズルのピースは、でたらめではあるものの集まりつつあった。砂漠での困難な生活に苛立ちを覚えることから、自分の故郷では、そこがどこであれ、物事ははるかに速いペースで進んでいたにちがいない。

いまが何年か推測することもできない。遊牧民は、季節の経過を知り、月を数えることで、自身の人生を理解している。例えば、夏を十八回過ごしたとか、春が終わってから月が四十回昇った日に生まれたとか。しかし、時間の経過についてそれ以上大きな概念はなかった。

　基本的な会話ができる程度に言葉を覚えると、ガブリエルは新しい故郷の謎を解き明かした。部族民はこの地を名前で呼ばない。ただ単に砂漠と呼ぶ。世界にはほかに砂漠はないというように。彼らが知っているのは、砂漠に二本の川が対になって流れていること、北と西に細長い肥沃な地域があること、商人たちはそこを通って東から西の海へ向かうということだった。

　アラビア。自分がどうやってここに来たのか、なぜ死んだとみなされて砂の墓場の中に半ば埋もれた状態で捨てられることになったのかは、まだ解明しておらず、昼も夜もガブリエルの頭を悩ませた。

　月が経つごとにガブリエルの忍耐は擦り減っていき、ついには避けられない運命なのだと観念するようになった。いつあきらめて流れに身を任せればいいか、骨の奥でわかっているみたいに。ベドウィンがよく言うように、答えは出るべきときに、それを受け入れる覚悟ができている者に訪れる。自然な物事の流れにあらがうのは逆効果であり、破滅をもたらしかねない。かつて、オアシスの小川の岸に座ってローブを洗いながら、ハイランが説明してくれたことを思い出した。

「あの二つの岩が見えるか？」ハイランは流れる川の水面下にある丸くなめらかな岩を指した。次いで、水面から頭をのぞかせているもう一つの岩を指した。水は岩に当たると、それを避けるように二つに割れて流れていく。その岩は、水中の岩より細く、縁が鋭くなっていた。「一つ目の岩は、水に身を任せておる。流れに逆らっておらん。だからそのままの形で残っている。二つ目の岩は流れに逆らっているが、なにも変わらない。水はいつものように流れる。ただ異なる進路を流れるだけじゃ。だが、岩そのものは浸食されている。じきに跡形もなく消えてしまうだろう」

その言葉にガブリエルは謙虚な気持ちになった。ハイランのような男はこの広大な砂漠の外の世界をそれほど多く見てきたわけではないかもしれないが、その見識はみずからを文明人と呼ぶ者たちよりもはるかに深く根づいていた。

ガブリエルはハイランと過ごすのが好きだった。年老いた首長の漆黒の目はやさしく、その物腰は並外れて穏やかだった。なにごとにも動じない。つらい記憶にさえも。

ガブリエルはある晩、なぜ妻子を持たないのかと尋ねた。

「妻はいた」ハイランは唇にもの悲しげな笑みを浮かべて言った。「アインだ。宵の明星よりも美しく光り輝いていた」

過去形を使っていることから、アインはもう生きていないのだろう。「なにがあったんです？」

「別世界に旅立った。それが彼女の運命だった」

ガブリエルは静寂を妨げずに黙っていた。

「結婚式の夜にアインは身ごもった。部族民たちは歓喜に沸いた。男たちは子ヒツジを屠《ほふ》り、串に刺して焼いた。みなで食べ、飲み、踊り、シャイフの跡継ぎが誕生することを祝った。

わしはとても幸せだった。子どもを宿したアインを見ると大きな喜びを感じた。わしの子どもだ」

「彼女を愛していたんですね」

「草が水を愛する以上にな。彼女はわしの運命の相手だった。一度、幻視《ビジョン》を見た。わしは実り豊かな果樹園を歩いていた。枝から実をもぎ取ろうとしたが、取れなかった。すると木の後ろからアインが現れ、果樹園でいちばんみずみずしいオレンジを渡してくれた。そのとき、彼女こそわしが結婚する女性だと悟った」

「それで、妊娠中は問題なかったんですか？」

「いいや。ずっと気分が悪く、食べることも眠ることもできなかった。陣痛が早くやってきた。年長の女たちが、子どもを、わしの息子を救おうとしたが、すでに死んでいた。できることはなにもなかった」

「心からお悔やみします」喉の中で心臓が鼓動しているみたいだった。自分がその苦しみを経験したかのように、ガブリエルは心からこの男に共感していた。

「その必要はない。物事はつねに起こるべくして起こる」

「アインは？」

「悲しみのあまり数カ月後に亡くなった。毎日泣いていた。わしは元気づけてやれなかった。アインはなにも食べず、なにも飲まなくなった。生きる気力を失っていた。息子のところに行くことだけが望みだと言っていた。だから息子のもとに行ったのだ」ハイランはため息をつき、宵の明星を見つめた。

ガブリエルは目を閉じ、頭を垂れた。なぜいまの話を聞いてこれほど身につまされる思いがするのだろうか。

ガブリエルは生まれつき分析的思考に長けていた。遊牧民が直感で知っていることを、彼は数学的正確さで知る。彼の思考は理性と秩序に基づいていた。あるものすごく暑い夏の日、ガブリエルは砂嵐が近づいているかもしれないと論理的に考えた。空気と地面の温度と、珍しくそよ風が吹いてくる方角から、砂嵐が来るとわかった。空気はひどく乾燥していて、呼吸をすると炎の中で酸素を求めてあえいでいるみたいだったし、砂はひどく熱くて、誰よりも足の裏の皮膚が硬い人間でさえ歩けなかった。ベドウィンが気づく前から、ガブリエルはなにが起きるかわかっていた。均衡を保とうとする自然独特の摂理により、熱が上昇気流を作り出して上へ外へと広がる。熱と気流が強くなると、猛烈な風が起こり、どんなものがあろうと、誰がいようとおかまいなしに、大量の砂を吹き上げていく。

ガブリエルは自分の懸念を伝えるべくハイランのところに行った。頭を下げ、地面に目を向ける。「シャイフ、もう何カ月も雨が降っていません。空気はよどみ、いままで経験したことがないほど暑くなっています。ラクダたちは落ち着きがありません。巨大な砂の壁が迫っているのではないでしょうか」

「なぜ」ハイランは厳しい口調で言った。「砂漠で生活したことがない人間にそれほどのことがわかるのだ？」

一年近く砂漠にいるにもかかわらず、ガブリエルはいまだに滞在客と思われていた。「あなたの英知と部族民の英知には敬服しています。あなたがたとちがって砂漠のことは知りませんが、わたしにはわかるのです。まちがいありません」

「アビヤン」ハイランはダウドがガブリエルにつけた名前で呼んだ。誰もがそのあだ名を使っていた。「そなたの言葉に偽りはないと信じておるが、この砂漠で生きて死んでいく者たちの知識を尊重したまえ」明らかに礼儀を示して、ハイランは珍しく譲歩した。「今夜、年長者たちによる評議会を開こう。全員の前でそなたの懸念を伝えるといい。その後、年長者たちが判断を下す。たとえ同意できなくとも、その決定を受け入れなさい」

承諾したとたん、ガブリエルは後悔しはじめた。どうやって年長者たちに説明できる？文字どおりにも比喩的にも、彼らは異なる言語をしゃべる。ガブリエルの頭の中の思考は一つとして理解できないだろう。数式を書くことはできないし、地熱と大気の相互作用という概念を説明することもできない。彼らは祖先がずっとそうしてきたように、天気を見る。直感的に。黄金虫が砂の中にもぐりこむのを見て、雨が降ると知る。鳥たちが大群で南に飛びはじめると、気候が寒くなっていくと知る。そして、地平線に煙が見えたときに、砂嵐が来ると知るのだ。

その夜、煙は見えなかった。空は澄み、その藍色の帳《とばり》は完全な円形の月のまばゆい光に照らされていた。年長者たちは共用テントに集まっており、彼らがパイプをふかしながら過去の物語を語っているときに、ガブリエルが入っていった。

室内が沈黙に包まれる。

みな、彼が言おうとしていることをすでに知っていて、さらに悪いことに、話を聞く前から判断を下しているのではないだろうかと、ガブリエルは不安になった。一瞬、出口に突進したいと思ったが、それを振り払い、年長者たちの前で毅然と立った。

ハイランがその地位にふさわしい威厳ある口調で部族民たちに言った。「アビヤンが我々に話があるそうじゃ。よく聞いてくれ。警告だ。警告はけっして軽く受け止めてはならん」

ガブリエルはベドウィンの方言と手振りを交えてしゃべった。「兄弟、友人よ。わたしはこの地のことをなにも知らないよそ者であり、あなたがたの英知には敬服します。わたしはこの評議会になんの権限もありませんが、これから言うことを心にとめてくださるよう謹んでお願いします。ある理由から、早ければ明日の真昼にでも大きな砂の壁がこちらにやってくると考えられます。いますぐそれに備えるべきです」

「これは重大な問題だぞ」年長者のひとりが言った。「なぜそなたの話を信じなければならない？」

「ビジョンを見たのか？」べつのひとりが言う。

「いいえ、ビジョンは見ていません。砂漠があまりに暑くなっています。動物たちでさえ感じています」ガブリエルは必死で苛立ちを隠そうとした。「均衡状態を保つために、砂漠が立ち上がって反乱を起こし、もとの状態に戻ろうとするでしょう」

「明日、我々はオアシスを求めて出発する」ハイランの最高補佐のひとりが言った。「そなたの提案どおり避難したら、肥沃な土地への道を見失ってしまう。我々の部族民や動物たちにとって破滅的だ」

「しかし、避難しなければもっとひどいことになります。命や所持品を失うかもしれません。部族にとって大きな打撃になります」

年長者たちはささやき合った。方程式の両辺をはかりにかけているのだろう。

討論がいっそう激しくなると、ハイランが手を叩いて静かにさせた。ガブリエルのほうを向く。「いまは席を外してくれ。我々だけでこの問題を話し合い、あとで結論を知らせる。さあ……出ていってくれ」

いやな予感を覚えつつ、ガブリエルはテントを出た。年長者たちにもっと分別があることを期待していた。死と破滅がもたらされるかもしれない事態に直面したとき、たとえ不都合であっても安全な道を選んでくれるだろうと。しかしいま、それほど確信はなかった。

彼らの意見は分かれているようだった。自分たちが祖先の知恵から学んだ知識以上のものを、いきなり現れた白人が持っているとは考えられないのだろう。彼のような種族はここではなんの権限もないのだ。

ようやくハイランがテントから現れたとき、その老いた目が細くなっているのを見て、ガブリエルは評決を悟った。

「明日、一行を連れてオアシスへ向かう。蓄えもなく、水もない。行かなければ、悲惨な結果になるにちがいない」

ガブリエルはぼさぼさの金髪をつかんだ。いまでは肩にかかるほど長く伸びていた。「正気の沙汰ではない。なにが起きるか、わたしにはわかっている。わたしが仲間ではないから、あなたたちはあっさりとわたしの意見を退けている。白人を信じるより、命を危険にさらすほうがましなのだ。そうだろう?」

「そなたが問題なのではない、アビヤン。わしが信じているのは、部族の生活がかかっているということだ。生きるか、死ぬか。みなを危険にさらすわけにはいかないのじゃ」

「けれど、みながまさに危険に直面することになるんですよ」

「我々は数えきれないほどの砂嵐を経験し、生き延びてきた。恐れてはいない」

ガブリエルは首長を指さした。無礼なしぐさだというのは百も承知していた。「あなたはばかなまねをしようとしている。きっと後悔するぞ」

「自分の意見を評議会に伝えるように言ったときに、彼らの決定を受け入れるようにとも言ったはずだ。誓約を破るのは褒められたことではないぞ」

侮辱された気がして、ガブリエルは目をそらした。ハイランにひっぱたかれたのも同然だった。

首長は口調をやわらげた。「すべてうまくいく。すぐにわかるだろう」

ガブリエルは返事もせず、目を合わせもしなかった。

ハイランは背中を向け、テントへ歩いていった。

ダウドがガブリエルにこっちに来て仲間たちと一緒に火のそばに座るように合図した。煙草のパイプをガブリエルに渡し、若い男は言った。「顔色が悪いぞ、アビヤン。なにがあった？」

「ここにわたしの居場所はない、友よ。わたしがどれだけのことを知っていようと、どれだけ力になろうとしても、けっして受け入れられない。きみもわかっているだろう」

「あんたはおれたちとはちがう。あんたにはあんたのやり方があって、おれたちにはおれたちのやり方がある。それは悪いことじゃない」

「そんなこと誰が決めたんだ？」

「おれたちの約束事だ。誰かが誰かより優れているということはない。あんたの知識や信念はあんたの社会のものだ。おれたちはそれを尊重する。だから、あんたもおれたちの世界観を尊重すべきだ」

「そんなに若いのに、そういうことを言うなんて」

ダウドは声をあげて笑った。「おれはそんなに若くない。次の満月の前に、おれは結婚する。おれの結婚式で踊ってくれないか？」

「きみが？　結婚？」ガブリエルは驚いたふりをした。「もちろんだとも。見逃すものか。それに、きみがあのラクダの小便のワインを飲みすぎたら、わたしのほかに誰が介抱する？」

ダウドはガブリエルの手の中のパイプを指した。「あるいは、そのラクダの糞を吸いすぎたら」

「ラクダの糞？　わたしはずっとそんなものを吸っていたのか？」もうひと口吸う。「なかなかうまい」

ふたりの男は笑いながら、交互にパイプをふかした。だが、そうやって陽気な時間を過ごしてもガブリエルの不安は取り除けなかった。

翌日の夕方、地平線上に暗褐色の煙霧が見えた。この瞬間が来ると絶対的な確信を持っていたが、心のどこかでは、年長者たちが彼の意見を退けたことが正しければいいと願っていた。砂漠の風の強烈な怒りを受けるより、自分の過ちを恥じるほうがましだ。一行はとにかく明かりになるものを使いながら、まだオアシスに向かう途中だった。いまとなっては、強風が人々を苦しめずにすばやく通過してくれることを期待するしかなかった。

ラクダに乗ったハイランがガブリエルの横に来た。「そなたの予言は正しかったようじゃ」一行のほうを向き、声をかぎりに叫んだ。「ここでテントを張る。ラクダをつなぎ、砂嚢を用意しろ。急げ。嵐が迫っておる」

ベドウィンは急いで袋に砂を詰めて砂嚢を作った。テントや蓄えを押さえる重しにするのだ。砂漠のこのあたりは険しい砂丘しかなかった。木もなく、低木もなく、風を防ぐものはなにもない。考えうるかぎり最悪の事態だ。ガブリエルは部族を眺めた。誰も動揺していない。いつもの雑用でもするみたいに、準備に取りかかっている。ふたりの女はお茶を入れるための火までおこしており、嵐が来るのは二時間も先だと思っている。

一時間のうちに、嵐はますます近づき、よりいっそう脅威的になったようだった。薄明の中、オレンジ色に輝くキノコ形の砂煙が渦を巻きながら地面から立ち昇っている。こちらに迫ってくる渦巻きは、さらに砂をのみこんで膨張し、空を覆い隠していく。陸上の津波さながらに、高さ十八メートルの荒々しい砂の壁が、無力な人々を踏みつけて滅ぼそうと猛烈な勢いで轟音を立てて迫ってくる。

近づいてくる砂煙のシューッという音が、部族民の声やラクダの悲しげな鳴き声をかき消した。

恐怖とともにアドレナリンが勢いよくガブリエルの感覚を満たしていく。以前にも、べつの時間、べつの場所で、自然の猛威を目にしたことがある――過去の細かい記憶はいまだに曖昧だが、彼が見たものは砂漠の怒りがもたらすどんなものよりもはるかに悲惨だった。なぜなら、それは人間のもっとも悪辣な行為によって生み出されたものだったから。

ガブリエルは頭にかぶる布をしっかりと顔に巻き、砂が入ってこないように髪の生え際まで覆った。そろそろ避難しなくては。藍色の紗のベール越しに、ほかの者たちの姿を捜した。何人かは砂丘の裏で、毛布を結んで作った空間の中でうずくまっている。女たちはテントの中で身を寄せ合い、居心地の悪さに泣きわめいている子どもたちを静かにさせようとしていた。すでに空中に充満している砂で息を詰まらせた小さな男の子がテントから飛び出し、この混乱から逃げるためにつまずきながら砂丘を駆け上がっていった。後ろから母親が錯乱状態で悲鳴を上げた。

ガブリエルは彼女にテントの中にいるように命じてから、自分で少年を追いかけた。「こっちに来い、悪ガキ」緊張でベドウィンの言葉をまったく思い出せず、英語で叫んだ。「死んでしまうぞ。聞こえるか？　死んでしまうぞ！」

足をとられやすい砂漠の砂に慣れている幼児は、驚くべき速さで走っていく。

ガブリエルは空気を求めて息をあえがせた。大嵐はすぐそこまで迫っている。「ちくしょう、止まれ。いますぐ止まらないと、ふたりとも死んでしまう」

砂煙の影で、地面が暗くなっていた。肩越しに振り向くと、巨大な砂の壁がすさまじいスピードで近づいてきた。すぐにでものみこまれてしまうだろう。パニックを起こしたい衝動を抑え、また前を向いて少年を追った。小さな子どもは四つん這いになって、あまりに激しく泣いたり咳こんだりしているせいで嘔吐していた。ガブリエルは少年の上に覆いかぶさり、破壊的な砂煙が通りすぎるあいだ、両腕で小さな体を守っていた。

それからの数分、あるいは数時間――正確にはわからない――は永遠に思えた。地下深くの墓の中にいるみたいで、息もできず、なにも聞こえず、なにも見えなかった。感覚は不滅の砂ぼこりにとらわれていた。感じられるのは、丸めた背中に砂粒が容赦なく猛烈に打ちつけていることだけだった。その感覚は、トラックで砂利道を引きずられていくのに似ていた。背中は擦りむけて血が出ているにちがいない。ガブリエルはいま起きている出来事を理解することで痛みを乗り越えようと努めた。

自然はこうして均衡を保とうとする。均衡は生きとし生けるものに不可欠である。均衡と秩序は災禍によってもたらされる。呪文のように心の中で何度も繰り返したが、それを信じるだけの強さはなかった。思考が崩壊する。頭の中には映像があふれていた。闇と炎、もうもうと立ち昇って逃げ道をふさぐ邪悪な煙、足もとで死んでいる人々、燃えつきた木炭のように黒くもろくなった木々。こちらをぼんやりと見つめる、死んで動かなくなった少年の水色の目。ガブリエルは歯を食いしばってむせび泣きをこらえた。口の中では、粗い紙やすりのように歯や歯茎をこする砂粒の金属っぽい味が満ちていた。結局、むせび泣きがもれ、それから絶望の叫び声に変わり、やがて声が出なくなった。

次に感じたのは、棒であばらをつつかれていることだった。

「アビヤン。アビヤン」くぐもったハイランの声がした。ガラスの壁の反対側からしゃべっているかのようだった。

ゆっくりと起き上がると、頭と体から大量の砂がこぼれ落ちた。顔からベールをはぎ取り、空気を求めてあえいだ。

夜が白みはじめていた。

「気を失っていたんだな」不意にガブリエルは小さな仲間のことを思い出した。「男の子」頭がはっきりしないことに不安になり、砂に爪を立てた。「あの男の子はどこです？」

「母親と一緒にいる。息子の命を救ってもらって、母親はとても感謝しておる」

「ほかの者たちは？」

ハイランは黙りこんだ。漆黒の目にうっすらと霧がかかる。

ガブリエルは一時しのぎの野営地を見下ろしたが、ほとんど騒ぎは起きていなかった。女たちのテントはずたずたに破れている。テントの柱にわずかにくっついている黄麻布の破片が弱いそよ風にはためいている。残りの布はあちこちに散らばっている。男たちが毛布で作った防護壁は、最初から不安定だったが、貪欲な砂の怪物にのみこまれてしまったのだろう、いまはなくなっていた。叫び声が聞こえる——といっても、普通の叫び声ではない。鎮魂歌《レクイエム》のようなリズムで響く悲痛な声。ガブリエルの心臓が沈みこむ。

「砂漠はみずからが望むものを奪う」ハイランが言った。

ふたりは砂丘を下って、損害状況をたしかめた。ガブリエルは吐き気を覚えた。男たちが砂の墓場から死体を引っ張り出し、生命の兆しがないか確認している。息がない者たちは、あとできちんと埋葬するために積み重ねられた。すでに十人以上が積み重ねられている。ひとりの若い女が膝をつき、両手で口を押さえて痛ましい悲鳴をあげていた。

「彼女の最愛の人が」ひとりの男が、砂と汗が交じった汚れを顔からこすり落としながら言った。「死んだんだ」

横たえられた若い男の顔からベールをはぎ取ると、それはダウドだった。生命を失った土気色の肌を見て、ガブリエルは気分が悪くなった。ほかの者たちと同様、窒息死したのだ。

ガブリエルは膝をついて嘔吐したが、喉から出てくるのはぬるぬるした唾液の糸だけだった。

心身ともに完全に憔悴していた。

ちくしょう、ハイラン。あなたも、あなたの愚かな評議会も、地獄に落ちればいい。こんなことは起きずにすんだのに。この人たちは死なずにすんだのに。ハイランに怒りをぶつけたかったが、考え直した。そんなことをしても、部族民たちにとって状況が悪くなるだけだ。彼らも自分たちの悲しみを受け止めなければならないのだから。そこでガブリエルはほかの男たちに加わり、死者を捜すという厳しい仕事に取りかかった。

午後になり、死体が地上に出されて砂の薄膜に覆われたころ、集団埋葬がおこなわれた。時間の経過とともに、移り変わりの激しい砂漠がその息子や娘たちをのみこむだろう。肉は黄金虫やアリやサソリの餌となり、骨は砂漠の石灰質となる。埋葬の儀式はない。家族が故人の服を墓の上部に積んで置いていく。それは自由の象徴であり、困窮している通行人への捧げ物となる。砂漠ではどんなものも無駄にはしない。とりわけ涙は。

それからガブリエルは夜までずっとひとりで座り、自分なりに嘆き悲しみながら、ダウドのパイプを吸った。埋葬のときに若者の婚約者から譲り受けたのだ。

「あなたたちはこのパイプを一緒に使った」彼女は言った。「いまはあなたのものです」

ガブリエルの怒りは収まり、深い絶望に取って代わられていた。彼が見つけたこの世界は、もといた世界と同じくらい残酷だった。

ハイランが隣に腰を下ろした。「残念だ、アビヤン。そなたの悲しみはわかる」

「わたしの悲しみのなにがわかるんですか?」

「表情を見ればわかる。いつもとはちがう」

「そりゃ、友人たちに別れを告げれば、こういう顔になりますよ」ガブリエルは辛辣さを隠そうとしなかった。

「そなたの怒りは理解できない。そなたの友人のダウドも理解できなかったじゃろう。人生とはこういうものだ。死は生きとし生けるものに訪れる。それがいつ訪れるかは自分では決められない。計画に従って訪れる」

涙でガブリエルの視界がぼやける。苛立ちと悲しみの感情が半々だった。計画など存在しないと、人間が、人間だけが運命を作り出すのだと、どうやってこの素朴な遊牧民に説明すればいい？　砂漠の民をすっぽりと包んでいる信仰という甲冑を破ることはできない。ガブリエルは手のひらでがむしゃらに目もとをぬぐい、深く息を吸いこみ、空を見つめた。いつか平穏を見つけられるのだろうか。

ハイランが沈黙を破った。「我々は砂嵐がこれほど壊滅的だとは予測できなかった。だがそなたはわかっておった。なぜじゃ？」

ガブリエルはため息をつき、口調をやわらげて言った。「説明することはできません、シャイフ。わたしが持っている知識は、わたしがみずから背負うべき責務なのです」

ハイランはガブリエルの肩にやさしく腕をまわした。「自分が何者なのか思い出したのだな？」

「ええ。ですが、思い出さなければよかった」

8

『我が友、ダニエル

謹んできみにこれを知らせることが、ぼくの義務だ。きみたちが見つけた碑文だが、ぼくが思っていたものとはちがう——つまり、遊牧民の生活についての退屈な記述ではない。これはメッセージだ。おそらく警告文だろう。だが、全文がわからないので、一部分を説明することしかできない。きみが残していった箇所はこう訳せる。

炎の巨大な舌が大地を覆いつくす。
汚れた空気が炎を煽《あお》る。
煙は恐ろしくすさまじい勢いで天まで昇り
生きとし生けるものは滅び
残るのはただ永遠の静寂のみ。

いまこの地で、奇妙なことが起きている。イムレハネ・クリストス教会の知人たちに助言を求めたところ、なかなか文章の内容を話し合おうとしなかった。どこで碑文を見つけたのか、ほかに誰がこのことを知っているかと聞いてきた。もちろん、ぼくはなにも言わなかった。あの温厚な人たちがあんなに動揺したのははじめてだ。

きみもサラも用心したほうがいい。どうやらきみたちは濁った水の中を歩いているらしい。健闘を祈る。

ラダ・カベデ』

手紙を読んだあと、これまで以上にサラの確信は深まった。目の前に横たわっているのは十人目の聖人にちがいない。無言で骸骨を観察し、切断された肋骨をじっと見つめる。永遠の静寂。死。聖人は自分の命が尽きる瞬間を描写したのだろうか？　槍で突かれる前に、そのことを予見していた？　ひょっとすると、予言者かなにかかもしれない。それなら神聖化されたことに説明がつく。

状況をさらに複雑にするかのように、夜のうちに放射性炭素年代測定ラボからの報告がメールで届いていた。大部分はサラの推測と一致するが、中にはつじつまが合わないものもあった。

電話が鳴ったとき、すでに誰からかわかっていた。サイモン教授にちがいない。ラボから報告書のコピーを送られ、この興味深い発見について話し合いたいのだろう。

サラは元気よく電話に出た。「教授、報告書はご覧に——」

「いまひとりか？」

「ラボにいます。ここにはほかに誰もいません。どうしたんですか？」

「よく聞いてくれ、サラ。今日、文化観光省から電話があった。どうやら、上層部がきみの発掘について話し合ったらしい。ミスター・カベデが殺害されたおかげで、ケンブリッジのプロジェクトに少々注目が集まりすぎたようだ。昨日、捜査員がミスター・カベデのオフィスを調べたところ、きみとのつながりを示すものが見つかった。パソコンの中に『アクスム発掘』という名前がついたファイルがあったのだ。保存されていたのはメモだけだが、疑いを生むには十分だった。その後、捜査員たちは聞きこみをして、ミスター・カベデがきみとダニエル・マディガンと一緒に食事をしていたという目撃情報を得た。そして、彼の秘書の告白が決定打となった。ミスター・カベデが亡くなる前の夜に、マディガン博士に送るようにと手紙を渡されたことを認めたのだ」

サラは感覚を失っていた。

「サラ？　聞いているか？」

目に見えない手で喉をつかまれているみたいだった。「聞いてます」とささやいた。

「手紙はどこだ？」

「わたしが持っています。今朝届いたんです」

「それで？　なにが書いてあるんだ？」

サラは教授に内容を読み上げた。

「思ったとおり――まずい状況だ」サイモンの声は震えていた。「きみはなぜかたくなに権力に逆らうのかね。わたしには永遠に理解できないだろうな。いいか、よく聞け、サラ。その手紙を警察に渡すんだ。こうしているあいだにも、そっちに向かっているはずだ」

「それはいい考えだとは思えません。事態を悪化させるだけです」

「いや。事態を悪化させるのは、きみの非協力的な態度だ。発掘はすでに窮地に追いこまれているし、協力しなければ、エチオピアとイギリスの微妙な外交関係がおびやかされてしまう。言うまでもなく、ケンブリッジとユネスコの関係も」

「教授はわかっていません。この手紙を渡したら、攻撃材料を与えることになります。政府は〝洞窟I〟の墓を封鎖する口実を探しているんです。この手紙でそうなるかもしれません」

「墓などどうでもいい。わたしたちが立たされている苦境は、お嬢さん、それよりももっと悪いのだ。文化観光省はすべてを政府に引き渡すように言っている。追って通知があるまで、発掘許可を取り下げるそうだ」

最悪の事態が起きてしまった。「なんですって?」

「聞こえただろう。作業は中止だ。ただちに作業員たちを帰国させろ。その後、すでに掘り出された遺物をアディスアベバの国立博物館に送るように手配する。そこでエチオピアのチームがそれらを研究する」

「そんなのふざけてます! わたしたちの発掘を中止させる権利はないはずです。ラダ・カベデに助言を求めたからといって、わたしたちが彼を殺したことにはなりません。わたしたちはなにもまちがったことはしていません」

「エチオピア人言語学者とこそこそ非正規の仕事をして、数日後に彼が遺体で発見されたことは、まずいんじゃないのかね？」

「でも、例の洞窟は？　いま中断したら、盗掘者たちに荒らされてしまいます——あるいはもっと悪いことになるかも」サラは声を荒らげた。「あの碑文を悪人の手に渡すわけにはいきません」

「それこそ、いまエチオピア政府が懸念していることだ。発掘が再開できるまで、現場を見張ってくれるはずだ」

「サイモン教授、お願いします。現場の管理にはわたしたちが最適だと文化観光省を説得してください。カベデを殺した悪党どもは必ず戻ってきます。連中は碑文を手に入れたがっているんです。ほんの数ブルで売買できるものをエチオピア政府が守ってくれると本気で思っているんですか？」

「もうたくさんだ。この話は終わりだ。さて、荷造りがすんだらすぐに出発するように。わかったな？」

「言うとおりにしなかったら？」

「わたしがきみなら、言われたとおりにするだろう。今回の発掘だけではなく、多くのことがかかっているんだ」サイモンは咳払いをした。「きみのように若く未熟な人間にこのプロジェクトを任せることに、大学の理事は賛成していなかった。きみに十分な準備ができていると主張したのはわたしだ。いまやわたしは愚か者だと思われ、理事はきみの解任を求めている。噂もある……きみを完全に現地調査から遠ざけると。だが、きみが如才なく立ちまわってイギリスに帰ってくれれば、きみの父上が口添えしてくれるかもしれない」

「父？」サラの声がうわずる。「わたしは助けを必要としてる小さな女の子じゃありません。わたしはなにもまちがったことはしていないし、それを証明してみせます。自分のやり方で汚名を返上します」ガチャンと電話を切ってから、金切り声をあげた。

結局、マタカラは望んでいたものを手に入れたのだ。我々の要請を少し検討してみたほうがいいと提言しているんだ——エチオピアで仕事を続けたいのなら。十人目の聖人を教会に引き渡すようにという要求に従わなかったから、手痛い教訓を与えることにしたのだろう。

それでも、サラは後悔していなかった。ほかの選択肢は考えられなかっただろう。

一つを除いて。

サラは何度も手紙を読み返し、ラダが訳してくれた文章を暗記した。

その後、ライターにかざして燃やした。

警察が来たときには、手紙はほかの書類と一緒にシュレッダーにかけてしまったと言った。〝証拠品だとは思いませんでした——すみません〟けれど、あれは〝手紙ではなく〟ただの〝よくある翻訳作業の経過報告書でした〟。

ダニエルが彼女の話を裏づけてくれた。

警察は信じなかったものの、そうではないと証明することはできなかった。

サラにとって荷造りはいつも簡単ではなかった。母の私物をチャリティショップに寄贈する際に荷造りを手伝ったときのことを思い出してしまう。いまも、当時のように、野蛮な行為だと思っていた。どの品も思い出と結びついているのに、冷たく捨ててしまう。なんの意味も持っていなかったかのように。

遺物や道具や日誌を片づけながら、科学者としての考えでは、仕事に執着するべきではないとわかっていた。遺物が掘り出された瞬間に手を切り、先に進むべきだと。

それだけ簡単ならいいのだけれど。あの墓地の中には、彼女が一度も抱いたことのない疑問の答えが、彼女が歩いたことのない足跡をたどった人々の忘れられた生活が、埋もれている。自分はケンブリッジを失望させ、作業員たちを失望させ、父を失望させた。中でも最悪なのは、埋葬されていた男を失望させたことだ。墓の中でメッセージを見つけてもらうことを望んでいたのに、結局、官僚の手で葬り去られるはめになってしまった。残る問題は、自分自身までも失望させるかどうかだ。

作業員の中で最後まで残っていたアイシャがラボに入ってきた。サラのようにバンダナで髪を覆い、漆黒の目をうるませていた。「本当に残念です。あなたにとってはすごくつらいでしょうね」

「ばかなことを言わないで、お嬢ちゃん」サラは明るくしゃべろうとした。「これは一時的な措置よ。またみんなで集まれるわ、絶対に。そのときには、あなたに会いに行く。あなたはまちがいなくわたしの右腕なんだから」

ふたりで抱き合い、キスをしてから、アイシャは涙を拭きながらバックパックを背負った。彼女がラボの重いドアを開けると、暗い部屋に日光が射しこんだ。アイシャは手を振って外に出てから、バス停へと丘を下っていった。

作業員たちのことが、アクスムのことが、恋しくなるだろう。サラは葬儀人を待つ棺のように何列にもずらりと並んだ木箱を見つめ、泣き崩れた。


サラとダニエルは最後まで宿泊所に残っていた。エチオピア政府にプロジェクトを引き渡すことになっている日の前夜、ダニエルが二十一年もののグレンギリーとグラスを二つ持ってサラの部屋に来た。ちゃめっけたっぷりににやりと笑い、手に持ったものをかかげた。

「入ってもいいかい?」

サラはシャワーから出たばかりで、しわくちゃのTシャツとデニムのショートパンツを身につけていた。濡れた巻き毛を指でとかす。「いいものを見つけたわね。それはお祝いのためにとっておいたのよ、お葬式じゃなく」

ダニエルはベッドに腰かけ、グラスにスコッチを注いだ。香りを嗅ぐ。「ああ。まさに神々の霊酒だ。なぜもっと早く食堂で見つけなかったんだろう」グラスをかかげ、乾杯をする。「よりよい日々に」

サラは微笑もうとした。

「簡単じゃないだろう？　あきらめるのは」

サラはスコッチを大きくひと口飲み、さらにもうひと口飲んで、ダニエルに話をする勇気を奮い起こした。「あなたに黙っていたことがあるの」

「なんだい？」

「数日前の夜、放射性炭素年代測定ラボから連絡があったの」

「それで？」

「おおかたは推測したとおりだったわ。骨と棺は、前後八十年の誤差を含めて千六百年ＢＰという測定結果だった。つまり、男は四世紀ごろに生きていたということで、エザナが即位していた時期と一致する。ラボで解明できなかったのは歯よ。エナメル質と、詰め物に使われている物質を調べたけど、それがなにかわからなかった。歯科治療で使われているあらゆる物質を調べても、成果はなし。未知の成分からなるポリマーで、現在の歯科医業で使われている素材よりはるかに進歩したものみたい。当時に存在していたはずがないのよ。いまでさえ存在していないんだから」

「なんてこった。どうしてぼくに言わなかった？」

「伝えたかったわ。ただ、ものすごく……」

「忙しかった？」ダニエルはひと口でごくりと酒を飲み干した。「まだぼくを信用していないんだな？」

「信用していなかったら、絶対に話さなかったわよ。でも、実のところ、これはわたしの義務だという気がするの。誰かに自分と一緒にこの道を歩いてほしいとは思わない。あなたも含めてね」

「道なんかないぞ、サラ。それとも、エチオピア政府がきみの発掘を終了させたのを忘れたのか？」

サラは立ち上がって窓まで歩いていき、荒涼とした丘の斜面を見つめた。この丘の奥深くに、人類の過去と彼女の未来が埋もれている。後者が無声映画の映像みたいに心の中に映し出された。考古学部の生徒たちの前に立ち、大きなスクリーンを指しながら講義をする。次から次にディナーに出席して、メソポタミアの石像のすばらしい点について偏屈な老人たちと論議する。科学にはさらなる寄付金が必要だと主張する。それが自分の望む未来なのか？これまでの数日間、それについて自問してきた。安全な道を選んで、学問の道しるべを作る現地調査から遠ざかるか、人生最大の賭けに出るか。

ダニエルのほうを向く。「前に直感についてわたしに言ったことを覚えてる？この仕事では直感に勝るものはないって」

ダニエルは無表情でサラを見つめた。

「わたしの骨の奥で、これは今世紀最大の発見だって感じるの。この男はわたしたちが抱こうとしない疑問の答えを持っていると。わたしはいまの仕事に就いてからずっと、こういうものを探し求めてきた。空白を埋める新たな遺物だけじゃなくて、根本的真実を照らすものを。あの岩になにが刻まれているにしろ、人を殺すほど重要なことなのよ。つまり、このままではきわめて貴重なものが失われてしまうかもしれない。それを知りながら歩き去ったりしたら、わたしは自分が信じているすべてを裏切ることになる」ダニエルに話さないでおこうかと考えたが、思いもよらぬことが起きた場合に備えて誰かに伝えておかなければ。「ダニー、明日わたしは飛行機には乗らない。イギリスには帰らないわ」

「気はたしかか?」ダニエルは両手を上げた。「ここにはいられない。自分は狙われていないと考えているのなら、きみはぼくが思っていたほど賢くはないようだ」

「わたしは見つかったりしないわ。すでに手はずを整えてあるの」サラは思いとどまり、ダニエルの目から少しでも不誠実さが感じられないかとじっと見つめたが、まったくなかった。

「ケンブリッジの承認がなくても、わたしは調査を続けるわ」

「なにを言ってるんだ? どうやって――ちょっと待て。だめだ」

「黙って、ダニー。もう決めたの」

「くそ、サラ。あの日のラダの言葉を聞いただろう。例の石は厳重に守られてる。どうして修道士たちが両手を広げてきみを受け入れると思う?」

「これよ」サラはバッグから何枚もの写真を取り出し、トランプのようにベッドの上に広げた。洞窟の壁を部分ごとに拡大して撮ったものだ。「わたしはキリスト教徒が何世紀も前から手に入れたがっているものを持っている。十人目の聖人の教義よ」

「どうしてわかる?」

「ラダの手紙を読んだあと、彼から相談を受けたときの修道士たちの反応がずっと気になっていたの。なにかを知っているとしか思えない。だから、夜遅くに抜け出して、車でイムレハネ・クリストス教会に行ってきたの。そこで修道院長に会った。墓と碑文のことを話したら、ものすごく食いついてきたわ。コプト教神秘主義の原典によると、十人目の聖人はたしかに存在していたそうよ。その聖人は教会が何世紀も前から手に入れたがっている重要な教義とともに埋葬されたはずだと、修道院長は信じている。わたしは彼に、もし修道院の学者たちが碑文の翻訳に協力してくれるなら、碑文のありかを教えると言った。ほら、わたしたちはそれぞれお互いが欲しいものを持ってる。修道院長はわたしに避難所を、わたしは彼に歴史を書き直すチャンスを与えた」

ダニエルは怒ったように息を吐いた。「そんなの正気じゃない。わからないのか？　まんまと野獣の口の中に入っていくことになるかもしれないんだぞ。ラダが修道士たちに相談したとたん、何者かがソードオフ・ショットガンを持ってオフィスに現れた。おかしいとは思わないか？　もしかしたら修道院の人間が暗殺者に密告したのかもしれないと考えたことは？」

「聞いて、ダニー。ラダを殺した連中は、欲しいものを手に入れた。発掘の中止よ。これで十人目の聖人とその碑文を永遠に葬り去ることができる。翻訳のことは気にしていない。証拠を隠したいだけなのよ」

「わかった。きみが正しいとしよう。殺し屋どもはきみを見つけられず、殺せないとする。だがたとえ碑文を翻訳できたとしても、指示に逆らったことがばれる。考古学者としてのキヤリアはおしまいだ。なぜそこまで自分を追いつめる？」

「ねえ、心配してくれるのは嬉しいけど、説得しようとしても無駄よ。すでに歯車はまわってる。明日、夜が明けたらわたしは出発する」

「どうしてこんなことを？　なにを証明したいんだ？」そこで言葉を切る。「娘が父親の敬意を得たいなら、もっと簡単な方法だってある」

サラの頬が赤くなる。「父のことは関係ないわ」

「そんなはずない」

「いいかげんにして、マディガン。わたしのことはなにも知らないくせに、心理学者みたいな話はしないで。そういうのは安っぽいテレビ番組の視聴者のためにとっておきなさい」

ダニエルは口を開けてなにか言いかけたが、思いとどまり、両手を上げて休戦を求めた。

「お互いに言いすぎだったな。きみを敵にまわしたくはない。本気で傷つけ合う前に、これで終わりにしよう」

「いいわ」サラはベッドまで歩いていき、ダニエルに背を向けたまま、バックパックに服を詰めはじめた。体が震えており、最後に弱い姿をダニエルに見せたくなかった。

ダニエルは別れを言わずに部屋を出ると、ドアをバタンと閉めた。

9

ジープがガタガタと音を立てながら、穴だらけの赤土の道路をたどって山を登っていき、エチオピア正教徒のあいだで第二のエルサレムとして知られているラリベラへと向かう。サラは興奮していたが、不安だった。碑文解釈の鍵を握る石に、じきに手が届く――それがあれば、歴史の重要なパズルを読み解けるかもしれない。しかし、代償を払わずにすむと思うほど世間知らずではなかった。

誰も信用するまい。いまや完全にひとりきりで、まさに自分が望んだとおりなのだが、恐怖で感覚が麻痺していた。ダニエルが恋しいものの、それを認めたくはなかった。たったひと言を口にできればよかった。残って、と。

おのれの頑固な傲慢さに、底抜けの不屈さに、うんざりする。それはウェストン家の特性であり、信託基金や欲しくもない三〇年代式ロールスロイス・ファントムのように受け継がれる世襲財産なのだ。サラにとってはあるがままの姿――からっぽの店のショーウィンドウの装飾――にしか見えないが、まだそれを手ばなす勇気が出せなかった。

最後の角を曲がり、二四〇〇メートルの山に到着した。そこに十一棟の岩窟教会が地面深くに彫られている。サラは車を止め、深い裂け目の縁まで歩いていき、その中央に立つ遺跡に驚嘆した。荒涼とした岩山の腹部の深さ十メートルほどに、一つの巨大な岩をくりぬいて造られたような完全な正十字の形の教会がある。手のこんだ鍵穴形の窓、ドアヘッドが施された戸口、建物の土台部分を利用して造られたステップなど、まるで王国の精神的豊かさを守るための古代の要塞のようだった。サラはこの十二世紀のすばらしい建築物に畏敬の念を抱きつつ、微笑みを浮かべた。有名な伝説では、ラリベラの教会は天使によって彫られたという。

イムレハネ・クリストス教会は、ラリベラの岩窟教会群の中であまり知られていない教会の一つで、主な教会群から数キロ離れた高地にある孤立した村をさらに越えたところの洞窟の中に建っていた。教会の精巧なファサードには、アクスムの建築様式の影響が見て取れた。広い壁には何本もの溝が水平に彫られていて、立体的に感じられる。壁は白く塗られているが、溝の部分はもとの岩の自然な赤レンガ色のままだった。鍵穴形の窓には、十字が施されている――コプト教とアラビア文化の興味深い融合だ。このイムレハネ・クリストス教会と、ラリベラのほかの教会との唯一の共通点は、完全な一枚岩から造られていることだった。

サラはジープに戻り、詮索好きな人間の目につかないように、厚く生い茂った森の中に車を止めた。危険を冒すわけにはいかない。

最低限の必需品とパスポートを入れたバックパックを背負い、段々になった山腹を徒歩で登り続けた。遠くからセミのにぎやかな鳴き声が聞こえるだけで、山中は完全に静まり返っていた。セイヨウネズのさわやかな花のような香りがかすかに空中に漂い、真昼の太陽が顔をあたためる。イムレハネ・クリストス教会の入口に近づくと、奇妙な静穏が感じられた。

疑問には思わなかった。代わりに畏敬の念を抱きながら玄関の戸口の前に立ち、その気持ちが心を満たしていくのに身を任せた。

それから、指示されていたとおり、通用口から教会に入った。「ギオルギス神父に会いたいんですけど」ひとりの侍者に伝える。「会う約束をしているの」

少年はサラの頭からつま先までじろじろと眺めた。自分たちに交じって女がいることを明らかに屈辱だと思っているようだ。サラに冷たく言った。「ここでお待ちください」

教会の細部は荘厳であるものの、中は暗く陰気だった。小さな窓からはわずかな光しか入らない。まるで、これ以上光が入ったら、修道士たちがこのじめじめした室内よりもっと明るくあたたかいものを欲しがるとでもいうように。壁と天井には聖人や聖書の場面が描かれているが、陰になっていてほとんど見えなかった。身廊はアーチでつながった四本の円柱に囲まれており、そのドーム形の聖域には目を引かれた。根本的に簡素な空間で、印象づけるためではなく、信者たちに信仰の翼を授けるために設計されていた。

石の祭壇から人影が現れた。汚れた白いリネンのローブと白いターバンを身につけ、木製のロザリオを握っている。加齢と自然環境の影響で顔はかさかさで、カールした顎ひげは黒というよりは白かった。それでも、目つきは穏やかで、人生の苦しみから救済されたかのようだった。「ミス・サラ」修道院長は言った。「またお会いできて嬉しいです」

ギオルギス神父はサラを連れて、即席の松明——灯油に浸したリネンを巻いた木の枝——がほのかに照らす狭い石の廊下を進んでいった。ふたりが通りすぎるとき、炎が震えた。煤《すす》の跡が天井まで伸びている。

洞窟の中心へ向かっているのだとサラは気がついた。湿った空気に寒けを覚えた。

そこかしこに曲がり角があり、暗い通路の先は見えないものの、さらなる曲がり角につながっているようだ。迷路。なにかを隠すために建てられた場所。互いに連結している廊下はどれもあまりにそっくりで、もし道に迷ったら、出口を見つけるのはほぼ不可能だろう。その不安な考えを追い払って、足早に歩くギオルギス神父に遅れずについていくことに集中した。何キロにも思える距離を進んだあとで、キリスト教の聖人と天使が描かれた木製のドアの前に着いた。そのキリスト復活の場面の繊細な描写に感動したサラは、いつか時間に余裕があるときに図像学を勉強しようと心に誓った。

ギオルギス神父は鉄の鍵でドアを開け、客人を部屋に入れた。石造りの狭い部屋で、寝泊まりする部屋というよりは監獄に似ていた。「どうぞ」神父は手振りで示した。「ここで宿泊してください」

サラと修道院長の足音が室内に反響する。部屋にはなにもなく、クモの巣だらけで、何年も人が住んでいないかのようだった。部屋の中にはもう一つ、コンパクトカーの室内ほどの広さの小部屋があり、そこでふたりは立ち止まった。質素な簡易ベッドと洗面台だけで狭いスペースが埋まっていた。

「建物のこちら側には誰もいません。修道士たちはほかの場所で眠ります。我々は禁欲を誓っていますから……」

サラはわざわざ彼に気まずい話をさせたりせず、バックパックを簡易ベッドの上に放り投げた。「ここでけっこうです。わたしを客として滞在させてくださって、本当にありがとうございます」

「あなたは我々の信仰にとって大切なものを持ってきてくださった。神があなたをここにつかわされたのです。それだけで心より歓迎します」

翌日、サラは教会でいちばん優秀な学者に会った。ブラザー・アポストロスは優れた言語学者であり、揺るぎない信仰心を持つ人間だと、ギオルギス神父が言っていた。その非の打ちどころのない性格のために、ほかの修道士たちよりも石を守る役目にふさわしいと白羽の矢が立ったのだった。

中庭で彼を見たとき、サラはすぐにそれがアポストロスだと気がついた。小柄な若い男で、目からは平静さが伝わってくるが、年に似合わず深いしわが刻まれた顔からは苦難と悲哀の人生がうかがえた。細い体を包んで顔と両手以外を覆っている白いローブから、骨のような指ときゃしゃな手首が突き出ている。片方の手には木製の十字架のついた杖を握り、もういっぽうの手にはぼろぼろの黄色い房飾りのついた赤い傘を持っている。地面の上に浮かんでいるかのように、軽い足取りで歩いてくる。あまりにきゃしゃなので、突風が吹いたら飛ばされてしまいそうだった。

修道士はサラから三メートルほど離れたところで立ち止まり、地面に目を向けたままアムハラ語で言った。「ギオルギス神父に呼ばれてきました」その話し方は、見た目と同じように控え目だった。

物理的にも精神的にも、サラは彼とのあいだに大きな隔たりを感じた。それでも、とても重要なものをゆだねられているこの脆弱そうな男に興味を引かれていた。「石を見せてもらいに来たんです」サラは彼の母国語で答えた。

「英語を話せます」修道士は依然としてサラと目を合わせずに言った。ギオルギス神父の話では、アポストロスは少年時代から、世間で知られていない方言や古代の言語の研究に人生を捧げてきたという。だが、英語を話せるとはひと言も言っていなかった。サラは自分の母国語でコミュニケーションがとれることにほっとしたものの、相手はコミュニケーションそのものがあまり得意ではないらしい。

アポストロスは迷路の入口へと歩きだした。

今回は曲がりくねった迷路をいくらか理解してみせると心に決めながら、サラはあとに続いた。ルートを記憶しようと、曲がるまでにいくつ廊下があるか数えたが、何度も曲がるうちに覚えきれなくなった。そこで考古学者としての本能を働かせて、目印を見つけようとした。岩にできた溝、松明の後ろに残っている煤の形など、とにかく目につくものを。ついには、きわめて正確な自身の感覚に頼った。廊下が細く暗くなっていくと、かすかに灰のにおいがした。この感覚はよく知っている。花崗岩の山の奥の暗闇へと向かっているのだ。地下墓所のように狭くなっていき、岩から湿った冷気が漂ってくる。

なんの前触れもなく、寡黙なガイドが立ち止まり、暗がりの中から手探りでランタンを探し出し、古いビッククライターで火をつけた。弱々しい炎が彼のまわりで金色の光輪となり、まるで古いコプト教の聖像《イコン》に見られる聖人のようだった。

アポストロスは、彫刻が施された重厚な木製のドアが三つある円形のホールへと歩いていった。右側のドアを選び、蹄鉄の形をした鉄の物体の先端を二つのV字形の穴に差しこんで取っ手のようにしてから、それをまわした。そして手前に引くと、重い扉がうなりをあげた。アポストロスはランタンを自分の前にかかげ、部屋の内部をほのかに照らした。「これがあなたの捜しているものです。〝シバ・ストーン〟」

数秒間、サラは息をするのを忘れた。まったくなじみのない文字が刻まれた巨大な石碑に、目が釘づけになっていた。考古学者として長年働いてきて、多くの記念碑を目にしたことがあるが、これは完全に桁外れだった。数多くの古代の謎にとっての唯一のミッシングリンク。心臓が跳び上がる。ここに来たのは正しい選択だったのだ。ほとんど恍惚とした状態で、まるでべつの力が働いているかのように、サラは一枚岩に歩き寄り、無意識に手を上げて触れようとした。

「いけません！」修道士のはっきりとした大きな声は、その穏やかな気性にはそぐわない気がした。

サラは厳しい親に叱られた子どもよろしくじっとしていた。

「すみません」アポストロスがまたやさしい声で言った。「人間の手で触れてはならないのです。神聖な石ですので」サラの目をじっと見つめる。

そのときはじめて修道士のエメラルドグリーンの目が見えた。宝石そのもののように明るく輝いている。彼が次に口にした言葉に、サラは動揺した。

「あなたに信仰心があれば、この石は役に立つでしょう。もしなければ、あなたを破滅させるでしょう」

10

ガブリエルとハイランは調理用の火の前で肩を並べてしゃがんでいた。鉄の大鍋の中で、焦げ茶色の液体の混合物が煮えている。鍋から立ち昇る湯気が苦いにおいを運んできて、薬が完成したことを告げた。ガブリエルは陶製のスプーンを鍋の中に入れ、荒れた唇に運んで味見をした。

「完成しました、シャイフ」数年の砂漠暮らしで習得した完璧なベドウィンの方言で言う。

首長は漆黒の目を細め、満足げにうなずいた。「上出来じゃ、アビヤン。準備はできたな」

「あなたのもとで何年も学んできました。もう十分だと思いませんか?」ガブリエルは師であり友人である男に腕をまわし、ふたりは大声で笑った。それから首長の若い弟子は薬草茶を石の椀に注ぎ、ラクダのミルクを数滴加え、テントから出た。

新米の薬師としての最初の試験だった。幼い少女がひどい水疱瘡——ベドウィンの言葉では〝鳥虫病〟——にかかり、熱が出て、小さな体の九〇パーセントが発疹で覆われていた。そのため、両親が発疹をひっかいてしまうので化膿し、ハンセン病患者みたいになっていた。子どもが苦しんでいるのは疑いの余地がなかった。

ガブリエルは切り傷のようになったみみず腫れにレモンバームを塗った。ほとんどすぐにかゆみと痛みをやわらげてくれる。次いで、熱を下げるためにローズマリーと甘草とヒソップを特別に調合したお茶を飲ませた。

そして両親のほうを向いた。「空に夕星《ゆうずつ》が出るころには、よくなっているでしょう。しかし、発疹が消えるまではテントから出さないようにしてください」

母親が困惑顔になった。「でも、この子には仕事があります。それをやらせないと」

「バードワームにかかった子どもは隔離しなければなりません。とくに部族の妊婦には近づけないように。もし接触したら、妊婦は赤ん坊を失うか、命さえ落とすかもしれません」

「どうしてわかるんです？」

科学的証拠を話すことはできない。この人々にとっては異質な概念なのだ。だから作り話をするか、あるいはイメージを思い描かせて、どうにか理解してもらえるように願うしかなかった。「二年前、メフードの花嫁のメラが妊娠六カ月のときに急死したのを覚えていますか？」

若い夫婦はそろってうなずいた。

「メラの息子がバードワームにかかっていて、それが感染したんです。メラの死後、彼女の体を見ました。口の中に発疹がありました。こんなふうに」ガブリエルは娘の口を開け、両親に中を見るようにうながした。

母親がおびえた顔になる。「娘は死ぬんですか？」

ガブリエルは微笑み、子どもの髪をくしゃくしゃにした。「いいえ、友よ。子どもというのはとても回復力があります。けれど、ほかの人たちを危険にさらさないよう、わたしの言うとおりにしてください」

ほどなくして、ガブリエルが若い夫婦に授けた知識は部族全体に伝わった。その夜、夕食のあとで、部族民は命を救ってくれたガブリエルに感謝すべく、彼に敬意を表して〝炎の輪〟という儀式を催した。炎のそばで物語を語ることは、砂漠の民にとってきわめて神聖な行為の一つであり、祝ったり称えたりするために夜におこなわれた。それがいかに重要な儀式であるか知っているガブリエルは、その中心にいることに謙虚な気持ちになった。ベドウィンと暮らした六年のあいだ、ひとりの男のために〝炎の輪〟が開かれたことは一度もなかった。心の奥で人々の単純な感謝と敬意が感じられ、それが嬉しかった。

鼓手が、夜を象徴する星と月が描かれたヤギ革の四角い太鼓をやさしいビートで叩いた。語り部のための太鼓の演奏は、夜の儀式には欠かせなかった。みなに語りたい話がある者は儀式用の毛布をかけられ、聴衆は熱心に耳を傾ける。

バヌという名の美しい若い女が、サソリとゾウの話をした。以前にも語ったことがあるので、話しはじめると子どもたちが歓声をあげた。サソリの王さまが悪賢い子ゾウにだまされた箇所にさしかかるころ、気がつくとガブリエルの意識は別世界に向かっていた。

バヌのシルクのような黒い巻き毛とカフェオレ色の瞳が炎の明かりを受けてきらめくさまに魅了されながら、ガブリエルは自分が愛した女のことを考えた。カルセドニー。彼女の名を口にすると、蜂蜜を味わっているようだった。彼のぼろぼろの頭の中で、彼女はこの惑星を歩く生き物の中でもっとも華麗な存在だった。最後に目にしたのは何年も前だが、彼女の記憶はベドウィンのたき火さながらに燃えていた。黒いサテンのリボンのように顔のまわりにかかる髪。鋭く傾斜した細い鼻。このうえなく澄んだサファイアがアーモンド形のプールに浮かんでいるような目。子どもみたいにいたずらっぽい笑い声。

出会った日のことはいまでも覚えているが、人生を何回も繰り返したくらいの時間が経っている気がした。ある年の夏、ふたりはギリシアの島にいた。その日はどこからともなく気まぐれな嵐がやってきて、雨が降っていた。土砂降りの中、カルセドニーはとても幸せそうに立っていた。ほかの人々がみな古代の石造りの家の軒下で雨宿りをしようとしているいっぽう、彼女は石畳の道を選んで歩いていた。その叙情的な瞬間のメタファーに心を奪われ、ガブリエルは彼女に近づかずにはいられなくなった。雨の中、カルセドニーの隣に立ちながら、その短い時間に自由を感じ、心臓が歌っていた。それから夏のあいだふたりは一緒に過ごし、地中海ではしゃいだり、プラトンの『饗宴』の中に出てくる〝愛〟という言葉の本当の意味を論じ合ったり、銅のジョッキでワインを飲んだりしながら、情熱的なカップルになっていった。秋の最初の吐息で空気が冷たくなったころ、ガブリエルはカルセドニーに、今年の冬も、これから先の冬もずっと自分をあたためてほしいと言った。そしてカルセドニーと一緒に故郷に戻り、ふたりで生活を築いたが、七年近く経ったころに運命の日が訪れ、先が見えないほどもうもうと立ち昇る煙がふたりの夢をのみこんだ。

バヌの話が終わりに近づくにつれて、ガブリエルは骨の奥に鈍いうずきを感じた。人生を変えよう、この一風変わった新しい世界で自分の居場所を見つけたのだと言い聞かせようとどれだけ努力しても、大切にしていたものをすべて失って嘆き悲しんでいることは明白な事実だった。なによりもカルセドニーが恋しい――彼女の奔放さ、無意味なものを切り落として真実を見つけ出せること、とてつもない悲しみに直面したときでさえ冷静で温和なところ。

それから、息子が恋しい。子を失った苦しみは絶え間なく心臓を締めつけてきた。幾晩も眠れず、少年の小さな笑い声に悩まされた。息子には未来が待っているはずだと心から信じていた。またべつの夜には、火事で命を落としてなどいないかのように生き生きとした姿で、ガブリエルの夢の中に現れた。そういう夜は、自分がむせび泣く声で目を覚まし、悲しみを乗り越えられないおのれの弱さを罵った。

「アビヤンの番よ……アビヤンの番」バヌが叫び、笑いながら儀式用の毛布をガブリエルにかけた。誰もが、若者も老人も、割れんばかりに拍手喝采した。いままで、白い異人が〝炎の輪〟で物語を語ったことは一度もなかった。語学力が向上したいまこそデビューのときだ。部族と暮らしはじめたころとちがって、注目の的になることに抵抗はなかった。いまではそれほど恥ずかしさはなく、よそ者という気もしなかった。ダウドが死んでからずっと持っていたパイプを吹かす。それはほとんど自分という存在の一部分になっていた。物語を語るうえでもっとも重要である語り手の表情が子どもたちに見えるように、ウェーブのかかった長くもつれた髪を顔から払い、話しはじめた。

「これは生命の木の話だ。砂漠の真ん中に、一本だけ木が立っていた。幹はラクダのこぶほどの大きさで、ヤシの木よりも枝があった。葉はぴかぴかの緑色で、ハイランの肌のようにがさがさだった」そのジョークに遊牧民が無邪気に笑い声をあげるのをガブリエルは楽しんだ。ようやく彼らとユーモアを共有できるようになり、以前よりも絆が感じられた。笑い声が収まるのを待つ。「この木は、人間が知る中でもっともみずみずしくておいしい実をつけた。そして、近くを通るすべてのものに、動物にも鳥にも、その実を惜しみなく与え、砂漠のあらゆる生命を支えた。見返りはほとんど求めなかった。砂と、太陽と、空中の栄養素と、雨水に育ててもらった。黄金虫が根をかじり、その唾液が養分になった。サルが枝からぶらさがって木を揺らすことで土が肥え、排泄物が養分になった。毛虫が葉の上を這い、それが吐き出す糸が養分になった。すべての生き物が協力し合って、生命の木が生き続けられるようにした。そうすれば食べ物をもらえ、雨風をしのいでもらえるから。

「ある日、通りがかりの部族が木を見つけて止まり、おいしい実を腹いっぱい食べた。日光を避けて木陰に座っていた族長が、ある考えを思いついた。木はとても大きく、つねに実と日陰を提供してくれるから、自分たちのものにしてしまおう。枝の中で跳ねまわっている動物を殺して食料にすればいい。花からはワインを作れる。幹に穴を開けて水分を出せば、けっして喉が渇くことはない。必要なものがすべてここにあるのに、なぜいつまでも食べ物や水を求めて砂漠を長々と歩かなければならない？　彼らは生命の木を自分たちの住処《すみか》とした。

「数年が過ぎた。部族はまだ木陰で暮らしていたが、いまでは完全な村ができていた。木から必要なものを得るほうがずっと簡単なので、砂漠で暮らすのはやめていた。毎年冬になると、火をおこすためにどんどん枝を切っていった。葉をむしり取り、家の屋根に使った。夏には、気温が高くなって喉が渇くと、幹を次々と切りつけて水分をしぼり取った。春には、実をすべて摘み、かつていつもしていたように通行人たちに必要なものを持っていかせるのではなく、それを売った。そんなふうにして、鶏やヤギやオレンジや穀物を蓄えていった。裕福になり、太り、必要なものはなんでも、鳥のミルクさえも手に入った。ところがある日、いつもより太陽が熱く燃えていた。長年砂漠で暮らしてきて、これほどの暑さははじめてだった。日に日に暑さは増し、まるで太陽が空から下りてきて、その光線で焦がされているかのようだった。枝から葉がむしり取られていたので、木は陰を作れなかった。木陰がないと、地面はものすごく熱くなり、木の根の下の水分が干上がってしまった。木はもはや部族のために実をつけることも水を与えることもできなかった。枝は灰の色に変わった。幹は細くなった。家畜は死んだ。バッタが押し寄せ、部族の穀物の蓄えを食い荒らした。人々は渇きと飢えで死んでいった。それでも暑さがやわらぐことはなかった。あまりの酷暑に、干からびて実をつけなくなっていた生命の木に火がついた。部族はパニックになった。洪水に襲われたアリよろしく散り散りに逃げだし、木はそのまま焼け落ちた。部族は蜃気楼の熱波の中に消え、二度とその姿を見ることはなかった。木と、それに守られ支えられていた生き物たちは、もはや存在しなくなった」

西洋で伝統的に期待されるハッピーエンドではなくても、ベドウィンはガブリエルのために喝采した。話そのものを気に入ったというよりは、物語を語ったことを喜んでいるのだろう。ガブリエルにとっては、最後までみなの心を引きつけていられたこと、ときどき言葉に詰まったけれど楽しませてやれたことが嬉しかった。

部族民は愛情をこめてからかうようにガブリエルを押したり、やじを飛ばしたりしたが、ガブリエルは感謝をこめて受け止めた。騒ぎが収まったとき、遠くにいるハイランが目にとまった。ひとりで座り、微笑みを浮かべて無言で目の前の光景を眺めている。

若い弟子が彼からいかに多くのことを学んだか、あの老人に知ってもらいたかった。


ラクダ祭りの会場に着く前夜、部族は活気にあふれていた。彼らは何週間も旅をしてウバールまで来ていた。年に一度、動物や商品を交換するために、シリア砂漠のあちこちから部族が集まるのだ。ウバールは繁栄した都市だと聞いたことがあった。土地は豊かで、風変わりな習慣を持つ魅惑的な異人が大勢いるという。祭りはベドウィンにとって大きな催しで、一年の残りの苦難を乗り越えるための褒美なのだった。会場はすぐ近く――ほんの数キロ先――なので、実際に没薬《ミルラ》の香りがするし、通りに並んでいるという丸々したヤシの実の味も感じられた。ベドウィンは期待に胸をふくらませてたき火のまわりに座り、太鼓を叩いたり、ヤシ酒で乾杯したりしている。

だが、ガブリエルは祝う気分ではなかった。ここしばらくのあいだ、直感的に、宇宙の力が動いているという気がしていた。毎晩ひとりで座り、答えを探している。その夜、薄膜のような空に満月が遊糸《ゆうし》よろしくぼんやりと浮かんでいた。啓蒙と変化のチャンスだと、ベドウィンはつねに言っている。その可能性を考えると、ガブリエルの胸は希望に満ちあふれた。座って目を開けたまま黙想しつつ、前兆を求めて空と星を眺めていたとき、ハイランが近づいてきた。ガブリエルは少しも驚かずに老人を見つめた。彼を待っていたかのように。

「一緒に来なさい、アビヤン。時間じゃ」

なんの時間なのか尋ねたいとも思わず、ガブリエルは師のあとに続いて野営地の東端へ向かった。たまたまこの方角を選んだのではないとわかっていた。ベドウィンの伝統では、東はあらゆる生命と神聖なるものの源だ。また、族長たちが方向を確認したり、賢人たちが導きを求めたりするのも、東だった。

ハイランは砂丘の上で立ち止まり、ガブリエルを招いて自分の正面に座らせた。シャイフは袋からヒョウタンとすり鉢を取り出した。黙ったままヒョウタンの栓を抜き、黒い液体をすり鉢の中の砂に注いだ。

満月の明かりの下でも、なんの液体かわからなかったが、その強烈なにおいはあまりによく知っていた。血。数日前に男たちが食用にレイヨウを殺したときの血だろう。ベドウィンは血を捧げ物にはしない。実際、部族と旅をしてきた数年で、血が使われるのを見たのは――日常生活でも、儀式でも――一度もなかった。論理的に考えれば不安がるべきだが、ガブリエルの心臓は驚くほど落ち着いていた。部族の人々を、ハイランを、信頼している。なにが起こるとしても、秩序の一部として受け入れるのだ。

ハイランは血を砂にもみこみ、粘り気のある練り物を作った。ガブリエルには理解できない言語で静かに歌いながら、老人は練り物をガブリエルのまぶたに、それから自身のまぶたに塗った。西洋の考えは心の奥深くに押しこみ、ガブリエルはこの儀式に身をゆだねた。寒い夜ではなかったが、鳥肌が立ち、体が震えた。いまや苦難と加齢でしわが刻まれた額がこわばるのを感じつつ、集中しようと努めた。樹脂の結晶が燃える甘く鋭いにおいが空中に充満する。濃く厚い煙が立ち昇る。それがガブリエルの鼻を、肺を満たす。体が軽くなっていく。肌の寒けはほてりに代わり、顔があたたかく、目が重くなった。意識があてどなくさまよいはじめたが、眠りに落ちているわけではなかった。いままで経験したことのない状態だった。心の目が灰色のスクリーンに、からっぽの子宮になる。

それから突如としていくつもの顔が現れた。目以外は黒い布で覆われている。目的があるわけでも、行き先があるわけでもなく、陰気に行進している。見知らぬ者たちがひとり、またひとりと、この世を去る魂のように現れては消えていく。ひとりの女だけが、ガブリエルの前でじっと立っていた。一陣の風が女の顔からベールをはぎ取る。青白く、幽霊のようだった。女が目を上げると、ガブリエルのよく知っているサファイア色の瞳が現れた。女はカルセドニーの顔をしているが、亡霊のように超然とした物腰だった。マントの下から腕を上げ、なにかを指した。

山の上の都市。雲の中の王国。ガブリエルはそちらへ歩きだしたが、どこに着くかはわからなかった。斜面に沿って垂直に伸びる不安定な階段をよじ登って頂上まで向かう。そこに石の門があり、ベドウィンの方言で文字が刻まれていた。『人類の運命は石に刻まれているが、彼らは目をくりぬかれたために見ることができない』

そしてすべてが白くなった。

胎児のような格好で目覚めたとき、ガブリエルの肌はほてり、汗まみれだった。

正面ではハイランがあぐらをかいていて、その様子は夏の海のように穏やかだった。

ガブリエルは顔から汗と血泥をぬぐいながら、いま経験したことを理解しようとした。

「行きなさい、友よ」ハイランの声はビロードの毛布みたいで、いままで以上にやさしく落ち着いていた。

「行くって……どこに?」忘我状態のときにハイランや部族の気分を害するようなことをしたか言ったのだろうかと不安を覚えはじめた。

「行くのじゃ……山の上の都市へ」

ガブリエルは目を見開いてハイランを見つめた。言葉が出なかった。どうして知っているのだ?

ハイランは続けた。「彼女がそなたに偉大な王国へ行くように求めておる。それがそなたのやるべきことじゃ。そなたが内に秘めておるものを、そこに持っていかねばならん。そして、そこに置いてくるのじゃ」

ガブリエルの喉から激しいむせび泣きがもれた。どんな薬でも治すことのできない苦しみで顔が歪む。ハイランの言葉を理解することすらできなかった。頭の中にあるのは、唯一心から愛する人の姿だけだった。

「彼女はそこにいるのですか？　教えてください、お願いします。彼女はどこです？」

「いいや」ハイランはささやいた。「彼女はそこにはおらん。別の世界、そなたがけっしてたどり着けない世界で暮らしておる」

首長の言葉は核心を突いていた。心の奥ではそれが事実だとわかっていた。二度とカルセドニーには会えない。ガブリエルは膝のあいだに頭を垂れ、泣きじゃくった。

ハイランは大きな岩のように断固とした態度だった。「落胆するでない、アビヤン。そなたが探求するものは彼女よりも大きく、そなたよりも大きい。そなたはめったにない旅をするために選ばれた。いまは涙のときではない。勇気のときじゃ」そしてまた繰り返した。「そなたが内に秘めておるものを、偉大な王国に持っていかねばならん。それを、そこに置いてくるのじゃ」

疲労に襲われながらも、ガブリエルは心を落ち着け、ハイランの言葉の重みを受け止めた。

「部族を去りたくありません。わたしの居場所はここしかないのです」

「ここでそなたに残されているものはなにもない。行きなさい。石の門をくぐるのじゃ」

「どうして山の上の都市や石の門を知っているのです？」

「そなたが見たものを、わしも見た。だから、これがそなたの運命だとわかっておる」

ふたりの男は名残惜しそうに視線を交わした。もはや秘密はない。ガブリエルにはやるべきことがわかっていた。とうとう平穏が訪れた。

その夜、ガブリエルは砂丘の頂上で、星の下ひとりで眠った。

夜が明けるころには、彼の姿はなかった。

11

シバ・ストーンを使って碑文を翻訳するのは、想像していたよりもはるかに複雑な作業だった。方尖柱の形をした一枚岩は、高さ三メートル、幅一・八メートルで、シバの女王の人生と統治を称えているらしい文章が上から下まで刻まれている。碑文にはこの地方の六つの異なる方言が使われているが、サラの知っているどんな法則も当てはまらなかった。一つの文章に四種類もの方言が含まれていると考えられ、おそらく文章を暗号化するためか、もしくはある箇所を特定の部族には読めてほかの部族には読めないようにするためなのだろう。動機がなんであれ、そのシステムはサラにとって腹立たしかった。二週間以上取りかかっているのに、まったく成果を得られずにいた。

昼も夜もシバ・ストーンのかたわらに座り、当惑しつつ文章を見つめ、パターンのようなものを突き止めようと試みた。突破口はさっぱり見つからず、自分がなにをしているかさえわからなかった。語学の才能を駆使しても、手に負えない気がした。

石をぼんやりと見つめながら、すべてを教会に任せてロンドンに戻ろうかと熟考した。残されたキャリアを救う努力をしてもいい。それが無理なら、いつでもアメリカに行ける。そこなら、傷ついた評判を大目に見てもらうのははるかに簡単だ。

けれど、この窮地を抜け出して再出発するという考えは魅力的であるものの、それはできない。墓を見つけた瞬間からサラをかりたてているのと同じ力がいまだに働いていて、たとえ怖くても次のステップに進めと背中を押していた。

アポストロスに協力してもらいたいが、彼は日中のヒョウのように姿を隠していた。意図的にサラを避けているのか、自身の仕事に没頭しているのかはわからない。けれど、彼なしでは無理なので、とうとうアポストロスを捜し出すことに決めた。

ある朝、庭でアポストロスを見つけた。小鳥の水浴び用の水盤に水を補充し、ローブの中にしまっておいたパンをちぎってまいていた。あまりに静かに石のベンチに座っているので、サラはその平穏を妨げることができなかった。そこで中庭の反対側の隅から彼を眺めていた。房飾りのついた傘の下で、彼はノートになにかを書きながら、ときどきひらめきを求めるかのように目を上げた。

長いあいだ待ってから、サラはとうとう近づいていった。「こんにちは。書き物が好きなのね」

突然サラが現れたことに狼狽しながら、アポストロスは急いでノートを閉じ、衣服のひだの中にすべりこませた。「たいしたものではありません」

サラは彼の隣に座った。「あなたの助言が欲しいと思っていたの。わたしが必要としている知識を持っているのはあなただけだから」

アポストロスは太陽を見つめ、目を細めた。「過去に、ほかの人たちもこの知識を求めていました。彼らは信用できませんでした」

「わたしはちがうわ」

「十人目の聖人の言葉は神聖なものです。悪人の手に渡してはならないのです」

サラはやさしく、ゆっくりとしゃべった。「あなたたちの信仰にとってどれだけ重要な存在かわかっているわ。それは尊重する。だけど、彼のメッセージが全人類にとって重要なものなら？　大勢の人間を救えるかもしれないのに、数人でその知識を独占するべきかしら？」

アポストロスは黙りこんだ。視線を落とし、骨のように細い手首に巻いたロザリオのビーズをいじった。これ以上会話をしたくないのだと気づき、サラはそっとしておくことにした。無理強いはできない。彼には味方でいてもらいたい。アポストロスの信頼を得るためにべつの方法を見つけなければ。

その日はそれからずっとノートに自分の考えを走り書きしていたが、頭の中はぼんやりしていた。ここしばらく、朝早くから起きていられなくなるまで作業をしていたので、あまり眠れていなかった。疲れきったサラはテーブルに頭をのせ、夕食前に眠りこんだ。

目が覚めたのは翌日の夜明け前で、まだ同じ格好だったが、毛布がかけられていた。雑穀の入ったボウルが書類の上に置かれている。サラはノートを捜した。眠りに落ちたときには手の下にあったはずだ。見つかったのは、英語で短い言葉が書かれた一枚の紙だった。『母なる海』

あの修道士がヒントを残していってくれたのだ。意味はわからないものの、いい兆候だと考えることにした。アポストロスはサラとコミュニケーションをとろうとしている。だが、彼のやり方に従わなければならないようだ。

それからの数日、サラは時間を無駄にしなかった。論証と交渉という西洋の観念を捨てて、代わりにおのれの直感に頼った。アポストロスが他人を信用していないのはあまりに明白だった。自分の考えを表現するために孤独が必要なのであれば、ひとりにさせておこう。直接顔を合わせる代わりに、サラは手紙を書いた。

『とても謙虚で博識な修道士さま

今日、外を散歩しました。地面は干上がり、雨を必要としているようです。足の下の赤土はもろく、小鳥たちの水盤には水が数滴しか残っていません。それでも、ツバメは相変わらず飛びまわり、暑さを避けようとしていました。

ときどき、自分がそのツバメである気がします。荒涼とした地で水を探している。大雨を待っている。

よい一日をお過ごしください。

サラ』

最初、手紙は戦略のうちだった。弱音を吐いたら、ひょっとするとアポストロスが力を貸す気になってくれるかもしれない。しかし、完璧に流暢な英語で返事が来たとき、サラは彼の世界観に心を奪われた。

『ツバメは休むことなく飛び続ける鳥です。永遠に水を探しまわるけれど、けっして雨を待つことはありません。みずから探しに行きます。救済は訪れず、苦悩します。必ずべつのどこかに、何千キロも離れたところに、屋根の形が異なって見える場所、こちらが昼でもそこでは夜が訪れている場所があります。ツバメの運命は充実していると言う者もいれば、呪われていると言う者もいます。

それでも、ツバメの飛翔は実にすばらしいものです。東洋のシルクのようにつややかな黒い翼が風と完全に調和するさまを見ると、優雅さの意味がわかります』

その言葉は詩のようだった――叙情的で、粗削りで、人間らしく、それでいて没個性的。手紙にサインはなく、名前すらなかった。単なる見解と意見の交換であり、それを自分のものとして所有したり主張したりしようとはしていない。サラはあのエメラルド色の目をした修道士の魂をのぞけたことを嬉しく思い、はじめて彼のことを、自分がしているこの複雑なゲームの駒というよりはひとりの人間だと感じられた。人間の心に興味を持つことには慣れていない。彼女の仕事と家系はそういうことを考慮に入れない。そんな時間はないのだ。アポストロスの温和な存在感のせいか、安全な石の子宮に包まれているせいか、子どものころから一度も経験したことのない甘い孤独のせいかわからないが、安らかで伸び伸びとした気分だった。まだいくつもの疑問が海のように広がっているものの、水平線ははっきりと見えていた。重要なのはしっかりと舵をとることだけ。

冷たい石の部屋で簡易ベッドに座り、修道士の手紙を再読した。ラリベラ以外の世界をほとんど見ていないのに、なぜこれほどの洞察力があるのだろう？　本や内省だけから知恵を得たわけではないはずだ。サラはこの男の本質を明らかにしたいという衝動を抑え、理論的解釈を捨てるという贅沢を自分に許して、宇宙の流れに任せることにした。その気持ちはなじみがなく、心地よいわけでもないが、無理やり我慢した。オイルランプの薄れゆく明かりで、次の手紙を書いた。

『とても温和な修道士さま

ツバメをうらやましく思うのと同じ理由から、わたしはツバメを称賛しています。ツバメは自由です。祖国というものを知らない。胸の中に故郷を抱いています。あたたかいそよ風の香りとともに来て、去っていく。期待や慣習や義務にとらわれた囚人ではない。そのような自由を知っていることは、すばらしいにちがいありません。

かしこ
サラ』

翌日届けられたアポストロスの返事は、サラを驚愕させた。

『自由とは、名前をつけたり、勝ち取ったり、うらやむものではありません。自由がなにか気づいていないときこそ、本当に自由なのです。ツバメの才能は、無知であることです。人間はそのような才能を持っていません。たしかに囚人ですが、おのれの枷を美徳に変える力を持っています。

しかし、枷がまばゆいほど、それから逃れることは難しくなります。自由になれるのは純粋な心だけ。自分たちを閉じこめている金の檻のドアを永遠に捜し求める者もいます。ドアなどないのに、それに気づいてさえいないのです。けれど、あなたはこのことに気がついた。あとは外に出るだけです』

ほんの少し会って短い会話を交わしただけなのに、修道士はサラの本質を見抜いていた。どういうわけか、彼女が利益や栄光を求めているのではなく、うわべは立派だけれど中身はからっぽの世界の影から出て、自分自身の真実を見つけるために個人的に奮闘していることを知っているのだ。これほど簡単に見抜かれてしまい、かすかに羞恥心を覚えた。彼女のような階級の女にとっては受け入れがたいことだ。他人に勝手に推測させておいて、感情を抑え、欲望は心の奥の穴に埋めておくというのが、暗黙のルールなのだ。それでも、見抜かれたことで解放された気がした。もう隠す必要はないのだ。

サラは手紙を額の前にかざした。困惑すると同時に感謝していた。誰も信用するなと自分に言い聞かせてきたが、この男に対してはなんの不安も感じられなかった。サラの目には、善良の化身に思えた。

その夜、頭をしぼって返事を考えているとき、またべつの手紙がドアの下からすべり入れられた。修道士がサラの信頼を勝ち得たのと同じく、サラも彼の信頼を勝ち得たようだ。

『あなたが解釈しようとしている碑文を書いた男は、あなたとよく似ていました。彼が遺言としてあの言葉を残したのは、人間の悪行によって黒く染められた心から救われるためだったのです』

アポストロスはほかにもなにか知っている。直接会って確認しなければ。いまはもう夜遅い時間で、修道院のほかの住人たちは寝ているはずだが、朝までこのままにしておけない。

懐中電灯をつかみ、〈バブアー〉のジャケットを羽織り、建物の反対側にある読書室へ向かった。そこでアポストロスはいつも夜遅くまで過ごしている。急いで行けば、彼が自分の部屋に戻って眠る前につかまえられるかもしれない。

廊下はひどく寒く、不気味なほど静かだった。期待で心臓が高鳴り、体がほてっていたので、寒さはほとんど気にならなかった。細い通路を足早に通り抜けながら、これから修道士とする会話を頭の中で組み立てた。あの内気な男が心を閉ざして質問をはぐらかさないように、正しい言葉と口調でアプローチしなければならない。失敗は許されない。

曲がりくねった廊下は、弱いランプの明かりのもとではいっそう見慣れない感じがした。うんざりするほど果てなく続く闇。修道士たちのように、もっと暗闇に慣れた目が欲しかった。彼らはロウソクの炎さえなくても廊下を歩きまわることができる。そのとき硬い物体の表面につまずき、あまりに早足で歩いていたサラは両手と両膝をついて転んだ。地面が濡れている。おそらくじめじめした夜気のせいだろう。

手探りで懐中電灯を捜した。転んだはずみにスイッチが切れたか、もっと悪ければ壊れてしまったにちがいない。懐中電灯を見つけ、スイッチを入れたが、つかなかった。ジャケットのポケットからペンライトを取り出し、かすかな明かりで周囲を照らす。

遠くのほうに、迷路に通じる巨大な木製のドアらしきものが見えた。

転んだせいで左手がずきずきしていた。怪我の程度を調べようとライトを向け、息をのんだ。転んだときに地面が濡れていたのは、湿気のせいではなかった。それは血だった。「そんな、嘘でしょう」

両手を震わせながら、小さなライトで周囲を照らした。さっき転んだ場所から一・五メートルも離れていない石の床の上に血の海が広がり、そこからべつの廊下の入口まで赤い筋が延びていた。

当たり障りのない説明がつくはずだとサラは自分に言い聞かせようとした——ほら、オオカミが犬を襲ったあと、暗がりに引きずっていって肉をむさぼろうとしたとか。けれど、最悪の事態が起きたのではないかと不安になった。

彼女がここにいることを知られた？　石の存在を知られた？

唇を震わせながら、少しずつ壁に近づき、隅にしゃがみこんだ。武器になるものがないかとポケットを探ったが、なにもなかった。心臓がばくばくしている。何度か深呼吸をして、いちばん楽な逃げ道を探した。

右側は迷路。論外だ。あの脱出不可能な迷路の中では、格好の標的になってしまう。左側には、中庭に通じる廊下。あわよくば、外に出てジープまでたどり着けるかもしれない。

サラはそちらに向かって這っていった。あたりは静まり返っている。つかの間、あれは単なる動物の仕業で、自分は過剰に反応しているだけだと考えていた。

そのとき、足音が聞こえた。石に反響し、増幅されて歪んだ音になっていた。どちらから聞こえてくるのかわからないが、まちがいなく近づいている。

姿を見られるほど近くに来られる前に、サラは暗い廊下を駆けだした。遠くの小さな石の隙間から射しこむ月光を目指す。外まではそれほど遠くない——せいぜい六十メートル。いままでは全力で走りながら、ときどき振り返って追いかけられていないことをたしかめた。外に近づいている——でもまだ遠い。

何者かが陰から飛びかかってきて、その激しい衝撃でサラは倒れた。顔は見えないが、男がサラにまたがり、両腕をねじり上げた。サラは錯乱した動物よろしくもがきながら、手をふりほどこうとした。

「どこにあるのか教えろ」男は強いエチオピア訛りの英語で言った。「おまえにはこのゲームに参加する資格はない。翻訳したものを渡せ。さもないと、あのばかな修道士と同じ運命をたどることになるぞ」

さっき彼女が倒れたのはアポストロスの血の海の中だったのか？　怒りがこみ上げ、いままで感じたことのない力が湧いてきた。

「どきなさい、このケダモノ」怒鳴りながら身をよじり、押さえつけられていた膝を自由にすると、男の股間にめりこませた。襲撃者はうめき声をあげて倒れ、そのすきにサラは逃げた。明かりに向かって全速力で走っていく。心臓が激しく鼓動し、汗が目の中に流れこんでくる。

振り返ったとき、男の影がこちらに向かってくるのが見えた。廊下の突き当たりまで着くと、サラは左に曲がった。たしか、近くのドアから中庭に出られるはずだ。

エチオピア人の足音がさらに速く、大きくなっていく。

とうとうドアが見つかると、突進して重い鉄の取っ手をまわした。

鍵がかかっている。

「もう！」過呼吸になりながら、鍵かべつの出口がないかと探したが、見つからなかった。

足音がますます大きくなっていく。

ほとんど呆然自失といった状態で立ちつくしていると、手で口をふさがれた。

「しゃべらないで」男の声がささやいた。「ついてきてください。助かるにはこれしかありません」

サラはうなずいた。

男が手をはなす。

振り返ると、おぼろげな月光の中によく知っている顔があった。「よかった、生きていたのね」アポストロスに両腕をまわしたかったが、時間がない。数秒で逃げなければならない。いつものごとく、修道士は無駄にしゃべったりしなかった。しっかりとした手つきで鍵を差しこみ、古い木製のドアを押し開けた。ふたりは暗闇の中に転がり出た。

エチオピアの空気を吸ってこれほど嬉しかったことはない。

しかしサラの喜びは数秒しか続かなかった。中庭の反対側の端に着いたときには、ふたりは囲まれていた。

六人、あるいは七人かもしれないが、男たちが中庭のあちこちに立っていた。少なくともひとりは武器を持っている。ほのかな明かりの中で、長い刃がきらめいた。アポストロスがあまりに落ち着いているので、危険に直面していることに気づいていないのではないかとサラはいぶかしんだ。

「北側に抜け道があるわ」サラは黒い人影から目を離さずにささやいた。「がむしゃらに走れば、ここから逃げられるはずよ」

「それは無理です。わたしを信じてください」アポストロスはサラの腕をつかむと、修道院の中へと引っ張っていった。

ふたりの男が追いかけてきた。

「走って」アポストロスが叫んだ。

どこに連れていくのかと聞く暇はなかった。恐ろしいことに、すぐに迷路へ向かって走っているのが明らかになった。「正気なの？」サラは抗議した。「絶対に生きて出られないわよ」アポストロスはサラの嘆願を無視して、石の床を裸足でよりいっそう速く走った。サラは従うよりほかになかった。恐怖に襲われつつ、迷路のような暗い石の通路に入っていった。足早に進んでいくと、壁にかかっている松明の弱々しい炎がちらちらと揺れ、数歩先を照らしてくれたが、曲がり角の先になにがあるかまではわからなかった。

ローブを着た侍者が暗い迷路をすばやく通り抜けていくことにサラは驚嘆した。アポストロスは二十年ほど前、十代の修練者だったときにほかの教会からここに逃げてきたと、ギオルギス神父が言っていた。それ以来、一日たりともこの建物から出たことがない。教会は彼の聖域となり、アポストロスはその隅々まで知りつくし、愛している。今夜、サラはそのことに感謝した。

追跡者たちの苦しそうな呼吸と重々しい足音が廊下に反響していた。ちらりと振り向くと、ほのかな松明の炎で実際よりも大きくなった影が廊下の突き当たりで動いているのが見えた。

「こっちに迫ってるわ」

不意にアポストロスが立ち止まった。なにも言わないが、その目はまぎれもなく切羽詰まっていた。なにかを捜しているかのように、壁を手探りする。いまでは近づいてくる男たちの姿が完全に見えていた。数秒のうちに追いつかれてしまうだろう。アポストロスが複数の石を押すと、男たちの真上の天井から一列に並んだ鉄の棒が落ちてきた。トラップだ。この古い石の迷路は、考える人たちのゲームというだけでなく、防御の砦でもあるのだ。

アポストロスがまたサラの腕をつかんだ。サラは彼に続いて、こっちに曲がり、あっちに曲がった。彼がこの悪夢から連れ出してくれると信じて。

それだけ簡単ならいいのだけれど。男のひとりが落ちてくる棒の下をくぐり抜け、依然として追いかけてきた。迷路の秘密を知っているかのように、どんどん進んでくる。

飛びかかってきた追跡者の重みでサラは倒れ、まわりの世界が暗くなった。もがいたものの、手足を振りほどけなかった。無我夢中で男の前腕に噛みつく。

男はうめき声をあげ、サラの顔をぶった。

殴られて頭がふらつき、自分の身を守ろうという気力が萎えていく。

アポストロスは床の上に伸びていた。生きているのだろうか？　激しくもみ合う中、なにが起きたか完全には理解できていなかった。わかるのは、同じ運命をたどらないようにありったけの機転を働かせなければならないということだけ。

サラが写真やメモを入れて首にかけていたポーチを、男が力ずくで引っ張った。ひもが首に食いこんだが、切れなかった。襲撃者はぼろぼろになった灰色の歯を見せて顔を歪め、笑い声をあげながらナイフをかかげた。

サラは防御のために手を上げた。そのぎこちない動きで、手のひらがまともに刃に当たってしまった。

そのとき、アポストロスが立ち上がるのが見えた。白いローブは彼自身の血で赤く染まっているが、意識はしっかりしている。アポストロスは全力で男に体当たりをした。ふたりで取っ組み合ったが、侵入者のほうが傷を負った修道士より強く、相手を壁に押しつけた。

「逃げなさい」アポストロスが怒鳴った。

パニックと忠誠心からサラはその場に立ちつくしていた。アポストロスの命を不確実な運にゆだねるわけにはいかない。がむしゃらにあたりを見まわし、アポストロスを有利にさせられるものがないかと探した。

松明。鉄のかけ輪から外し、全身の力をこめて振り下ろした。

衝撃で男の頭がまるで首についていないかのように上下に揺れた。気絶させられるとは思っていたが、髪に火がつくことは想定していなかった。思いがけないボーナスだ。

サラは、またしても命を救ってくれた修道士に駆け寄った。彼は腹部を押さえており、指のあいだから血が流れ出ていた。

「怪我をしたのね」

「深くはありません。わたしのことは心配しないでください。彼はまだ死んでいません」

たしかに、男は身じろぎはじめていて、髪をのみこんでいる炎のおかげで意識を取り戻した。恐ろしい悲鳴をあげ、焦げた髪をやたらと叩いた。

肉が焼けるにおいに、サラの喉に苦いものがこみ上げた。「とどめを刺さないと」

「いいえ」アポストロスの声は緊張していた。「それを決めるのは我々ではありません。行きましょう。あまり時間がありません」

アポストロスは平然としているが、本当は痛いのだとわかった。動きは遅く、苦しそうに呼吸をしながら、石の床に造られた跳ね上げ式の扉までどうにか急いで移動した。何世紀も昔に修道士たちが異教徒からの迫害を逃れるために造ったもので、うまくカムフラージュされている。だが、アポストロスは念には念を入れるように、ふたりで暗い通路に下りると、内側から掛け金をかけた。何世代も前から、彼の同胞たちはすべてを考えてきたのだ。そうしなければならなかった。賢さが彼らの唯一の防御だから。

アポストロスが休むために立ち止まった。ローブの前面が血だらけで、顔は青白く、弱っていた。

たいした怪我ではないというのは口先だけにちがいない。「助けが必要よ」サラの声にはパニックがにじんでいた。「見せてちょうだい」ローブを開く。へそから脇腹まで斜めに切り傷が伸び、血がゆっくりと、しかし止まることなく流れている。「もっとひどいのかと思ったわ。でも、縫合しないと失血死してしまう。ここから出る方法を教えて。あなたを運んでいくわ」

するると修道士ははじめてサラに微笑みを見せた。その表情はとても穏やかで、とてもやさしく、サラは自分よりもはるかに偉大な存在の前にいる気がした。彼の手を握り、そして身震いした。ものすごく冷たい。

「少し休ませてください」アポストロスはささやいた。「そのあとで進みましょう」彼が目を閉じると、サラは彼をあたためようと体を抱きしめた。浅い呼吸に合わせて胸が上下している。

生きたまま連れ出さなければ。

アポストロスが必死で息をしようとあえぐ声が静寂を破る。

サラの心臓が沈みこむ。

「ほら。ここから出るのよ」手のひらの傷がずきずきと痛むのを感じながら、アポストロスを立ち上がらせた。路上生活者のようにやせている男は、ものすごく軽かった。サラは彼の腕を自分の肩にまわし、前に進んだ。

「出口は一つだけです。山の斜面に通じていますが、道を照らす明かりがありません」

「いちかばちかよ」

通路は真っ暗で、手探りで進まなければならなかった。修道士がどんどん重くなっていく。果敢に自力で体を支えようとしているものの、力尽きてサラの横でぐったりとなった。

「お願い」サラの声にはかすかに絶望がにじんでいた。「がんばって。あなたのがんばりが必要なの」

アポストロスはずたずたのローブの中に手を入れ、鍵のついた長いチェーンを引っ張り出した。「あなたに必要なのはこれです。予言の秘密を解き明かしてくれます」

その言葉にサラは驚いた。「なんのこと?」

「ガブリエルの予言です。十人目の聖人と呼ばれている人」

「あの碑文は……予言なの?」

「地球の終末に降りかかる破滅が予言されています」アポストロスの声は弱々しかった。

「わたしたちはそれを隠しておくと誓ったのです」

それを聞いてサラは当惑した。「どうして予言だと知っているの? わたしたちって誰のこと?」

「アポクリフォン」アポストロスはささやいた。

そのギリシア語の言葉は知っている。〝隠されたもの〟という意味だが、宗教学者たちは〝秘密の教義〟と解釈している。マタカラに会ったときに聞いた、秘密結社のことだ。アポストロスはまちがいなくそのメンバーなのだ。サラは無理に説明させようとはせず、アポストロスの顔をなでた。氷にさわっているみたいだった。命が尽きかけている。とうとうアポストロスが口を開いたとき、その声はほとんど聞き取れなかった。「修道院の説教壇の下に、古代の資料が収められた図書室が……」

「これはどこの鍵?」

「保管庫……予言……聖人の十字架」

「ほかにこのことを知っているのは?」答えを聞くのが怖かった。

「あなたも会ったことがある」アポストロスはサラの怪我をした手に触れた。「この傷をつけた者」

「わたしたちを襲った男、あなたを刺した男は、修道士だったの?」

「彼に神の赦しが与えられんことを……」アポストロスの肌は灰色になっていた。いつもは英知と光できらめいているエメラルド色の瞳は、いまはどんよりしていた。「聖人の遺品を……デブレ・ダモに持っていってください。そこなら安全です。お願いします……」骸骨のような指でサラの手を握り、最期の息を吐いた。

サラは彼の上にかがみこみ、額をくっつけ合わせた。「約束するわ」

いままで感じたことのない悲しみを覚え、涙が流れた。この世の善に対する希望がすべて失われてしまったかのようだった。涙が涸れるまで、アポストロスのそばに、何度も命を救ってくれた男のそばについていた。

そして、彼の首からチェーンを外した。

必ず約束を果たしてみせる。

12

サラが地下の迷路から出たときには、すでに山腹には朝日があふれていた。外は珍しくあたたかく、墓のように静かで、コオロギのリズミカルな鳴き声が聞こえるだけだった。絶望感が心の中に染み渡っていくが、大きな岩を越えて進んでいく決意を固めた。

ずきずきする傷口を見下ろす。まわりの肌は赤く腫れて熱っぽく、深い切り傷からは血が流れていた。抗生物質が必要だ。

怪我をした状態でできるだけすばやく岩だらけの地面を登っていく。

岩がもろい低木の茂みに代わり、足の下でパキパキと音を立てた。腰の高さの草をかき分けて山腹を登りながら、道にひそんでいるかもしれないヘビを脅かすためにわざと茂みをガサガサと揺らした。

遠くに教会が見えると、元気が湧いてきた。昨夜の事件の結末を考え、寒けに襲われた。ギオルギス神父とほかの修道士たちのことが心配だった。彼らが逃げられなかったのではないかと思うと、心が沈んだ。

イムレハネ・クリストス教会に近づいたとき、すでに警察に通報されているのだとわかった。警察のジープが二台、救急車が一台、車体になにも書かれていない車が数台、教会の入口に並んでおり、警光灯が非現実的な青色の光をまわりの岩に投げかけている。大勢の村人が集まっていて、互いに押し合いながら集団の前に出ていちばんいい場所で見ようとしていた。

　救急隊が来ているということは、教会の人たちが生きていて、助けを呼ぶことができたのだろうか。そうであればいいのだけれど。サラは木の下でくずおれ、騒ぎを観察した。救急隊員が白いシーツで包まれた遺体を担架で一つ、また一つと運び出し、地面に並べていく。六体はあるにちがいない。

　サラは空を見上げ、悲鳴をあげたい衝動を抑えた。あの穏やかで信心深い人たちが彼女に隠れ場所を提供したという理由だけで命を落としたなんて、考えるだけで耐えられなかった。

　ふたりの修道士がストレッチャーで運ばれてきたのを見て、気分が高揚した。怪我をしているけれど、生きている。ひとりは明らかに気を失っているが、もうひとりは見物人たちにあっちへ行けというように腕を振っている。彼は司祭長のローブを着ていた。

　救急隊員たちが彼ともうひとりの修道士を救急車に乗せると、車はライトを点滅させ、悲しげな甲高いサイレンを鳴らしながら、ラリベラで唯一の病院へ向かって未舗装の道をのろのろと下っていった。

　生存者はふたり。

　サラは歯を食いしばった。

　だが、それで終わりではなかった。警察官のひとりが地面にばらばらに並べられたものを調べていた。サラはすぐさま、自分の持ち物だと気がついた。バックパックが開けられ、本、ノート、ジープの鍵、数枚の古着が出されていた。

大切なもの――写真、翻訳のメモ、アポストロスと交わした手紙、彼からもらった鍵――はすべてポーチに入れ、首にかけていた。だが、一つだけないものがある。

パスポート。

バックパックの中に入れっぱなしだったと気づくやいなや、警察官がパスポートをめくり、手を振って同僚たちを呼んだ。

「ほんと最高ね」サラはささやいた。この国から出るのはあきらめるしかない。

しかし、それよりも大きな問題がある。所持品から身元が割れてしまうだろう。ラダ・カベデが死んで以来、はじめて新しい攻撃材料が手に入ったエチオピア警察は、サラを捜しはじめるにちがいない。少なくとも、今回の大虐殺とサラが関連していることが地元のニュースで流れ、イギリスとおそらく国際メディアでも取り上げられ、発掘は危険にさらされ、彼女の評判はさらに急落するだろう。

急いで保管庫がある場所まで行って、資料を見つけなければ。けれど、いまや犯罪現場となった教会は、立入禁止になるにちがいない。こっそり中に入る方法を見つけるしかないだろう。

それを教えてくれるのはひとりしかいない。

日が暮れるまでずっと隠れていたあとで、サラは動きだした。夜にまぎれ、山間を抜けて病院へと向かう。徒歩での山歩きは何時間もかかったが、かえって好都合だった。到着したときには夜遅くなっていて、病院の廊下はほとんど人けがなかった。

無人のフロントデスクまで歩いていき、入院患者のカルテを見つけた。司祭の尊称である〝聖者〟という単語の次にギオルギスの名前があり、続いて212という番号が書いてあった。忍び足で階段に行き、二階まで上がった。

修道院長は古びた病院用簡易ベッドの上で穏やかに眠っており、窓の外の街灯が黒い横顔を照らしていた。頭の大部分に包帯が巻かれ、左目のまわりの皮膚はひどく切れ、あざができて腫れていた。懸賞試合で敗れたボクサーみたいだ。

サラはベッドの横に座り、眠っている姿を眺めた。ギオルギスと彼の修道院に起きたことを考えると、とてつもない悲しみを覚えた。なにを言っても、なにをしても、彼女がもたらした災難を償うことはけっしてできないだろう。

ギオルギスが目を覚まし、彼女を待っていたかのようにサラを見つめた。「生きていたのですね。奇跡です」

「神父さま……本当に申しわけありません」

「謝らないでください。あなたに悪意はなかったのですから。教会のため、我々の信仰のために、尽力していたのです。わたしたちはみな被害者です」

「でも、こんなことは起こらなかったはずです、もしわたしが――」

「いいえ。ご自分を責めるのはおやめなさい」そこで躊躇した。「アポストロスを見まししたか？」

「彼と最後に会ったのはわたしです。わたしの腕の中で息を引き取りました」サラは涙をこらえた。

ギオルギスの目が曇る。「わたしのよき侍者。少なくとも、あの子の大切な石が侵入者たちの手で壊されたと知って苦しむことはないのですね」

サラはショックを受けた。「シバ・ストーンが壊された？」

「ええ。連中はわたしを殴り、死んだと思ってから、わたしの鍵を奪い、聖なる部屋に入っていきました。銃声が聞こえました……終わりのない銃声が」つらそうな表情がよぎったが、彼は気を取り直して話を続けた。「彼らが全員去ってから、わたしは残っていた力をふりしぼって部屋まで這っていきました。ドアは蝶番《ちょうつがい》から外れていました。中に入ると、石は銃弾で穴だらけになり、文章は読めなくなっていました」窓の外を見てため息をつく。「なんと執念深い男たちでしょう」

「連中の目的は？」

「彼らは碑文のことを知っています。翻訳してもらいたくないのです。理由はわかりません。それが問題ですか？　いまやすべてが失われました」

「すべてではないかもしれません」サラは部屋を見まわしてから、背後のドアを見た。「神父さま、教えてください。図書室に入る方法は？」

ギオルギスは驚いた顔をした。「アポストロスに聞いたのですか？」

「死に際に、わたしにあるものを託したいと言ったんです。彼が保管庫に隠していたものを」

「鍵を渡されたのですか?」

サラはポーチの中に手を入れ、古い鉄の鍵を取り出した。「お願いします。時間がありません。連中はまた襲ってきます。やつらは保管庫のことも知っています。わたしが見つけなければ、連中が見つけるでしょう」

ギオルギスはうなずいた。そして図書室の入口までのルート——このときまでは教会の最高位聖職者たちしか知らなかった秘密——を詳しく説明した。

サラはギオルギスの手を握りしめ、必ずこの恩に報いてみせると誓った。

ナースステーションを通りすぎるときに、包帯と消毒液と抗生物質をくすね、ジャケットのポケットに詰めこんだ。ここまでは順調だ。この幸運が続くといいのだけれど。


夜明けの光の下、路地に並んだゴミ箱の後ろに隠れているサラの姿があった。この二日間の厳しい試練のあとでどうしても睡眠が必要だったので、ひと眠りするためにずっとそこでうずくまっていたのだった。震えながら目を覚まし、腕時計を見る。六時。いまごろは今日の新聞が出ているだろう。豊かな金髪をジャケットのフードの中に押しこみ、しっかりとひもを引いて顔を隠すようにした。気づかれるわけにはいかない。地元民たちが起きはじめる前にニュースをひと目見ようと、メインストリートに向かって歩いていく。

キオスクの外に、エチオピアの新聞がロープで束ねられて洗濯バサミで留めてあった。

『エチオピア・ヘラルド』の一面の見出しにでかでかと「ラリベラの大虐殺」と書いてある。その下には「死者八名：イギリス人考古学者、行方不明」とある。べつの状況だったら、みずから進んで警察に出頭して、捜査に協力したかもしれない。だが、いまここでは無理だ。いまは時間がないし、ここでは汚職がはびこっている。誰の発言も真摯に受け止めてもらえない。とくに役人たちには。

ひとりでやるしかない。そう思うと、不安になると同時に興奮した。ポーチの中から一枚のメモ用紙を出し、ギオルギス神父との会話に基づいて略図を描いた。図書室がある洞窟の裏口までは、起伏のある土地を通っていかなければならず、長い道のりだった。日暮れまでに着くには、急いで移動しなくては。

旅の最初の行程は、本道の上を通る小道だった。背の高い枯れた藪の中に姿を隠しながら、すばやく確固とした足取りで歩く。何キロか進んだころ、真昼の太陽が照りつけ、猛烈に喉が渇いて動けなくなった。

下の本道を見やると、ちょろちょろと流れる小川が目にとまる。姿をさらすことになるけれど、どうしても水が欲しい。一分だけと自分に言い聞かせ、下りていった。

乾いた口に山の冷たい水は美酒のように感じられ、ごくごくと飲んだ。

そのとき車のエンジン音が聞こえ、ぎくりとした。ジープが近づいてくる。

サラはさっと藪の中に隠れ、カーキ色のジャケットが周囲に溶けこんでくれるのを祈ったが、手遅れだった。車が止まり、ドアが開いた。血管の中の血が凍りつく。

サラは全速力で反対方向へ駆けだした。べつの隠れ場所を見つけようと思ったものの、足を踏み出すたびに枯れた下生えがパキパキと音を立てた。背後で男の怒鳴り声がしたが、なんと言ったのかわからなかった。

密集した低木の中に転がりこみ、下生えが茂っている場所まで匍匐《ほふく》前進し、身をひそめた。完全に静止して音を立てなければ、やりすごせるかもしれない。両手で鼻と口を包み、速い呼吸を抑えようとした。

目を閉じ、アポストロスのこと、十人目の聖人のこと、果たすべき任務のことを考え、自分が交わした約束に意識を集中させた。それは、子どものときに宗教を拒絶して以来、もっとも祈りに近いものだった。

足音がサラの集中を破った。いまとなっては、じっと動かず、男に見つからないように願うしかなかった。もし走りだしたら、なにもかもおしまいだろう。しばらく静寂が続き、サラは男から逃げられたと思った。

すると二つの手に肩をつかまれ、引っ張って立たされ、体の向きを変えられた。

「サラ・ウェストン」男が聞き覚えのある間延びした口調で言った。「やっぱりきみだった」

ダニエルの顔を見てこれほど嬉しくなるとは思いもしなかった。サラは彼の腕の中に崩れこんだ。「ここでなにしてるの？　とっくに出国したと思ってたわ」

「リヤドに戻るためにビザを再発行しなきゃならなくて、アディスアベバで待機していたんだ。役人ってやつらは時間をかけすぎだよ。それはともかく、今朝『ヘラルド』でちょっとした記事を見て、きみにはぼくが必要だと思ったんだ」ウインクをしてにっこりと笑う。

サラの体がこわばる。「あら、それはちがうわ。あなたなんて必要ない。まったく平気よ。あなたは帰っていいわ」

「絶対にごめんだ。今回は」

その言葉に、思っていた以上に嬉しくなり、罪悪感で胸が痛んだ。息を吐き、態度をやわらげた。「ねえ、ダニー、あなたが前に言ったことも、立ち去ったことも、責めてはいないわ。良識のある人間だったら、誰だって同じことをしたはずよ。だってほら、こんなひどい状況になっちゃったんだもの。わたしは逃亡者よ、まったくもう」

「ああ、わかってる。しかも、あまり優秀な逃亡者じゃない。警察に見つかる前に、ぼくがきみを見つけてよかった」ダニエルはジープを指した。「ドライブはどう？」

サラはぎこちない笑い声をあげた。「実を言うと、嬉しいわ」

「どこに行く？」

「車の中で説明するわ。とにかく――」

「わかってる。きみを信用するよ」


図書室への裏口は、世間の目からうまく隠されたところにある。山を挟んでイムレハネ・クリストス教会の入口の反対側に位置するので、トンネルを通っていかなければならないと、修道院長は言っていた。だが、そこに行くのがどれだけ困難かは言っていなかった。このように辺鄙《へんぴ》な地で仕事をすることに慣れているふたりの科学者にとっても、坂道は急勾配で、とても進めないと思われた。

人間が住めないほど荒れ果てた土地に変わる手前で、文明の最後の砦というように、草ぶき屋根と土壁でできた八軒の円筒形の家が建つ村があった。砂利道は土の道になり、ところどころでわずかに豆を栽培している山腹へと続いていた。

「ここで止めて」サラは言った。「あとは歩いていきましょう」

ダニエルはコンパスと懐中電灯といくつかの道具とロープとテープレコーダーとカメラをバックパックに入れ、水筒を斜めがけにした。それから38口径のタウルスに装弾されているのを確認し、ズボンに押しこむ。

ダニエルが銃を持っていたとは知らなかったけれど、少し保険があっても悪くはない。

ハイキングは、最初のうちは楽だった。踏みならされた小道を歩き、農民がエチオピア農業の主要産物であるヒヨコ豆を栽培している段々畑を抜けていく。植物がストレスを受けている様子から、干ばつが近づき、それと一緒に病気もやってくるのだと察せられた。

段々畑が続いたのは山の四分の一だけだった。残りの道のりははるかに危険だ。ダニエルとサラは、ギオルギスが言っていた高原へ向かって何時間も急斜面を登っていった。通り抜けられないほど生い茂った藪に、ぐらぐらする岩。低木の茂みもまた敵だった。厚く密集しているため、枯れた低木を根から引きちぎって脇に捨てながら道を切り開かなければならない。そのせいで大幅に速度が落ちたが、それでも進み続け、ときどき水分補給をするときだけ立ち止まった。

高原に出たときには、夕暮れになっていた。地面は花崗岩と火山岩が交じった黒い砂利だらけで、この標高では草木はずっとまばらになっていた。上方には、まさに登山者の夢とでもいうべき険しい崖がそびえている。むき出しの岩が無数に積み重なり、先史時代の暴力的な大地の力によって細かい亀裂が入っていた。北には、ラリベラの興味深い風景が広がっている――岩窟教会と、土壁の小屋と、特徴のないコンクリートの建物の、意外な組み合わせ。遠くにはシミエン山脈のぎざぎざした輪郭が夕日の中でラベンダー色に輝いている。

サラはひと息ついて、圧倒されんばかりの岩だらけの景色を見まわした。「修道院長の話によると、ここだわ。このあたりのどこかに入口があるのよ」

「修道士たちは簡単に見つかるようには造っていないだろうな。わざわざ苦労して秘密の入口を設けたのなら、おそらくうまく隠してあるはずだ」ダニエルは空を眺めた。まるで抽象画みたいな空で、ひと筆ごとにラベンダー色とオレンジ色に交互に変化しながら、ライオンのような金色と深紅色の斑点がランダムに現れた。「三十分もしたら、なにも見えなくなる」

「じゃあ、早く捜しましょう。ギオルギス神父は、ここから北東に歩いて、ラクダの頭の形をした岩を捜せと言っていたわ。そこから崖を下りて、小川に出る。その小川をたどってしばらく進むと、頭上に岩棚が見えるって」

ダニエルはコンパスを調べ、目的の方角を顎で示した。「北東はこっちだ」

ほとんど日が暮れたころ、岩が見つかった。その下の崖は、歩いて下りるには、とくに暗くなりつつあるときには、かなり険しすぎるように見えた。ダニエルがサラにヘッドライトを渡し、自分のを頭に装着した。それから、複数のカラビナとアンカーと、二つのハーネスと、固定ロープを取り出した。

「こういうのを持って旅してるの？」サラはハーネスの一つを手に取った。

「いつもね」ダニエルはにやりと笑った。これだけ用意周到なことに明らかに満足しているようだ。「ほら、準備しよう」

岩肌を半分ほど下りたところで、修道院長が言っていた小川が見えた。満ちていく月に照らされ、それはまるで漆黒の子宮をめぐる水銀の血管みたいだった。その光景の美しさに心を奪われて動けなくなったサラは、そこで宙吊りになっていた。そんな彼女の姿は荒野の娘とでもいえそうだ。

いままでに下りたことがある崖に比べたら今回は難しくはなかったものの、暗くなっていく地形を頭の中で思い浮かべながら、ゆっくりと下りていった。この数週間にいかに多くのことが起きたかを思い返すと、なかなか楽観的にはなれなかった。謎の図書室が見つかればいいのだけれど。

渓谷の下に着くと、そこは崖に囲まれた要塞の中だった。いまふたりが下りてきた崖面は、ほかの崖の急斜面に比べたら、平らな土地に見えた。とくに夜の暗い帳《とばり》の下ではひどく険しい地形に思えるけれど、サラは安心と心強さを感じていた。ダニエルがいてくれてよかった。

それは認めよう。冷静だし、僻地の気まぐれをよく知っている。敵意に満ちた場所での味方。

小川に沿って歩くのは、この旅でいちばん簡単な行程だった。岩にできた裂け目のおかげで、ひと筋の月光が道を照らしてくれた。

二時間近く歩いたあとで、岩棚が現れた。切り立った崖面から突き出た薄い岩棚で、なんとか人がひとり立てるだけの広さしかなかった。

あそこにちがいない。ギオルギス神父は、岩がレンガのように積み重ねられていると言っていた。それが図書室に通じるトンネルの入口だと。

サラはダニエルのほうを向いた。「ひとりずつ登りましょう。わたしが先に行くわ」深く息を吸い、包帯を巻いていないほうの手を崖のでっぱりにかけ、亀裂に爪先を蹴りこみ、体を上げた。

登るのはそれほど大変ではなかったが、わずかばかりの明かりと怪我のせいでふだんよりも時間がかかってしまった。地上から約九メートル上の岩棚にたどり着いたとき、選択肢は一つしかなかった。岩棚をつかみ、体を引き上げる。

懸命に胸まで引き上げると、小さな岩のかけらが断崖から崩れ落ちていった。歯を食いしばってさらに体を引き上げ、岩のあいだの細い亀裂にしっかりと指をかけてこらえた。あとは下半身を狭い縁に乗せるだけ。それは簡単だった。長くしなやかな脚のおかげで、片方の膝を上げてからもういっぽうも上げて、岩棚の上にちゃんと乗ることができた。

不安定な足場に立つのは、この旅で直面したどんなものよりもはるかに恐ろしかった。狭い岩棚から一歩足を踏み外したら、岩肌を転がり落ちることになる。しばらくじっと立ったまま、ありったけの自信をかき集めた。アポストロスと彼の最後の言葉が頭をよぎる。

「あなたのためにやるわ、親愛なる友よ」静かに言ってから、積み重なっている岩の一つを慎重にどかした。

このシステムを考案した人物は天才だ。切り出された岩が一つずつ完璧に組み合わされているにもかかわらず、自然に見える。これを造った人々が十人目の聖人の墓も封印したのだと考えずにはいられなかった。技巧が非常によく似ている。ゆっくりと慎重な動きでパズルのピースを少しどかしたところで、それ以上取り除けなくなった。手が届くすべての岩を試してみたが、どれも外れなかった。

「動かないわ」サラはダニエルに叫んだ。「お手上げよ」

「きっと組み合わせがあるんだ」ダニエルが意見を述べた。「前にそういうのを見たことがある――エジプトの埋葬室で」

「修道院長は組み合わせのことなんてなにも言っていなかったわよ」サラはひとりごとを言いながら、手がかりがないかと探った。ほかとはちがう形の岩がないか、隠されたレバーがないか。なにもない。十字架の形を描くように、北、南、東、西と順番に岩を押してみた。それがうまくいかないと、今度は三位一体の象徴である三角形で試してみた。やはりなにも起こらない。「ほら、サラ、考えるのよ」

一瞬、空に白い光の筋が走り、思考が中断された。稲妻でも流れ星でもない。いままで見たことがないものだった。その瞬間、両手の中に修道士の氷のように冷たい手が感じられた。たしかに彼が存在していて、励ましてくれている。

不意にサラは思い出した。迷路の中で侵入者から逃げていたとき、アポストロスが特徴的なパターンで石を押していた。あのときは気づかなかったけれど、いまはそれが五芒星の形だとわかった。その動きを正確に再現する。

岩の門が開いた。

「よくやった」ダニエルが叫んだ。

「なにをぐずぐずしてるの？　上がってきて」


図書室に通じる地下のトンネルは長く、歩きやすいとはいえなかった。サラとダニエルは石の階段――百段か、少なくともそのくらいに感じられた――を下りていき、細長い部屋に着いた。そこはひとりずつしか通れなかった。まるで刑務所の脱獄ルートのようだが、あながちまちがいではないかもしれない。いずれにせよ、ここしばらくは誰も通っていないみたいだった。低い天井からはクモの巣がぶら下がり、じめじめした地面にはネズミがうじゃうじゃしていた。

ゆっくりと進みながら、ダニエルとサラは果てしない通路を無言で通り抜けた。この地下通路では酸素はものすごく貴重であり、ふたりともわずかな空気を無駄に使うわけにはいかないとわかっていた。サラは何度も立ち止まりたくなったが、アポストロスへの献身と、保管庫の中で見つかるものへの渇望のおかげで前に進み続けられた。

やがて、道が二つに分かれた。ふたりは立ち止まり、まわりを見まわしながら選択肢を考えた。

ダニエルがポケットからコインを取り出した。「これを投げて決めようか?」

「こっちの道だと思うわ」サラは右を指した。「シバ・ストーンのところまで迷路の中を進んでいくとき、つねに連続して右に曲がっていた気がするの。たまたまかもしれないけど、わたしの直感では意図的にそうなってたんだと思う」

「聖書でイエスが神の右手にいることから?」

「そんなところかしら」

ダニエルは疑問を唱えず、サラのあとに続いた。

トンネルは少し広くなり、速度を上げることができた。ほどなくして、アーチ形のドアに着いた。木製の厚い扉で、さびた鉄の釘で留められている。サラはクモの巣を払い、取っ手をまわした。「鍵がかかってる」アポストロスの鍵を試してみたが、それは明らかにもっと小さな鍵穴用に作られていた。

次にダニエルが試してみた。ドアを引いたり押したりしながら、扉を開かなくしている堆積物を取り除こうとした。それから、親指ほどの大きさの鍵穴から中をのぞきこんだ。「石の通路が見える。広い部屋になっているみたいだ」

「ここにちがいないわ」サラは言った。興奮で声が一オクターブ高くなっていた。

「ああ。あとは鍵を見つけるだけだ」

どこかに鍵の隠し場所がないかと、ふたりは扉の周辺を隅々まで調べた。

策が尽きると、サラは首を横に振った。「修道士たちがそう簡単に入れてくれるとは思えない。自分たちで鍵を持ち歩いているのかも」

ダニエルがウインクをした。「きみはラッキーだよ、ぼくはピッキングのプロなんだ。いくつもある隠れた才能の一つさ」

「どうやってそんなのを覚えたの？」サラは両手を上げた。「やっぱりいいわ。知りたくない」

「この仕事にはつきものなのさ。難点は、途中で鍵を壊してしまうかもしれないってこと。とても繊細な作業なんだ」ダニエルはバックパックに手を入れ、L字形の金属の器具と、さまざまな長さと太さのピックを数本取り出した。「さて、どれにしようかな」

「真面目にやって」

「心配しないで。ジョークだよ」

ダニエルは鍵穴にピックを差しこみ、適切な位置を探った。三十秒もしないうちに鍵がカチッと開き、彼の不法侵入の才能が証明された。ドアは何世紀も開けられていなかったかのようにきしんだ。ダニエルが懐中電灯で教会の中の聖所を照らす。

内部には石の円柱と、洞窟の壁に埋めこまれた棚があり、迷路のようだった。いたるところに羊皮紙の写本や本がある。奥にはロッカーのようなものが並び、重厚な石の扉で封印されていた。古いウッドテーブルと二脚の背もたれのまっすぐな木製の肘かけ椅子が、部屋の中央を占めている。

「なんて部屋だ」ダニエルの小さな声がささやきに変わる。

サラもこんな場所は見たことがなかった。古代アレクサンドリア図書館の縮小版のようだ。少なくとも、これまで研究してきた大量の学説に基づけば、きっとこんな感じだったのだろう。部屋はかなり狭い――三〇平方メートルもないはずだ――が、学者が一生をかけて研究できるくらいたくさんの資料があり、ほとんどが何世紀も前のものだと思われた。すべての本に目を通したい衝動を抑えつつ、サラは目の前の仕事に集中した。

「あそこに並んだロッカーが、わたしたちの捜している保管庫かしら」と言って、奥の壁のほうを顎で示した。ダニエルを見て、手の中で鍵をくるくるまわす。「それじゃ、運試しといきましょうか？」

すべての扉に鍵を差しこんでみたが、どれも開かなかった。驚くことではない。とても貴重な資料が保管されているのであれば、こんなにわかりやすい場所にはないだろう。石を取り除けないか、壁が回転しないかと、サラが周辺を手探りするあいだ、ダニエルは床を調べていた。その杉綾模様のタイルなら、ものを隠す名人である修道士たちがここにべつの秘密の通路を作っていたとしても、簡単に人目をあざむけるにちがいない。しかし、ふたりとも成果は得られなかった。

サラは四方を見まわした。「なにか見落としているはずよ」

「あの後ろは？」ダニエルが、何年分ものほこりを厚くかぶった巻き物や糸で綴じられた本が並んでいるいくつかの棚を指した。

ふたりは一冊ずつ慎重に取り出して、テーブルの上に置いていった。一つ、また一つと棚をからにしたが、やはりなにも見つからなかった。

背の低い棚に資料を戻しているとき、ダニエルが手を止めた。「見てくれ。ここに亀裂が入っている。ここの壁は見せかけかもしれない」

「本当だわ。はがれるかどうか試してみましょう」

ダニエルは床に巻き物をそっと置いてから、石壁の亀裂に指を入れ、漆喰《しっくい》を引っ張った。それは簡単にはがれ、ふたりの推測が証明された。すべての漆喰をはがすと、小さな扉が現れた。ダニエルは満足げに微笑んだ。「今度こそきみの鍵の出番だ」

「まあ、マディガン博士、あなたって本当に天才ね」サラは唇を噛み、鍵を差しこんだ。たしかにカチッと音がすると、息をのんだ。

これだ。アポストロスの保管庫。

中に手を入れると、彫刻が施された金属の物体に触れた。それを慎重に引き出す。

コプト十字。純金を彫って作った小さな十字架。

「コプト十字」サラはささやいた。「エジプト十字のアンクから派生した、コプト教の十字架よ」たしか、アポストロスが聖人の十字架と言っていた。「聖人はこれと一緒に埋葬されたんだわ」

「それなら、棺に余計な穴が開いていたのも説明がつく。遺体を見つけた人物が、盗掘者から守るために十字架を持ち去ったんだ」

サラはまた保管庫の中に手を入れ、パピルスの写本を引き出した。大まかに綴じてあるだけで、封蝋で留められていた。紙はもろく、手の中でばらばらになりそうだった。パピルスの質から、この本は西暦初期に書かれたものだと推測できた。

手の脂が紙につかないように、サラは白いコットンの手袋をはめた。「あなたの〝なんでもバッグ〟の中にルーペはある?」

ダニエルはバックパックの中に手を入れ、ルーペをサラに渡した。

サラは封蝋の印をじっくり見てみた。そのイデオグラムは、十人目の聖人の墓の入口にあったものと同じだった。

「見て」サラはダニエルにルーペを渡した。

ダニエルは封蝋をコプト十字の横に持っていった。「ほとんど同じ形だ。専門家じゃなければ、まったく同一だと思うだろうな。まちがいなくつながりがあるにちがいない」

サラはイデオグラムの外側の輪を指した。「いままで気づかなかったなんて。これはギリシア文字の最後の文字であるΩ《オメガ》だわ。そしてその内側に輪があって、十字で四等分されてる——天の下という意味を表す古代のシンボルよ。聖人の予言は地球の終末に降りかかる破滅を述べていると、アポストロスは言ってた。すべてつじつまが合うわ」

頭を垂れ、写本を開くために心の準備をする。蝋の上で十字に交わっている線に親指を這わせ、深く息を吸い、封を破った。黄色くなったページをめくっていくと、手書きの古代ギリシア語の文字が綴られていた。初期キリスト教時代のエチオピアで公用語として使われていた言語の一つだ。文章は、アクスム帝国の時代に建てられた石碑や玉座に刻まれている碑文の様式と同じく、すべて大文字で記されている。おそらく、四世紀から六世紀のあいだに書かれたのだろう。これを読み解けば、古代の文書の解釈としては最古の、ひょっとすると唯一のものになるにちがいない。サラは畏敬の念に打たれた。

慎重に写本を一ページずつめくり、写真を撮った。カメラから一枚目のメモリカードを取り出し、ズボンの内ポケットに入れ、もう一度すべてカメラに収めた。念には念を。写真で十分に記録を残したあとで、文章の翻訳に取りかかった。古代ギリシア語には精通しているので、それほど難しくはないだろう。ひと息ついてこの瞬間を堪能してから、ちらりとダニエルを見た。

ダニエルは微笑んでいた。「きみの邪魔はしないよ、サラ・ウェストン。きみのお手柄なんだからね」

13

　ガブリエルは、ウバールの南西を広大なルブアルハリ砂漠の端に沿って進んだ。乳香の交易商人が使う踏みならされた道を通っていったが、何日もキャラバンは見かけなかった。このわびしい地で、唯一の道連れは忠実なラクダだけだった。その日のパンをこねる女たちの笑い声や、毎晩眠りに落ちるときに漂っている残り火の香り、砂漠で追いかけっこをする子どもたちの笑い声、唇に感じる強く苦い茶の味が恋しかった。前に進まなければならないとわかっているものの、唯一の友人だった部族民たちから離れて不安を覚えていた。

　幾月ものあいだ、地形は変わらなかった——大きな砂漠の海が四方に広がり、砂と風の絶え間ないダンスによって彫られた高い砂丘が波打っている。色は時間とともに変化した。日が昇ると、砂漠は燃えさかる炎の鮮やかな黄土色に染まる。昼近くには、恥じらう乙女のあたたかいバラ色の光が訪れる。午後になると、砂漠はライオンの皮の色を帯びる。夕暮れには、沈みゆく太陽の影が長く黒い指で砂漠を赤レンガ色に変える。

　影が濃くなり、避けられない暗闇に大地が屈すると、ガブリエルはラクダの鞍として二つ折りにして使っている毛織りの毛布にくるまり、地平線に目を向けて月が昇るのを眺めた。それはときには砂の山脈の頂から姿を現し、手で触れられそうなほど近くで輝きながら、空を昼のように照らした。砂漠は厳しい地であると同時に、命を持った生き物であり、ガブリエルを包みこんでくれた。

　当面の目的地はかつてのシバ王国。シバの最西端に、アラビアの果てであるムザという港町があると、ハイランが言っていた。そこからバグラと呼ばれる帆船に乗り、海を渡って未開の地へ向かう。文明都市に着くには永遠の時間がかかりそうだと思いながら、ガブリエルは一歩ごとに砂ぼこりを巻き上げて歩いていった。何日もつらい旅を続けるうちに、足に水ぶくれができて、ずっと昔にヒツジの乾皮の切れ端で作ったサンダルの中で出血した。藍色のローブは汚れと乾いた汗でぼろぼろになっており、塩漬け肉と尿のにおいを合わせたような悪臭を放つ体を洗うすべもなかった。悪臭には慣れてしまい、鎖骨まで伸びた白髪交じりの顎ひげや、日に焼けた顔に刻まれた深いしわや、ターバンでしっかりと隠してある汚れてもつれた金髪と同じくらい、自分の一部分になっていた。

　旅に出てから何日経ったのかわからなかった。数を数えるのは西洋の習性であり、ここではほとんど役に立たないため、時間を生み出すのはやめて、太陽とともに起きて眠り、砂漠に吹き抜ける乾燥した熱風《シムーム》に身を任せた。昼と夜は、塩が水に溶けるように一つに混じり合い、やがてある朝、ガブリエルはヒムヤル王国に到着した。

　キャラバンの横を通ったとき、男たちが輪になって座って小さな陶製のカップでなにかを飲んでいた。コーヒーの香りがする。男たちは黒い肌で、黒い顎ひげを生やし、頭には白色の長い綿をきつく巻いていた。険しく顔をしかめてガブリエルをじろじろと見る男たちの表情には疑惑と怒りが浮かんでいたが、なにも言わなかった。

ガブリエルは部族に会釈をした。ベドウィンの方言で話しかける。「やあ、兄弟。きみたちはどこから来たんだい？」

男たちはけげんそうに互いに視線を交わし、ひとりがガブリエルには理解できない言葉で怒鳴った。

男が敵意を抱いているのはまちがいない。気をつけなければ。この砂漠の民たちはたしかに喧嘩を売っている。ガブリエルは頭を低くし、背中を丸めた。旅人たちがそれを服従のジェスチャーだと解釈して、ガブリエルのことを脅威ではないと思ってくれればいいのだが。

族長がなにかを言った。セム語の〝ローマ人〟という単語が聞き取れたと同時に、この男たちが明らかに西洋の白人を軽蔑しているのが感じ取れた。薄汚れて日に焼けていても、ガブリエルは彼らの同類には見えなかった。その容貌と背丈から異人だとわかった。まちがいなく、この部族はベドウィンとはちがって、それをべつの意味でとらえていた。

「危害を加えるつもりはない、賢い兄弟たちよ。わたしはローマ人ではない。幾月もベドウィンとともに暮らしてきた。わたしはその遊牧民の習慣を身につけている」

男のひとりがなにかを言った。さらにもうひとり。族長が手を振って男たちを制し、ガブリエルのほうを向いてラクダを指した。

挑発されているとわかったが、ガブリエルは顔には出さなかった。「この子はいい日も悪い日もわたしの友だった」

族長は立ち上がり、血走った黒曜石のような目で軽蔑をこめてガブリエルを凝視した。地面に唾を吐き、荒々しい口調でなにかを言いながら、ガブリエルの手からラクダの手綱を奪おうとした。

明らかにこの親切な行為と対決するのは避けられないようだ。「あなたが自分のラクダを手ばなしたくないように、わたしも自分のラクダを手ばなしたくない」ガブリエルは背筋を伸ばし、ヒムヤル人を見下ろした。「わたしはもう行く。安全な旅を、兄弟」

ロープの手綱でラクダを引いて、集団から離れていく。西へ歩いていくと、背後から笑い声と叫び声が聞こえた。下手に悪党のまねごとをしているのだ。口論になるのは絶対に避けたいと思い、ガブリエルは速度を上げた。しかし、敵は平和的な別れでは満足しないはずだ。背後でアラブの伝統的な外衣《ジャラバ》の衣擦れの音が聞こえたが、ガブリエルは振り返らず、頭の中でハイランの声を聞いていた。『起こることは、そのまま受け入れなさい。恐怖は人間の敵じゃ』

重くどっしりしたものが背中に衝突し、ガブリエルは膝をついた。首に腕がまわされる。こぶしでこめかみを殴られる。体格のいいヒムヤル人がガブリエルを仰向けにして両腕を押さえ、もうひとりが腹部に膝蹴りを食らわせた。ガブリエルは空気を求めてあえいだ。顔を何発か手荒に殴られるうちに、意識を失った。

目が覚めたとき、体は傷だらけで、痛みと出血で震えていた。立ち上がろうとしたが、息もつけないほどの激痛に襲われて倒れてしまった。膝をかかえ、体をあたためようとした。

無理だとわかると、穴を掘ってその中に這って入り、胸まで砂で覆った。とくに寒い夜にベドウィンがこうしていたのを見たことがあった。

砂の墓がガブリエルをやさしく包みこむ。重荷を背負っているにもかかわらず、驚くほど重圧を感じなかった。彼は無言で祈りを捧げた。神よ、わたしを見捨てていないのなら、お聞きください。いっそのこと死んで、最愛の女性と息子とともに、悲しみも絶望も無知な人間もいない場所で暮らすほうがましです。これほど多くの憎しみに囲まれて、どんな希望があるでしょう？　いかなることも変えられると思うなんて、わたしたちは愚か者でした。どうかお願いします、わたしを眠らせ、二度と目覚めさせないでください。わたしの体を永遠の砂で覆ってください。肉はサソリの餌に、骨はこの地の石灰質にしてください。そして、人肉を蝕む疫病のようにわたしを苦しめている思考という監獄から、わたしの魂を解放してください。

さっきの争いと自身の矛盾する感情に疲れ果て、ガブリエルは深い眠りに落ちた。

朝日に顔を照らされ、はっと目を覚ました。一瞬、ここはどこで、どうやって来たのかわからなかった。やがて霧のような眠けが晴れると、すべてを思い出し、ヒムヤル人たちが彼の息の根を止めなかったことが悔やまれた。刺すような激痛をこらえ、砂の繭《まゆ》から出た。

顔と頭にできた傷を調べたところ、鼻が折れて額がぱっくりと裂けていた。傷口は乾いた血と砂でふさがれている。唇は砂漠の平原さながらにひび割れていた。水の入った袋を捜したが、ほかのものと一緒に――ラクダ、所持品、間に合わせのサンダルさえも――なくなっていた。

怒りで体が震えたものの、叫ぶだけの気力はなかった。砂を蹴ったが、足は脳の命令どおりに動かず、ぶざまに倒れてしまった。胸を上下させながら、ガブリエルは涙を流さずにむせび泣いた。

かすかなランプの明かりで、サラは見落としがないように写本を何度も読み返した。いくつか見慣れない言葉があったが、文脈からだいたいの意味を推測した。文章は漠然としていて、ところどころ暗号みたいだったものの、筆者の緊迫した厳粛な文体から、警告文だと察せられた。サラはぐらぐらする椅子の背にもたれ、腕を組んだ。

ダニエルが彼女の集中を妨げた。「これ以上じらすのはやめてくれ。なんて書いてあるんだ？」

サラは首を横に振った。「ええと、これが予言だという説は正しいわ。それだけは言える。とんでもなくぞっとすることが書いてある。いっぽうで、まったく意味がわからないことも」

「読んでくれ。一緒に考えよう」

サラは適確な英語の単語を探しながら、ゆっくりと読んだ。古代ギリシア語は多くのニュアンスや特色に富んでいるため、必ずしも簡単に訳せるわけではなかった。英語にはそれほどの特質はなく、しばしば相当する単語が存在しないこともある。サラはできるかぎり果敢に努力した。

『これから起こることを知り

道を変えられるように、ここに真実を記す。
わたしは破滅した世界を捨ててきた。
二度と戻れないとわかっていたが
帰るべき場所はもうなかった。

わたしはガブリエル
真実だけを身につけて逃げてきた三人のうちのひとり。
わたしたちは惨劇を、まさにこの世の終末を見た。
よく聞きなさい、それはやがて訪れる。

来るべきある日
人間は飢えたライオンになる。
食欲を満たすことができず
おのれの母の骨にかじりつく。

母を強姦し、核までむさぼり
血管を流れる黒い血を吸い出し
それによって自分の体の飢えを満たす。

大量に出血するが、そのまま死なせようとする。
彼女は慈悲を求めるも
人間は、生意気にも、その苦しみをあざ笑う。

しかし、強大な母は反逆する。
いまわの際に
巨大な嵐と疫病の不協和音を解き放つ。
だがそれでも人間は彼女の叫びを無視する。
おのれの聖なる力の名のもとに。

人間がさらなる欲望を抱くとき
なにものもそれを止められない
良識も、理性も、年功も。
欲と恐怖が人間を盲目にする。

大気がガスで汚され
生き物がもはや自由に呼吸できなくなると
人間はその無限の自己愛で

創造主の役割を担う。

人間は子をもうけ
その恐ろしい創造物を海に解き放ち
微弱な大気に
生命力を取り戻せと命じる。

子は従い
ついにその日が訪れると
おのれの意のままにふるまわんとする。
邪悪な敵と手を組み
ともに獣となる。

怪物は闇の毛布で
海を覆いつくし
魚を水中の墓場に葬り
大気は生命を与えるのではなく奪っていく。

炎の巨大な舌が大地を覆いつくす。
汚れた空気が炎を煽る。
煙は恐ろしくすさまじい勢いで天まで昇り
生きとし生けるものは滅び
残るのはただ永遠の静寂のみ。

こうして人類は
死に絶える。
気をつけなさい、神の子たちよ。
これを読んでいるのなら、まだ手遅れではない』

サラはダニエルをじっと見つめ、反応を待った。

ダニエルは無言だった。

部屋に重い緊張が漂う。

「黙示録だ」とうとうダニエルが沈黙を破った。「もしくは、それと似たもの。第一の天使がラッパを吹き鳴らすと、血の混じった雹《ひょう》と火が降ってきた。第二の天使がラッパを吹き鳴らすと、火の燃えさかる大きな山が海に投げこまれた。そして海の中の生き物が死んだ」

「『ヨハネの黙示録』第八章ね。黙示録の中では獣のことも書かれている。海から現れるって――おそらくサタンね」

「ああ、だけど、聖書とは一致しない部分もある。このガブリエルという人物は、破滅した世界を捨ててきたと言っている。逃げてきた三人のうちのひとりだと……まるで予言者であるばかりか、彼が言うところのこの世の終末を生き延びたみたいだ。そこで質問だが、それはいつ起きたんだ？」

「なんとなく、ものすごく現代的な気がするわ」サラはページをめくった。「ここを見て。『母を強姦し、核までむさぼり、血管を流れる黒い血を吸い出し』石油の掘削みたいじゃない？」

「いかにもって感じだな」背後から声がした。

ダニエルとサラは振り返った。それまで気づかなかったが、うまく隠されていた可動式の壁があり、いまそれが開いていて、ウールの目出し帽《バラクラバ》をかぶったエチオピア人の男が立っていた。バラクラバの三つの穴から、焼けただれた皮膚がピンク色の生々しい肌にだらりと垂れ下がっているのが見えた。

アポストロスを殺した男。

すばやい動きでダニエルがリボルバーをつかみ、マスクの男に向けた。「誰だ？　答えろ。その明らかにつらそうな状態を終わらせて、楽にしてやってもいいんだぞ」

「おれだったらそんなまねはしないぞ、マディガン博士」

ダニエルは振り返った。

部屋にはふたり目の男がいた。

サラの後頭部にピストルが突きつけられている。

「武器をゆっくりと捨てろ」男が英語で言った。

サラはダニエルを見たが、あえてなにも言わなかった。

ダニエルは銃を落とした。リーダーが仲間のひとりに呼びかけると、その男は銃を拾い、装弾されているのを確認してからダニエルに向けた。「おれはミスター・ウェルクネだ。ミスター・マタカラからよろしくとの伝言だ。直接挨拶に来られなくて残念がっているが、すぐに会えるだろう」

マタカラ。文化財局の局長が堕落していることを知っても驚きではなかった。サラは最初からずっと疑っていた。けれど、政府官僚が殺人事件の黒幕だったとは予想していなかったし、彼の本当の動機は想像もつかなかった。頭の中にいろいろな可能性がよぎる。マタカラはこの遺物を手に入れるために収集家と取引をした？　彼は〝アポクリフォン〟の仲間なのか、それとも敵対しているのか？　これは信仰にかかわることなのか、欲望にかかわることなのか？

「後ろを向け」男が武器でサラを突いた。

サラは振り返り、男と顔を合わせた。小柄でがっしりした体格のエチオピア人で、ミラーレンズのアビエイターサングラスで目を隠している。分厚い唇の端に半分吸いかけの煙草をくわえていた。

サラは男をにらみつけた。「これだけ答えて。どうして写本のことを知っているの?」

ウェルクネは笑い声をあげた。「優秀な情報提供者がいるんだよ。いいか、ここはアフリカだ。適切な報酬を払えば、誰もが裏切り者になる」マスクの男をちらりと見る。「ブレハンには会ったな。少し前、ブレハンはブラザー・アポストロスの侍者長だった。あいつの後任として、シバ・ストーンと教会の古文書……まさにこの図書室にある資料を守るようにイムレハネ・クリストス教会で教育されていた。だがブレハンは、自分は白いローブを着たサルよりはるかに優れた存在になれると気がついた。男たちではなく、女たちと触れ合いたくてしかたがなかった。ベンツを運転して、ビールを飲みたかった。教会はどれも与えてくれなかった。そうだろう?」

ブレハンは笑い声をあげた。

サラはむかむかした。莫大な財産と快楽の約束だけで、この神の元弟子は魂を売ったのだ。イムレハネ・クリストス教会の秘密をゆだねられるほど信頼され、教会のもっとも神聖な場所に通じる隠し扉まで教えられていたのに、良心の呵責を感じることなくそれらを売り渡した。自分の侍者の裏切りを知ったとき、アポストロスはひどく心を痛めたにちがいない。にもかかわらず、ブレハンを生かした。迷路の中で、ブレハンが無防備な状態で倒れていたときに簡単にとどめを刺せたはずだが、それはアポストロスのやり方ではなかった。自分だったら同じことができたか、サラにはわからなかった。

ウェルクネが写本を手に取った。「ブレハンはこれのありかまでは知らなかった。アポストロスはその小さな秘密を何年もずっと自分の胸にしまっていた。それなのに……おまえに話した」サラを上から下まで眺め、ぽってりした唇を舐めた。「教えてくれ、ウェストン博士、どうやってあいつをたらしこんだ？　あの暗い部屋であいつを喜ばせたのか？」

　顔が燃え上がり、サラは衝動的にウェルクネの顔をひっぱたいた。サングラスが床に落ちる。ウェルクネはうなり声をあげ、サラの喉をつかんだ。手を震わせながらサラの額に銃口を突きつける。

　サラは抵抗せず、歯を食いしばって言った。「殺せばいいわ、このろくでなし。それとも度胸がないの？」

「殺せたら最高に嬉しいんだがな」ウェルクネは怒りに満ちた声で言った。「ミスター・マタカラにおまえを生かしておくように言われてる。おまえはまだ彼の役に立つそうだ」手を振ってブレハンを呼んだ。

　マスクをかぶった修道士はダニエルに、続いてサラに手錠をかけ、ふたりの頭に黄麻布の袋をかぶせた。


　長く曲がりくねった道を車が走っていく。絶え間なく跳ねたり、カーブしたり、角を曲がったりすることから、アスファルトの道路も信号もない、国内の辺鄙な場所にいるのだと察せられた。殺し屋集団が誰にも気づかれずに汚れた仕事を遂行できる場所。何時間も過ぎたように思われたころ、車が急停止した。

サラとダニエルは屋内に連れていかれた。部屋の中を歩きまわる足音が聞こえる。携帯電話が鳴り、ひとりの男が応答する。なにを言っているかはわからなかった。

ついに袋が外された。

サラはなんとか部屋の明るさに目を慣らした。まわりにはカーテンのかかっていない窓が並び、その向こうには驚くほど手入れが行き届いたバラ園がある。遠くには山脈がそびえているが、自分たちの居場所を知る手がかりにはならなかった。エチオピアでは、つねに周囲に山が並んでいる。部屋そのものは白塗りで、わずかに家具があるだけだ。伝統的な赤い刺繍が施された白いリネンがゆったりとかかっているソファ、数個のフロアクッション、低いティーテーブル。壁際には本棚が並び、メモなどがたくさん挟んであるノートや本が隙間なく詰めこまれている。サラとダニエルは手錠をかけられたまま、ここで〝ボス〟が来るのを待てと言われ、ふたりきりで部屋に残された。

「さて。きみの友人のミスター・マタカラの再登場か」ダニエルが言った。「今回は本当の望みを教えてくれるかもな」

「だとしても、彼を信用するの？　ここでは物事はとんでもなく複雑なのよ。誰も真実を言ったりしないわ」

「たしかに。だけど、なにか理由があってぼくらはここに連れてこられたんだ。取引をしたいのかもしれない」

「どんな取引？　彼はすべてを手に入れたのよ。写本、十字架。例の墓にも出入りできる。

現時点で、わたしたちがなにを差し出せる？」

ドアがギーッと音を立てて開き、アンドリュー・マタカラが入ってきた。カーキ色のリネンのスーツの下に濃紺色のTシャツを着て、こざっぱりした格好だった。ソファに腰かけて脚を組むと、しわのないズボンの裾の折り返しと、素足にはいた高価なイタリア製ローファーのあいだから、骨のように細い足首がのぞいた。朝の日光を受けて、やわらかい影が彫りの深い顔の輪郭を際立たせている。マタカラは従者に紅茶を持ってくるように指示してから、こちらを向いた。

「また会えて嬉しいよ、ウェストン博士」それからダニエルのほうを向く。「お目にかかれて光栄だ、マディガン博士。きみのドキュメンタリーはテレビで拝見したよ。なかなか興味深かった」

「こっちはそうでもない」ダニエルは言った。「あんたのことを少し教えてくれないか？　自分が誰と話しているのか知りたい」

「いいだろう。わたしは文化観光省の文化財局局長で――」

「いや、そうじゃない。あんたの本当の正体を知りたいんだ」

マタカラは紅茶に角砂糖を二つ入れ、かき混ぜた。「わたしはとても有力な人々と手を組んでいると言っておこう。きみたちのささいなプロジェクトのせいで迷惑を被っている人々だ」

適切な報酬を払えば、誰もが裏切り者になる。サラは怒りをぶちまけたい衝動をこらえた。

そんなことをしたら窮地に陥ってしまう。いま必要なのは交渉術だ。理由があってマタカラはふたりを生かしている。唯一の希望は、それを有利に利用することだ。

「どうしてわたしたちをここに連れてきたの？」サラの口調は冷静だが確固としていた。

マタカラは紅茶をひと口飲んでから、陶磁器のカップをソーサーの上に上品に置いた。

「きみたちはわたしにとって役に立ちそうだ……わたしたちにとって。いいかね、発掘が中断されたあと、きみがイギリスに帰らなかったことで、みなが心配した。あの嘆かわしい襲撃事件が起きたときにきみが修道院にいたというニュースが流れると、なんとまあ、ユネスコとケンブリッジが、事件は例のアクスムの墓とかかわっていると言い張り、文化観光省に説明を要求しはじめた。とりわけきみの父上が、きみの突然の失踪にかなり憤慨していた。どういうわけか、わたしについていろいろと嗅ぎまわっていた。しかもロンドン警視庁の捜査官をエチオピアに送りこんだ——我々の任務にとってはこのうえなく迷惑なことだ」

「その任務とやらをぜひとも知りたいな」ダニエルが言う。

マタカラはダニエルの言葉を無視してサラに目を向けていた。「わたしの提案はこうだ。きみとマディガン博士の死体が山地で発見されるようにしてやる。悲惨な事故の被害者として。もしくは、きみたちを生かしておいてもいい」言葉を切り、身を乗り出す。「後者を選んでほしければ、自分は元気に生きていると電話して、犬どもに手を引かせるように頼むんだ。それから、例の墓は単なるローマ人宣教師の墓場だったとケンブリッジに説明する。洞窟の碑文は四世紀のアクスムにおけるキリスト教と宗教戦争について記されているだけだったと。勝手ながら、わたしが公式な記録用に翻訳文を作成した。ケンブリッジの代表としてきみがそれを正しいと認めたら、文化財局に正式に保管される。読んであげようか？」

　サラは言葉を失っていた。

「よろしい、では」マタカラは読書用眼鏡をかけ、声に出して読んだ。

「父と子と聖霊の御名において、元商人でしがなき修道士、神の卑しきしもべであるスメリウスは、アクスムとライダンとサバとチアモの王、王の中の王、無敵かつキキリストの信奉者であるエザナに仕える、アーメン。

「わたしはローマ帝国から、コンスタンティノープル、ナバテア、ペルシア、チグリス・ユーフラテス川の肥沃な谷を越えて、アビシニアにやってきた。神の慈悲を知らぬアフリカの異教徒に御言葉を広めるよう、神ご自身から使命を授かっている。

「アクスム帝国の偉大なエザナ王はわたしを王国に受け入れ、全能の神の力と恩寵について臣民に教えるようにと命じられた。わたしは、王家の人々が集まって主キリストの教えを学べるように、デブレ・マリアムに教会を建てた。

「このうえなく優れたエザナ王の指揮のもと、アクスムの男たちがカスでの聖戦のために召集された。神に誓って、我々は疫病の谷から無信仰者たちを排除し、我々の剣を逃れた異教徒たちに大いなる信仰を授けましょう。おお、主よ、あなたの御言葉は我らの盾、我らの槍、我らの導き。あなたの御名において、我々は敵を追いつめ、彼らが悔い改めてあなたのご意志に従わない場合には、塵にしてやりましょう。

「アクスムの男たちは勇ましく戦い、行く手を阻む者たちを倒し、敵を捕虜とした。エザナ王の軍隊の大勢が、父と子と聖霊の御名のもとに戦死した。その損失は計り知れないが必然であり、彼らは神の御前で殉教者となった。

「このしがなき神のしもべは、槍であばらを突かれ、最期が近づいている。けれども、死は悲しみではない。わたしは創造主と一体となることを切望している。その神性は疑いようがなく、その慈悲はもっとも大きな砂漠ともっとも広い空よりも偉大である。すみやかにわたしを連れ去ってください、主よ、わたしの罪が償われるのはあなたの御国だけです。アーメン」

マタカラはサラの前のティーテーブルに紙を投げた。

サラはチェスをしているかのように、可能なかぎりあらゆる手を熟考した。現時点ではどんな手を打ってもチェックメイトにされてしまうだろう。敗北を免れるための唯一の手があるが、リスクを伴うし、対戦相手に見破られるかもしれない。

しかし、ほかに手はない。「ミスター・マタカラ、一つだけ教えてくださったら、あなたの言うとおりにするかもしれません」

マタカラは片方の眉を上げた。「きみはなにかを要求できる立場ではないぞ、博士」

「ええ、そうです。けれど、あなたのような人と話をする機会はそれほど多くありません。わたしのお願いは、知識人同士としての情報の交換です」

マタカラは気取った笑みを浮かべた。「いいだろう。おもしろそうだ」

「なぜ〝アポクリフォン〟は予言を秘密にしておきたいのですか？」

「簡単なことだ。危険な知識だからだよ。六世紀に、アレガウィという名の聖職者が十人目の聖人の墓を見つけたときから、そう考えられてきた。エチオピアの歴史を知っているなら、当然きみは知っているはずだが、アレガウィはキリスト教を広めた九人の聖人のひとりだと気づくだろう。砂漠の方言に精通していたシリア人のアレガウィは、碑文を翻訳し、それが世界の終末の予言だと気がついた。当時、それはタブーだった。長いあいだ教会がかたくなに『ヨハネの黙示録』を認めようとしなかったように、この予言を一般人から安全に隠したがった。終末が近いと人々が思ったら、大混乱が起こってしまう」マタカラは銀の茶漉しをカップの上に持っていき、お代わりを注いだ。「そこで、アレガウィは棺から十字架を取り出し、墓を封印した。その後、〝アポクリフォン〟を結成し、世界に伝えるときが来るまでその秘密を保持しておくことにした。アレガウィが予言者の墓の近くにデブレ・ダモを建て、もともとはそこに翻訳が記された写本と十字架が隠されていた。何世紀ものあいだそこで保管されていたが、アレガウィの最後の子孫がそれらを持って教会を離脱し、イムレハネ・クリストス教会の司祭たちに迎え入れられた」

「アポストロス？」

「それと彼の弟だ」

サラは愕然としたが、説明は必要なかった。だからアポストロスはブレハンをかばったのだ。だから自分の身を守るためだとしてもブレハンを殺せなかったのだ。金と権力のせいで兄と弟が対立することになったのだと思うと、吐き気を覚えた。だが、まだ理解できないことがあった。「あなたは以前、〝アポクリフォン〟は自分たちのものを守るためなら手段を選ばないと言いましたね。なぜ彼らは自分たちが守ると誓ったものを破壊したんです?」

マタカラは薄ら笑いを浮かべた。「彼らは破壊していない」

「では誰が?」

「はるかに力を持っている者だ」

「あなたね、言うまでもなく」

そう言ったのはマタカラを得意がらせるためだった。それはうまくいった。

「言うまでもなく」マタカラは立ち上がり、窓辺まで歩いていって自分の庭のバラを見つめた。

「それで、あなたが手を組んでいる有力者たちというのは?」

「わたしの後援者はこの計画における金であり、わたしは頭脳だと言っておこう。彼は予言のためならいくらでも喜んで払うと言っていた。わたしには専門知識と創造力があり、彼の望むものを与えられた……可能なかぎりあらゆる手段を用いて」

サラは黙りこみ、いま聞いた話を理解しようと努めた。

「わからないな」ダニエルが言った。「その男は予言をどうしたいんだ? 炉棚に飾るトロフィーにするのか? ただの自己満足か?」

マタカラはダニエルのほうを向いた。「いや、ちがう、マディガン博士。そういうことではない。彼は予言を破棄したがっている。予言の内容が誤って解釈されるかもしれない。そうなったら大きなダメージとなる」

「なにになってダメージになるというんだ？　あるいは誰にとって？」ダニエルがたたみかける。

「ああ、それはきみたちアメリカ人が言うところの、百万ドルがかかった難しい質問だ」マタカラは笑い声をあげ、サラのほうを向いた。「電話をかける準備はできたかな？」

「サラ、だめだ」ダニエルが言う。「こいつの言っていることはでたらめだ。ぼくたちを生かしてここから出すはずがない」

サラはマタカラの目を見つめた。「彼は約束を守る人よ」

「ここから出すと言ったのは本気だよ、マディガン博士」マタカラがサラに携帯電話を差し出す。「いつでもどうぞ」

「やめろ、サラ」

「いいえ、ダニー。この人を信じるしかないわ。わたしたちにとって唯一のチャンスよ」サラはマタカラの手から電話を受け取った。

「忘れるな、ウェストン博士。ばかなまねはするんじゃないぞ。いまこの瞬間も、きみの背中には銃が向けられている」

振り返ると、たしかにブレハンが武器を持って背後に立っていた。

「わたしが合図するだけで、ブレハンはきみを撃ち殺す」

サラは震える手で電話をスピーカー通話にして、サイモン博士の専用オフィスの番号にかけた。

いつものように呼び出し音が七回鳴ったあとで、なじみのあるぶっきらぼうな声が電話に出た。「スタンリー・サイモンだ」

「もしもし、教授。サラ・ウェストンです」

「サラ。なんてことだ。いままでどこにいたんだ？　みな、心配していたんだぞ。きみの父上はエチオピア中を捜索している」

サラは声が途切れないように懸命にこらえた。「なにも問題はありません。元気にやってました。家に帰りたくてしかたがないって父に伝えてください」

マタカラが人さし指を立ててくるくるまわし、要点を言えと合図した。

「聞いてください、教授、いいニュースがあるんです。碑文を翻訳しました」

「本当に？」

「会ったときにすべて説明します。あえて言うなら、方向がまちがっていたんです。予言者だと思っていたのは、実際は聖職者で、スメリウスという名の宣教師でした」マタカラにさっと目を向けると、彼はそうだというようにうなずいた。「あれは単に四世紀のアクスムにおけるキリスト教徒の生活を描写したものでした。わたしが望んでいたような天啓ではありませんでした」

「続けて」

サラは偽の翻訳文を一語ずつ読みはじめた。

「そうか。そらみたことかとは言いたくないが。完璧に筋が通るな。よろしい。それで、いつ帰ってくるんだ？　話し合うことが山ほどあるぞ、お嬢さん」

「数日後には帰れるはずです」

サイモンはくすくすと笑った。「予言。十人目の聖人。きみはほんとうに想像力が豊かだな。では、その辺境の地を離れて、イギリスに戻ってきなさい」

「わかりました。いまは一杯やりたいわ。さようなら、教授」サラは電話を切り、テーブルの上に落とした。

マタカラが拍手した。「すばらしい演技だ。さて、今度はわたしが約束を果たそう」マスクをかぶった男にうなずく。「さっき言ったように、きみたちを解放しよう。ブレハンがきみたちふたりを車で送る」

「ぼくたちの荷物は？」ダニエルが言う。

マタカラは立ち上がって部屋を出ていった。「残念だが、処分した。どのみち、これからきみたちが行く場所には必要ないだろう。さようなら、博士たち。本当に楽しかったよ」

サラはダニエルのほうを向き、「いまのはどういう意味かしら？」とささやいた。

ダニエルが身を寄せた。「あの男は信用できないと言っただろう。この修道士がぼくたちを安全な場所まで送るなんて、絶対に信じられない」

ブレハンがふたりについてこいと合図し、使い古されたほこりまみれの八〇年代式のスズキへと連れていった。ふたりはまだ手錠をかけられたまま、身をかがめて後部座席に乗った。ブレハンが後部座席のドアにセーフティロックをかけてから、運転席にすばやく乗りこんだ。

「どこに連れていくの？」サラはアムハラ語で尋ねた。

ブレハンがサラに顔を向けた。マスクの目の部分の穴からのぞく焼けただれた顔を見て、サラはぞっとした。目のまわりの皮膚は黒く焦げて垂れ下がり、まつ毛と眉毛は焼け落ちていた。

「質問が多いな」ブレハンの声はろれつがまわらず、それも怪我の大きさを示していた。

「これから死ぬっていうのに」

15

ムザは、ガブリエルが想像していた以上に汚く混沌としていた。上半身裸であばらの突き出た東洋出身の荷揚げ人たちが、香辛料や穀物の大袋でいっぱいの荷車を押している。交易商人たちの市場では、ベールをかぶった女たちがレモンの山の中からいちばんみずみずしい実を探している。ぼろを着た行商人たちは、汗とラクダの糞の悪臭を放ちながら通りにたむろし、カラ山脈の〝上質な〟乳香を売り歩いていた。目を失っていたり、脚を切り落とされたりした哀れな人々は、自身の排泄物の中に座り、パンをねだっている。それでも、この地はガブリエルの目に美しく映った。

砂漠を越える旅の最後の行程は、とてつもなく苛酷だった。通りがかりのキャラバンの人々がガブリエルを哀れんでパンと水を与えてくれなかったら、今日という日を迎えられなかったにちがいない。いま彼は、数日前はあまりに遠すぎて幻影としか思えなかった港町にとうとうたどり着いていた。ムザ。頭の中でその名前を繰り返し、ここが現実の地であることをたしかめた。あまり調子に乗らないように、次に海を渡るバグラをつかまえようと足早に波止場へ向かった。急いでいたため、香辛料を売っている年配の男にぶつかりそうになった。男はいくつもの小さなポーチを一列に縫い合わせて襷《たすき》のように腕と首にかけていたが、それが地面に落ちた。

度謝る。

「すみません」ガブリエルは反射的に英語で言った。失態に気づき、セム語の方言でもう一度謝る。

古い革のように乾いた顔の商人は異人をじろじろと見て、なにかを言った。

その言葉は理解できなかったが、ガブリエルは男が友好的な人間であることを願った。手振りを交えながら尋ねた。「港はどっちですか？　海を越えて西岸へ向かう船は？」

男はにっこりと笑い、形の悪いぼろぼろの歯を見せた。「ベドウィンの言葉を知ってるんだな」と満足げに言ってから、遊牧民の言葉に近い方言で続けた。あまりに似ているので、聞き覚えがあるような気さえした。「砂漠からずいぶん遠く離れたところまで来たな。ムザになんの用だ？」

「わたしは旅人です。ベドウィンのような放浪者だが、彼らの部族に属してはいないので、先に進まなければならないのです」

「どんな部族に属してるんだ？」

「わたしには国も親族もありません。ルブアルハリ砂漠の苛酷な地に迷いこんだのです。ベドウィンがいなかったら、生きていられなかったでしょう。彼らはわたしを介抱して、保護してくれました。わたしの友でした」

「遊牧民か、彼らはいいやつらだ。おれの祖先は砂漠から来た。放浪生活はとても厳しい。少年を男に変える」男は手を振った。「いや、おれには向かなかった。おれは人に会ったり、喧騒の中にいるのが好きなんだ。生きていると実感できるからな」

自己流で人生を築き上げたこの都市住民に共感し、ガブリエルはうなずいた。都市での生活は遠い昔の記憶だが、それは意識の奥深くに根づいていた。「わかります、友よ。住まいはどこです?」

商人は市街を指した。「あっちだ。兄の香辛料店で寝泊まりしてる。朝、香辛料を受け取って、客を見つけに行くんだ」ポーチの襷をかかげる。「コショウはいるか? ミルラは? 乳香は? 南アラビアで最高の品だぞ」

「いいえ、けっこうです、友よ。お金がないので」

「それなのにどうやって船で海を渡るつもりなんだ? 帆を揚げたり、デッキを掃除したり」

「働かせてもらえないかと期待しています」

商人は腹を震わせながら笑い声をあげた。「好きなだけ期待すればいいが、金がなきゃ、船長は乗せてくれないぞ。三ドラクマ必要だ。なんでみんな金を払ってまで海を渡るのか、おれにはさっぱりわからんがね。この時期の海は波が高い。東から風が大きな突風となって吹いている。転覆した船もある。しばらくムザに滞在して、海がまた静まるのを待ったほうがいい」

「あなたはとても賢いですね」ガブリエルは好天を待つつもりはなかったが、この年配の男に計画を打ち明ける必要はないと考えた。最後に、もう一つだけ助言を求めた。「教えてください、友よ、異人が三ドラクマ稼ぐにはどうすれば?」

商人は頭をかいた。「金属細工師のところに行ってみるといい。床に落ちた削りくずを掃いてくれる人間を必要としてるかもしれん。だが、報酬はわずかだ。必要な金を貯めるには長い時間がかかるぞ。とくに、食い物も買わなきゃならないだろうからな。あんたは骨と皮だけだ、友よ。それに、ラクダに踏みつけられたみたいな姿だぞ」

年配の男の目に自分がどう映っているのかわからず、ガブリエルは手を上げて、ヒムヤル人との争いで負った傷に触れた。額は切れて乾いた血でふさがれ、唇は腫れて水ぶくれができ、塩漬け肉よりも乾燥していた。ごわごわした顎ひげには大量の砂がこびりついている。急に恥ずかしくなったガブリエルは男に頭を下げ、背中を向けて歩き去ろうとした。

「待ちなさい」背後から男が呼び止めた。「おれの義理の姉は料理がうまいんだ。せめて今夜はうちで食事をしていきなさい」

「そんなわけには――」

「ばかを言うな。アラブ人の歓待を断るのはとても無礼だぞ」

その夜、ガブリエルはヤギの煮込みとクスクスをごちそうになった。商人とその兄の家族とともに、刺繍の施された綿の布がかけられた低いテーブルについていた。暖炉で燃える炎があたたかい。家の壁は干し草と石を砂モルタルで固めてあり、換気のための小さな切りこみが開いていた。足もとには、乾燥したアラビアの土地の砂がぎっしりと敷きつめられ、色あせた藍色やサフラン色やつぶした甲虫で深紅色に染めた、使いこまれた絨毯《キリム》で覆われている。なにもかもヤギの乳と糞のいやなにおいがしたが、雨風をしのぐことができ、それだけでありがたかった。

商人の兄は仕事の話をし、商売がうまくいっていないと愚痴をこぼした。また、関節の痛みと腫れに悩まされていると言い、ガブリエルは関節炎にちがいないと思った。

アラビアのこの地域の習慣がわからず、まちがったことを言ってしまうのが不安だったので、ガブリエルはあまりしゃべらなかった。けれども、どうしてもこの人々の親切に報いたかった。夕食後、ガブリエルは商人に、上質な乳香を少量と、中庭のオリーブの木の葉を数枚と、すり鉢とすりこぎを用意してほしいと頼んだ。

そして、男が持ってきてくれたもので、軟膏を作った。「これをお兄さんに。今夜、痛む関節に塗るように伝えてください。明日の朝には、若返った気分になっているはずです」

男は信じられないというように笑った。


翌朝、町の広場でガブリエルは商人に会った。

「奇跡だ」男は言った。「あんたは最高の治癒師だ。あんたとおれで、金持ちになれるぞ。おれが材料を調達して、あんたが薬を作る。それを売って、儲けを山分けするんだ」

「協力はしますが、あなたのお金はいりません、友よ。わたしが行くところでは役に立たないでしょうから。わたしに必要なのは、船長に払う三ドラクマだけです。それだけ稼いだら、残りはすべてあなたのものです」

男は同意した。

その日の午後、ガブリエルは石のすり鉢の中で葉やハーブや樹脂を砕き、やがてつんとするにおいが漂いはじめた。湿布薬の効果を試す方法はハイランから学んでいた。年老いた首長はいつも「これを信じるのじゃ」と言いながら、鼻をとんとんと叩いた。何年もかけて幾度も試さなければならなかったが、ガブリエルは薬用ハーブの調合技術を習得することができた。これも、彼が作れるさまざまな薬や軟膏や茶のうちの一つだ。

ガブリエルが調合薬を何種類か作り上げると、商人が自身の商才を発揮し、通行人たちに売りこんだ。体の悪い部分にひと塗り――ほんの少額で安らぎがもたらされます。ほどなくして、通行人たち――擦り傷の子どもを連れた母親たち、関節炎で背中が丸まった老人たち――が列をなし、苦しみから解放される番を待った。

何世紀も経ち、物事が進歩し、世界が変わっても、人々は同じままだ、とガブリエルは思った。一縷《いちる》の望みは莫大な富に勝るのだ。

一日目の夜が終わるころには、ふたりは一ドラクマを稼いでいた。商人が市街地の兄の家に泊まるように誘ってくれたので、ガブリエルは喜んで応じた。

平たいパンととろとろのレンズ豆のスープという質素な料理を食べながら、商人になぜ未開の地に行きたいのかと聞かれた。「白人はどこで財産を築けるかよくわかっている。教えてくれ、西にどんな富があるんだ？」

「富のことはなにもわかりません、友よ。わたしが西に行く理由は、あなたが考えているものとはちがいます」

「お願いだ、教えてくれ」内緒話をするような口調で男はつけ加えた。「村に娘がいる……彼女を妻にしたいんだ。だが、おれは貧しい。彼女の家族になにも与えてやれない。彼女のことも、あるいは子どもができても、養ってやれない。だが、あんたは……あんたは頭がいい。塵を黄金に変える方法を知ってる。この目で見たんだからな」

「買いかぶりすぎですよ」ガブリエルは笑い声をあげた。「わたしはただの人間、放浪者です。土地が干上がったときに遊牧民が新しい牧草地を探すように、わたしは知識を求めて旅をしているのです……友情を求めて」

「だが、家はないのか？　妻は？」

「妻と子がいました。ふたりは死にました。わたしはいまはひとりぼっちです。家族がいなければ、どこも我が家とは思えません。だから、一つの場所にあまり長く留まれないのです」

商人はうなずいた。「おれの村に、古いことわざがある。影はつねに自分にくっついてくる。どこへ行こうと、ついてくる。自分の一部分であるものから離れることはできない」

ふたりは声をあげて笑い、死者や影やつかみどころのない富のことはそれ以上話さなかった。その夜も、ほかの夜も。それからの数週間で、ふたりは必要なだけ、ガブリエルはバグラに乗れるだけ、商人は近々結婚してヤギをもう一匹買えるだけの金を稼いだ。そして、秋の最初の吐息が夜明けの空気に混じりはじめたころ、ガブリエルはそっとこの家をあとにした。

16

三時間以上、ブレハンは蛇行する未舗装の山岳道路に車を走らせた。生き物の姿といえば、山腹でわずかな草を食んでいるヤギの群れだけだった。山を登るにつれ、道は狭く粗くなっていき、やがて道路とはいえなくなった。かろうじて車が一台通れるだけの細い小道で、岩だらけの谷への急落を防ぐためのガードレールもない。

サラは自分たちの居場所を推測しようとしたが、どこも同じに見える地形からはなにもわからなかった。周囲では、岩崖と尖塔のような岩山が、このわびしい地域を支配する幽霊のごとくそびえている。スズキは穴だらけの赤土の小道をどうにか進んでいくが、高く舞い上がる砂ぼこりでほとんど視界がさえぎられていた。タイヤに踏まれる石のジャリジャリという音がほかの音をかき消した。

後部座席で揺れながら、サラとダニエルは冷静に自分たちの運命を待った。旅のあいだダニエルが一度も彼女を見ないことに、サラは痛いくらい気づいていた。サイモンに嘘をついたことが許せないのだろう。説明したいけれど、ブレハンの前ではできない。いちばん不安なのは、そのチャンスが訪れないかもしれないことだった。

山頂に近づくと、小道はゆるい砂利道に変わった。

ブレハンが車を止めた。わざわざこちらを見ずに「降りろ」と怒鳴る。それから半自動小銃を脇に挟み、ふたりを渓谷の中へと進ませた。

太陽が眠けを誘うような熱さで照りつけており、岩ばかりのこの一帯には影が一つもなかった。昼過ぎの日光の下で岩山が輝き、ターコイズ色の地球の屋根に向かって金色の指が伸びているみたいだった。

手錠をかけられているせいでバランスを崩しながら、捕虜たちはぎこちない足取りで小道を下っていった。背後からは死刑執行人の速い足音が聞こえる。ふたりが深い崖の上に張り出した岩棚まで下りていくと、端まで歩いていけと命じられた。

男の邪悪な計画に気づき、サラはたじろいだ。ふたりを撃って、死体をそのまま渓谷に転落させ、オオカミやヒゲワシに見つけさせるつもりなのだ。いまこそ、たとえわずかしかないとしても、命をつなぎとめる最後のチャンスだ。

サラは、ブレハンに好印象を与えるためだけでなく、誤解が生じないように、アムハラ語でしゃべった。「ブラザー・ブレハン、死を迎える者の最期の願いを聞いてくれる？」

「なぜおれが？」ブレハンは怒鳴った。「おれを見ろ。おまえのせいでこうなったんだ。償え」

「あなたは生きてる。あなたのお兄さんは死んだ。あなたがその手で彼の命を奪ったのよ。迷路の中であなたの頭が炎に包まれていたとき、あなたがアポストロスを刺したナイフは彼の足もとに落ちていた。いとも簡単にあなたにとどめを刺せた。だけどそうしなかった。あなたを見る彼の目には……神に仕える真の聖職者の思いやりが浮かんでいた。自分の血が体から流れ出ていても、実の弟を傷つけることはできなかった。それはあなたにとってなんの意味もないことなの？」

「あいつを殺したのはおまえだ。あいつはおまえを助けるためにナイフの前に身を投げ出した」ブレハンはサラに銃を向けた。「さあ、死んで罪を償え」

サラはあらゆる抑制、あらゆる抑圧された感情、あらゆる上流社会の体裁を捨て、こう言った。「お金と権力では救われないわ、ブレハン。信じてちょうだい。修道士として、あなたは自由だった。それはいまでもあなたの才能よ。肉体の快楽のためにそれを手ばなさないで」

ブレハンは不快そうに手をぴくぴく痙攣させたが、サラはひるまなかった。「お兄さんがあなたの命を助けたのは、神にそう命じられたからよ。どうしてその神を拒絶できるの？　命を与えられたのに、感謝の気持ちはないの？　あなたを見捨てるのではなく、みずからの死を選んだ人に対する敬意はないの？　もう十分すぎるほど多くの血が流された。終わりにしましょう、ブレハン。その力があるのはあなただけよ。アポストロスに、自分は彼の犠牲に値する人間だということを証明して」

サラはひざまずき、頭を垂れた。汗が岩に滴り、熱いアスファルトに落ちた雨粒のように消えた。サラははじめて死を覚悟した。もはや自分がどこにいるかわからず、完全な平穏を感じていた。疲れた頭の中に、人生が走馬灯のように駆けめぐる。母の家の庭にあるイチジクの木の下でブランコに乗っていたときに、葉のあいだから射しこんでいた陽光……七歳のときにクォーターホースに乗せてくれた父……母の自殺を知ったとき、悲しみに泣き叫んだこと……人類の過去を探求すると同時に自身の過去から逃げるために発掘をしているときに感じる、不朽の土の手ざわり。

激しい銃声が続けざまに渓谷の壁に反響した。

ダニエルが反射的に地面にうずくまったが、怪我はしていないようだった。ブレハンは狙いを外したか、あるいは空に向けて発砲したのだ。

修道士はふたりに向かって大声で言った。「神のご意志なら、おまえたちはオオカミに見つかり、その顎の中でゆっくりと悲惨な死を迎えるだろう。おまえたちの運命はもはやおれの手にゆだねられていない」

そして彼は巨大な岩を登っていき、谷から出て姿を消した。

静寂が訪れる中、ダニエルが岩にもたれて息を吐いた。びしょ濡れの髪から額のしわへと汗が流れ落ち、さらにTシャツの首から胸骨のあたりまでを濡らしていった。焦点を合わせられないのか、目が左右に動いていて、動揺がうかがえた。

いっぽうのサラは驚くほど落ち着いていた。計画はうまくいっている。少なくともいまのところは。「もう一度チャンスを与えられたのよ。それを最大限に活用しましょう」逃げ道がないかと、土と先史時代の岩でできた窪地に目を走らせる。「上まで行かないと。あそこなら見つけてもらえる可能性が高いわ」

「見つけてもらえるって、誰に?」ダニエルは明らかに怒っていた。「オオカミやジャッカルか？　ニュース速報だ、サラ。ここには誰もいない。まわりを見てみろ。いまいましい荒れ地だ」彼は地面に唾を吐き、うめいた。

「すべてを失ったわけじゃないかも。マタカラの家で、賭けに出たの」

「ああ、そうだな」

「あなたが考えていることとはちがうわ。サイモンに電話をかけたのは、ＳＯＳを送るためだったの」

「どういうことだ？」

「昔、サイモンとわたしの父が、困ったときにお互いに助け合えるようにあることを決めたの。七〇年代、ふたりはタンザニアでライオンを追っていた――いちおう言っておくと、違法にね。そのとき、土地の所有者に雇われていた番人が父を見つけて、銃を突きつけて身柄を拘束したの。そこで父は相棒のサイモンに無線で合言葉を伝えた。『いまは一杯やりたい』ってね。当たり障りのないフレーズだった。それが助けを求める意味だったなんて、番人は疑いもしなかった」

ダニエルは口を結んでうなずいた。「それはいいとして、ぼくらが困っていることが伝わったからといって、見つけてもらえるわけじゃない。エチオピアは大きな国だ。この山脈は広くて険しい。滝の中のアリを捜すようなものだ」

「マタカラの言葉を思い出して。ロンドン警視庁の捜査官たちがすでにエチオピアでわたしたちを捜索してる。わたしの期待どおり、サイモンが自分の役目を果たしてくれたら、警察がGPSであの携帯電話の発信場所を追跡してくれる。そうすれば、だいたいこの付近まで来てもらえるわ」

ダニエルは首を横に振った。「たらればばかりだな。望みは薄いってわかってるか？」

「ええ。でも、それに賭けるしかないわ。聞いて、ダニー。いまは落胆してる場合じゃない。ここから出るためにありったけの知恵をしぼらないと」

ダニエルの声がやわらいだ。「それでも危険な賭けだった」

「わたしがいちかばちかの賭けに出なかったらどうなってた？　とっくに死んでたはずよ」

ダニエルはうなずいた。

ふたりはそれ以上口論で時間を無駄にしなかった。行動しなければ。

渓谷の上に着いたときには、夕暮れが近づいていた。巨大な岩を登るのは、一つには手錠をかけられているせいで、一つにはエネルギーが衰えつつあるせいで、時間がかかった。

サラは二日以上なにも食べていなかったし、容赦ない暑さがわずかに残った体力を奪っていった。上に着くと、膝をついて息を吐いた。「もう進めそうにないわ」

ダニエルはあたりを見まわした。「食料を見つけないと――自分たちが食料になる前に。このあたりにウサギか齧歯《げっし》動物がいるはずだ。いまならなんだって食べられそうだよ」

「で、どうやって仕留めるの、原始人さん？　素手で？」

「思い出してくれ、ぼくはテネシーの片田舎で育ったんだ。荒野のことなら任せてくれ。ちょっと調べてくる。きみはここで待ってて」

「どこにも行けないわよ」

サラは地面に横たわった。顔のすぐ近くに赤い土があり、大昔のほこりのにおいがした。遠くをじっと見つめる。太陽は太古の岩山の後ろに沈みつつあり、深い渓谷に影を投げかけていた。岩山の頂だけが、火のついた鉄のように赤く輝いている。それぞれの岩山の上部には堆積物の層がテリーヌよろしくぎっしりと重なっている。世界のほかの場所は終端速度で動いていたかもしれないけれど、この岩だらけの地域は少しずつ変化している。そんなふうに考えるのが楽しかった。

煉獄を漂うような気分でうつらうつらしていたとき、枝のガサガサいう音が聞こえた。目を閉じたまま、ダニエルに言う。「ジューシーなネズミのステーキにありつけるのかしら？わたしのはミディアムレアでお願い」

「レストランではネズミは品切れだったよ。代わりにブラックチャットのローストはどうだい？」ダニエルは二羽の小さな鳥の死骸を地面に投げた。「あまり肉はついてないけど、これが精一杯だった」

サラは愕然として体を起こした。「武器もないのに、いったいどうやって鳥を撃ち落としたの？」

「あっちに巣があったんだ。こいつらはまだ幼くて飛べなかった。すごく簡単だったよ。きっと母鳥が追いかけてきて、ぼくの目をつつくだろうな」

サラはわずかな獲物を見た。「トリュフオイルをちょっとかけたらおいしそうね」

「やっぱり、なにか忘れ物をしたと思ったんだ」ダニエルも真面目くさって言いながら、火をおこすために枯れた枝を積み重ねた。それから一本の枝を二つに折って並べ、両端を岩で押さえた。次に乾燥したヤギの糞のかたまりをつぶして、消化された草が出てくると、それを二本の枝のあいだの隙間に詰めこんだ。もう一本の枝を上から直角に当ててのこぎりのように動かすうちに、煙の糸が出はじめた。

サラは乾いた草を足したり、煙が出ている部分に息を吹きかけたりして手伝った。

乾燥した木に火がつくと、ダニエルは鳥を直接火の中に放り、一分後に取り出して、焦げた羽根をむしり取った。羽根をすべて焼き落としてから、棒に刺し、炎の上にかざしてゆっくりとあぶった。

「できあがり《ヴォアラ》」と言ってサラにごちそうを渡す。

サラは肉にかぶりつき、そのマイルドな味に驚いた。栄養を無駄にしまいと、骨までしゃぶった。その後、ふたりは地面に並んで横たわり、空を見上げた。何千という星と、そのまわりで渦巻く星くずが見える。地上では、暗い崖が時間に忘れ去られた月面のように波打っている。まるで宇宙のスナップ写真みたいだ。広大なパノラマの下では、言葉は無用の長物に思えた。

「不安かい？」ダニエルが沈黙を破った。

嘘をつく必要はない。「少しね。わたしをこの地で腐らせてもいいと思うくらい、父がものすごく怒っていたら？」

「ばかなことを言うな。お父さんだって、きみが自分の信じるものを勇敢に追求していたと思っているはずさ。たいていの人間は、探求をあきらめるように言われたら、そのとおりにする。きみは信念のためにすべてをかけた。そのことにお父さんが感心しないなんてありえないよ」

「父を知らないでしょう。簡単には感心しないわ。ともかく、わたしのことではね。わたしが月をあげたとしても、『なんだと？　金星は手に入らなかったのか？』って言うわよ」

「完璧な娘なんて存在しないだろう」

「父に言ってちょうだい。ずっと考えてたんだけど、どっちのほうがよりひどいかしら――ここで死ぬか、救出されて父の怒りに直面するか」

しばらく、ふたりとも黙っていた。

ダニエルがサラのほうを向いた。「お母さんはどんな人だった？」

その質問は予想外だった。サラは母のことはあまり話さず、思い出は触れられないほど貴重で壊れやすいアンティークのように心の中にしまっていた。返事を考えていると、いつものように喉が締めつけられた。

「すまない」ダニエルがささやく。「軽率だったな」

「いいえ」サラは気を取り直した。「いいのよ。ただ……母は親友だったの。父とは正反対だった。わたしが父に叱られたとき、母は遠くの土地や異国の人々の話をしてわたしの気をまぎらわせてくれた。わたしは自分がジャングルや砂漠で先住民や架空の動物と一緒にいると想像したわ。いまでも、母の物語がきっかけでこの仕事をしているんだと思う」自分の告白に少し気まずさを覚えた。「よくある話だけど――」

「たしかに」ダニエルがくすくすと笑いながら言った。

「おかしなものね。たとえ降参したくなっても役目を果たしなさいと言っていたのは母なのに、自分は試合を続けるだけの力がなかった。なんのことかわかるでしょう」

「まあね、タブロイド紙には事細かに書いてあったから」

家族の私生活があらゆるゴシップメディアで取り上げられたことを思い出し、サラはうんざりした。大西洋の両側で、マスコミは多かれ少なかれセンセーションを巻き起こした。母が自殺する何カ月か前に両親が激しく言い争っていたことを、その口論の詳しい内容までも書き立てた。報道記者たちはなぜか、両親がサラの教育や金銭のことで一度も意見が一致しなかったと知っていた。父はサラにきちんとしたイギリスの学校教育を受けさせるべきだと主張し、母はサラをそばに置きたがった。また、金銭に関しても意見が合うことはなかった。結局、サー・リチャードは元妻への援助をやめ、母の収入は俳優業で稼ぐ分だけになり、それは年をとるにつれて少なく、屈辱的になっていった。父の無神経さと、自尊心の欠落が重なり、母はボトルいっぱいの精神安定剤をウオッカと一緒にあおった。

翌朝サラはバスタブの中にいる母を発見した。消えかけた泡の合い間に長い髪が浮かび、爪を赤く塗った細い指にはまだロックグラスが握られていた。

その話が公になると、サラは非難の目にさらされている気がした。全員が自分を見て、母の自殺を責めているのだと。「上流社会ではつねにスキャンダルは嫌われる」というのが父の口癖だった。

サラは体面を保とうとはせず、その世界から自分を切り離し、おのれの道を進んだ。

孤独であればあるほどよかった。

「昔の話よ」ダニエルには、ついでに言えば誰にも、同情されたくなかった。「あなたのことを教えて。どんな家族なの？」

「家族の名残ってことでいいかい？　親父はぼくが六歳のときに出ていったから、あまり覚えていない。女好きだった。母を捨てて、西海岸出身の色っぽいブロンド女と一緒になった。その後どうなったかは知らない。母は食費を稼ぐために働きづめだったから、兄とぼくは実際には自力で成長したようなものだ」

「お兄さんとは仲がいいんでしょうね」

「いいや。共通点はなにもない。兄はケンタッキー州の田舎で暮らしている。電力会社に勤めていて、子どもがたくさんいる。電話をかけてくるのは、お金が必要なときだけさ」

「あなたはあまり実家に帰っていないのね」

「ああ、あまり帰っていない」ため息をつく。「ぼくにとっては実家じゃない。実際、どこにも我が家はない。ニューアークに小さな家があって、そこが拠点となっている。だけど、基本的にぼくは放浪者なんだ。あと、どちらかというと単独で行動するほうがいい」

その瞬間、サラはダニエルに深い親愛の情を抱いた。ふたりの経歴は太陽と月ほどちがうが、どちらも似たような孤独な人生を送ってきた。事情は異なるけれど、互いに理解し合えるにちがいない。「少し眠りましょうか？　明日もたくさん歩かないと」

「先に寝ていいよ。ぼくは火が消えないように見てる。このあたりにはオオカミがいるから」

サラは目を閉じ、山の静寂に耳を傾けた。暗闇の中では見えないが、ダニエルの目が向けられているのが感じられた。彼の呼吸はまるで遠くから聞こえる海の満ち引きみたいで、体からはぬくもりが伝わってきた。ここで、この厳しい辺境の地で、口にするのもはばかられる肉食獣が隠れている場所にいるというのに、サラは安心していた。


ブレハンが姿を消してから何日か経ったが、あまり進展はなかった。毎日、サラとダニエルは、山脈が幽霊のようにぼんやりと影に覆われている朝早い時間に出発した。霧が味方となり、草に露をつけてくれた。わずかなかすみでさえ、乾いた喉には贈り物だった。何カ月も雨が降っていない乾燥した荒れ地で、水分はそれしかなかった。この山脈の干上がった土地こそ、何世紀にもわたる侵略を受けてもエチオピアに外国の軍隊が入ってこられなかった理由の一つである。もう一つは、人を寄せつけない厳しい地形そのもの。ヤギや鳥を除いて、どんな生き物もこの尖った歯のような岩山を通り抜けるのはほぼ不可能に近い。足を踏み外したら、その不運な侵入者は岩だらけの奈落へと真っ逆さま。

サラとダニエルにとって、手錠をかけられていること、食料と水が乏しいことがあだとなり、足場を確保するのがいっそう困難になっていた。自分たちは発見されないのではないかと、サラは不安になりはじめていた。絶望の指が喉に伸びてくるたび、それまで以上にわずかな希望にしがみついた。

その日の午後、最悪の事態が起きた。猛烈な腹痛に、サラは歩くのはもちろん、立っていられなくなった。経験から、まずい状況だとわかっていた。

「赤痢だわ」サラは汗をかき、弱っていた。「あの怪しい水にとうとうやられたみたい」

ダニエルの目に不安が浮かんだ。ふたりとも、赤痢は治療を受けなければ死刑宣告も同然だとわかっていた。「二、三日、休もう。きみはタフだ。きっと乗り越えられる」

サラは弱々しく微笑んだ。細菌が血流の中で存在を確立し、体温がしだいに上昇していく。口の中は綿よりもからからで、目に見えない手で腸がねじられているみたいだった。休むしかない。

数日が過ぎ、サラはますます弱り、やつれていった。脱水症状を起こし、肌が老婆のようにしなびていた。もはや短い距離さえも歩けなかった。これで死ぬのだと確信したが、静かな山脈の中で奇妙な平穏を感じていた。人生ではじめて、物事に意味を求めようとしなかった。そんなことをする理由はない。ふたりがこの人里離れた荒野を出られる可能性は低く、サラが生き延びる可能性はもっと低い。それを受け入れるしかない。

耐えられないほど痛みが強くなると、サラは言った。「ダニー、聞いてちょうだい。わたしは助からないわ。わたしを置いて、先に進んで」

「ばかを言うな。きみの死体をかついでいかなきゃならないとしても、置いていったりしない」

「理想主義的な考えは捨ててちょうだい。わたしは自分勝手な理由からお願いしてるの。ここから出て、これをユネスコに持っていって」ズボンの裏地に縫いつけてあるポケットの中に必死で手を入れ、メモリカードを引き出し、そのまま地面に落とした。

ダニエルの目が見開かれる。「図書室で撮った写真か？　ほかのものと一緒に奪われたと思っていた」

サラは声をあげて笑った。「ズボンの中までは調べられなかったわ。これはあの碑文が十人目の聖人の予言であることを示す唯一の証拠よ。ほかのものはすべて破壊されたか、敵の手に渡ってしまった」

「ぼくがこれをユネスコに届けるときは、きみも一緒だ。いいか。高潔な南部紳士は、苦しんでいる乙女を見捨てたりしない。ぼくらの倫理規定の二百七番にこうある。辺鄙な山の中で女性を下痢で死なせるべからず」

サラは微笑みながら頭を左右に振った。

「じゃあ、ここで待ってて。たきぎを探してくる。食料になるコオロギも見つかるかもしれない」ダニエルはサラにウインクをした。「すぐに戻るよ」

サラはまばらに生えた草の上に横たわり、どうにか痛みを無視しようとした。熱に浮かされた状態で、うとうとした。漠然としているけれど鮮やかな夢を見た。父がワシの背に乗って飛んできて、エチオピアの険しい山脈のあいだですばやく下降と上昇を繰り返している。

サラはその真下に立ち、必死に腕を振って遭難の合図を送ったが、無駄だった。父は彼女に気づかず、べつの方向に飛んでいってしまった。サラは身の毛もよだつような絶望の叫び声をあげたが、その声は円形の盆地を囲む先史時代の花崗岩の壁に反響し、増幅されてとてつもなく甲高い音となったため、恐怖のあまり耳をふさいだ。べつの夢では、小さな女の子の細い影が見えた。白いローブが強風で帆のようにはためいているが、少女は高い岩の上で動じることなく毅然と立っていた。朦朧としてうまく働かない頭の中で、それは前兆だった。少女がいるはずだと思いながら、サラははっと目を覚ました。

誰の姿も見えない。ダニエルの姿さえも。

ダニエルがそばを離れてから長い時間が経っている気がした。もし戻ってこなかったら？恐怖に襲われたが、それと闘うだけの力はなかった。汗びっしょりで、急に強烈な寒けが骨身に深く染みわたり、身震いした。とにかく体をあたためようと膝をかかえて横向きになり、冷たい土に顔を寄せた。大きな鳥がギャーギャー鳴いている。名前はわからないが、猛禽類《もうきん》の仲間だろう。それを最後に、サラは気を失った。

轟音が山地の静寂を貫いた。もやのかかった視界を通して、頭上でホバリングしているヘリコプターが見えた。サラは弱々しく手を上げ、またぱたりと落とした。

ヘリコプターは回転する翼から生じる激しい気流をサラの弱った体に吹きつけながら着陸した。

「もう大丈夫だ」

やっとの思いでサラは自分の上にかがみこんでいる男に焦点を合わせた。

ダニエルがウールのブランケットでサラをくるみ、ヘリコプターに向かって顎をしゃくった。「ロンドン警視庁だ。やっぱりサー・リチャードが期待に応えてくれた。きみの計画がうまくいったんだよ、賢いお嬢さん。きみが思うよりもうまくいった」ぐったりしたサラの体を抱き上げる。「さあ、この地獄から離れよう」

17

バグラは真夜中にアドゥリスに到着した。ガブリエルはひと眠りしただけだった。大海原の空気は非常に寒く、船客たちは身を寄せ合って暖をとった。それでたしかに寒さはましになったものの、個人の空間がないうえに、絶え間ないいびきや汚い旅人たちの体臭のせいで、ゆっくり眠ることはできなかった。

ガブリエルは船首に行き、歴史に名高いアビシニアの港町が近づいてくるのを眺めた。この時間でも騒々しくにぎわっていることから、この地はいままでアラビアで見てきたどんな場所とも異なるにちがいない。繁栄していて、活気にあふれ、どんな人間でも機知と熱意があればなりたい人間になれる。体が震え、ガブリエルは毛布をしっかりと巻いて深く息を吸いこんだ。鼻の奥がじんじんして、喉が冷えた。その感覚に故郷がよみがえってくる。それはつねに、自分が生きているということを思い出させてくれた。

「そこに立つな。手伝ってくれ」船員のひとりが叫び、ガブリエルにロープを投げた。

金を払って乗っているのだから、この船で働く必要はないという考えは抑えた。そういう観念はこの人々には知られていないのだ。ガブリエルはなにも言わず、やるべきことをした。

夜の暗闇の中、アドゥリスはものすごく活気に満ちていた。交易商人たちが地元の商人と商品の値段交渉をしており、その声は大きく、有無を言わせない口調だった。黄金や象牙を売買している者、香辛料を売り歩く者、奴隷を売っている者。奴隷の売買はとりわけぞっとしたが、その存在を知らなかったからではなく、目の前で見たことがなかったからだった。たくましい若い青年や美しい女が、足首に鉄の足枷をはめられて木製の台の上に並び、裕福なアラブ人たちが彼らにどんな労働をさせられるかと値踏みしている。奴隷たちは落ち着いた表情を浮かべながら、未来の主人たちを服従と敬意のまなざしで見つめ、自分たちの運命を受け入れていた。

人権が守られた環境で生まれ育ったガブリエルにとって、このような光景は見るに堪えなかった。だが、この地では異人であるため、騒ぎを起こすわけにはいかない。自由と解放という概念はここまでは広まっていないのだ。

信念に反して背中を向け、山脈へと道を歩き続けた。星空を背に山々の輪郭がかろうじて見えている。

二街区先で、やせた黒人の男たちが、玄武岩を切り出して建てられた教会の石段にひざまずいて聖歌を歌っていた。ガブリエルは教会に近づき、石のホールから流れてくる燃える乳香の香りを吸いこんだ。教区民たちに神の存在を感じさせるための典礼聖歌の美しい旋律が、遊糸のベールさながらに空中に漂っている。数語のギリシア語はわかったが、その発音から、もとの言語がずさんに変化したものだとうかがえた。建物の中をのぞくと、司祭が典礼を執りおこなっていた。清潔な白いローブを身につけ、体の前には金色の刺繍が施された帯が垂れている。彼の背後には、黒い顔の人々のイコンがあった。それぞれが聖書の場面に出てくる主人公で、色鮮やかなローブを着て金色の後光に包まれていた。木のテーブルの上には、レースのように繊細な彫刻が施された銀線細工の十字架がのっている。数本の細い茶色の蜜蝋のロウソクが砂の上に立てられ、火が灯されている。未開地だと思っていた場所でキリスト教の式典を目にし、ガブリエルは驚いた。

ギリシアの島で過ごしたあの夏、カルセドニーと出会った夏に覚えたギリシア語を少し思い出しながら、いちかばちか見物人のひとりに話しかけてみた。山脈を指して尋ねる。「あそこはなんですか?」

黒人はうなずいたが、異なる言語で答えた。ガブリエルには理解できなかったが、一つだけ、男が何度も繰り返している「アクスム」という名前はわかった。それ以上の説明は必要なかった。アクスム王国の話はいくらか知っている。アフリカとアラビアにまたがたる大帝国で、二つの大陸間の交易拠点。

突如として、教会の光景が理解できた。ここは聖地以外で最初にキリスト教を受け入れた土地の一つなのだ。詳細はわからないものの、キリスト教は宣教師によってこの地にもたらされ、アクスムの王に受け入れられ、のちに国民に広められたというのは覚えている。四世紀の話だが、正確な年代は定かではない。それでも、だいたいそのあたりの時代にいるのだとわかり、それだけで大きな発見だった。

何年ものあいだ、自分が歴史上のどの時代に存在しているのかわからなかった。いまいる場所と時代がわかったことで、基準点が得られ、それは利点だった。ガブリエルはアドゥリスの男に手を振って感謝を伝え、山へと歩いていった。

アクスムでなにが待っているかわからないが、ガブリエルは大きな期待を抱いていた。宮廷、神殿、豊かな雰囲気。人々は洗練され、教養もあるかもしれない。交易商人や、学者、美しい刺繍が施された衣装と黄金の装飾品を身にまとった宮廷女性。ひょっとしたら、アクスムはガブリエルを受け入れ、彼の話を聞いて、それを後世の人々に伝えてくれるかもしれない。喪失と絶望で暗く傷ついた心の中には厭世的な気持ちがあり、足取りが遅くなったものの、止まることはなかった。

道路に立つ巨大な花崗岩のオベリスクまで来たとき、都市に近づいているのだとわかった。アクスムの王たちの言語である古代ギリシア語が書かれているこのオベリスクは、ある種の石碑か、もしくは珍しく苦戦して勝利を収めた戦いの記念碑にちがいない。ガブリエルの古代ギリシア語の知識は限られていたが、いくつかの言葉は理解できた。

『余はエザナ、アクスムの王、エラ・アミダの息子、主キリストのしもべ。この王国と国内すべての富の支配者であり、臣民の保護者。ここを通る者たちよ、この玉座を恐れたまえ。これは神ご自身によってこの王に与えられし聖なる力の象徴である』

「エザナ王」ガブリエルはつぶやいた。「彼が謙虚である以上に寛容であることを祈ろう」

翌日の夕方には、都市の上にそびえる山の背にたどり着き、ぼんやりと並ぶ迷路のような石造りの建物を見下ろしていた。ここが夢で見た場所だ。なんとしてでも行かなければならないとハイランに言われた場所。中心市街地から離れた丘の上に立派な要塞が建っていて、花崗岩の城壁が松明の明かりに照らされていた。宮廷。エザナ王の住処。

ガブリエルは都市へと下りはじめた。周囲からオオカミの遠吠えが不協和音となって聞こえると、考え直した。満月のもとで攻撃をかわせる可能性は低い。穴の開いた花崗岩を見つけて中に入ると、嬉しいことに、それは山腹の奥深くに延びる洞窟の入口だった。

ひと筋の月光がかすかに照らす通路を這って、中に進んでいく。地面はすべりやすく、つんとするにおいが漂っている。コウモリたちが夜の冒険を終えて巣に戻ってくるまで、どのくらい時間があるだろうか。夜明けまで大丈夫だと考え、なめらかなくぼみを選んで、そこで残りの夜を過ごした。

18

サラが子ども時代に使っていた寝室は、記憶にあるままだった。ウェッジウッドブルーとイエローの重い更紗のカーテンは濃紺色の大きなシルクのタッセルで留められ、見晴らし窓からは西側の芝生が見えた。父がとくに思い出深いイタリア旅行のあとで母への贈り物として造ったトスカナ風の人工池に、朝日がちらちらと揺れている。ベッドには青と黄色の縞模様の布がかけてあり、カーテンと同じ更紗の天蓋は黄色いシルクで裏打ちされ、中央でまとめられてバラの飾りがついている。リネンのシーツは洗濯係の手で完璧なナイフの刃のごとくプレスされており、ぱりっとしたあたたかく寝心地のいい繭の中で週末に寝坊をした記憶がよみがえってきた。

大学時代に帰省したとき以来、このベッドで寝たことはなかった。母の死後、どんなに短時間でもコディントン邸にいるのはあまりにつらすぎた。思い出があふれている。春の朝に母と庭いじりをしたこと、周囲の丘で一緒に長い散歩をしたこと、コックに抗議されても自分で作ると言い張ってサンデーローストを料理する母の姿を見ていたこと。サラにとって、この場所はもはや以前と同じ意味を持っていなかった。母のぬくもりがなければ、うわべだけの特権としか思えない。

サー・リチャードがノックもせずに部屋に入ってきて、サラのベッドに近づいた。いつもと変わらずこざっぱりした格好をしている。身長一八八センチのほっそりした体形からは、貴族的な優雅さがうかがえた。金茶色の薄い髪は真ん中で分けられ、きちんと後ろになでつけてある。白いテニスウェアを着ており、顔が紅潮していることから、コートを出たばかりだと察せられた。

「やあ、おはよう、お嬢さん」その声は大きくはっきりしていて、いつものようにものものしかった。「やっと起きたか。二日間ずっと眠っていたんだぞ。とても心配したんだ」

「気持ち悪いわ、パパ」サラの声は、あまりに長いあいだトランクに閉じこめられていたかのように、耳障りなほどしゃがれていた。「なにがあったの？」

「なにって、おまえは死の瀬戸際にいたんだよ。ひどい赤痢に、脱水症状に、恐ろしい肺感染症を起こしていた――いや、実際にはいまもそうか。まだ危険な状態だ」父は、それまでサラが気づいていなかった点滴を顎で示した。「とても強力な抗生物質だ。すぐに回復するだろう」

サラはずきずきする頭をゆっくりと西向きの窓に向けた。彼女の世界となっていたエチオピアの険しい景色と、ウィルトシャーの田舎はなんてちがうのだろう。こんなにも物事がまちがった方向に進んでしまったことが悔やまれた。

「では、そもそもなぜこんな厄介な状況に陥ることになったのか説明してもらおうか」

父の非難が重く感じられたが、これまでの出来事のあとではささいなことに思えた。隠し事をする理由はない。サラは、イムレハネ・クリストス教会に逃げこんだことから、拉致されて処刑されかけたことまで、すべて包み隠さず話した。サー・リチャードは熱心に耳を傾け、最後まで黙って聞いていたが、これからまちがいなくサラにぶつけるつもりであろう質問を頭の中に書き留めているのは明らかだった。話し終わるころには、サラは息を切らしていた。

「わからないことがある。なぜケンブリッジのようなすばらしい大学のスターだった優秀な考古学者が、上司の意向にそむき、まったく見こみのない探求に出たのだ？　説明してくれ、サラ、わたしにはどうしても理解できない」

「パパに理解できるとは思えない。これまでだって一度も理解してくれなかった」

「いいか、わたしは政府に無理強いしてイギリスとエチオピアの国際関係に干渉してもらい、おまえを救い出すためにロンドン警視庁の捜査官たちの協力を求めた。おまえはこんな事態に陥るのを避けられたかもしれないし、避けるべきだった。以上を考慮すると、おまえには少なくとも説明する義務はある」

「パパは昔、探検家だったでしょう」サラは父に理解できる言葉で説明しようとした。「学問的な栄光のためとか、政府に頼まれたからやってたわけじゃない。それよりもっとすばらしいもの、週末の狩りとかカクテルを飲みながらのおしゃべり以上のものがあると知っていたから、それを探しに行った。価値のある知識は簡単には手に入らないってよくわかっていた。真実を見つけることは旅よ。危険な旅。パパからそれを教わったの。たとえ行動からだけでも」

父が返事をする前に、携帯電話が鳴った。彼は電話に出ると、送話口に向かってなにかをささやき、すぐに切った。「残念だが急用が入った。行かなければならない。だが、この話はまだ終わっていないぞ」

「よかった。言いたいことがまだたくさんあるの」

「ダニエル・マディガンをディナーに呼んである。今日の午後、ロンドンから車で来る。毎日おまえの容体を聞いてきたよ。わたしが見たところ、あの男はおまえにすっかり心を奪われているようだ。光栄に思いなさい」

ダニエルが来ると思うと、サラは嬉しくなった。感謝を伝えたくてしかたがなかった。強力な薬にあと押しされ、サラは眠りに包まれた。


サラが目を開けたとき、ベッドの端にダニエルが座っていた。いまではひげを剃り、長い髪をとかしてひとつに結び、見苦しくない服を着ていて、別人に見えた。サラが慣れはじめていたほこりまみれの科学者というより、洗練されたアメリカ人学者みたいだ。

サラはぱっと起き上がった。点滴が外れそうな勢いでダニエルの腕の中に飛びこむ。

ふたりは長いあいだ抱き合った。

「たしかに一週間前より元気そうだ」ダニエルが言った。

「もう、やめてよ。ひどい姿なんだから」急に恥ずかしくなり、言うことを聞かない巻き毛をまっすぐに伸ばそうとした。「あなたはどう?」

「生きていて嬉しいよ。きみのお父さんには心から感謝している。大変な捜索活動だったらしい」

「すでに男同士でジントニックを飲みながら語り合ったのね」

ダニエルはウインクをした。「それが男ってもんさ。手短に言うと、きみがスタンリー・サイモンにかけた電話を追跡したところ、ミスター・アマヌエル・アボンボの携帯電話だと判明したそうだ。アディスアベバの配達員らしい。アボンボを調べると、かつて中国マフィアと裏でつながっていたことがわかった。違法に武器をさばく手伝いをしていたようだ。捜査官たちが、その罪で彼を逮捕し、もし協力すれば刑罰を軽くしてやると言った。アボンボは喜んで吐いた」

「マタカラとはどんな関係なの？」

「マタカラと直接的な関係はなかった。アボンボはブレハンの知り合いだった。ブレハンがアディスアベバに遊びに来たときに、女を集めてやったんじゃないかな」

「それでブレハンは見つかったの？」

「ああ、ソマリアの北西でね。ぼくらの友人は心の苦しみから逃げて、一からやり直そうとしていたらしい。そこで、恩赦と身体的保護を与えてもらう見返りに、ロンドン警視庁にぼくらを置き去りにした場所について詳しく説明した。そして、いまに至るというわけさ」

「ブレハンはいまどこにいるの？」

「ソマリアの首都モガディシュで監視されている。雇い主たちについてはなかなか話そうとしなかった。白状する代わりに、新しい身元と、ロンドンでの住居と、二百万ポンドを要求した。きみのお父さんから聞いた話では、それらが与えられるようだ」

「あなたはロンドンにいたって、父に聞いたわ。これからどうするの？」

「それについてずっと考えていたんだ。ボスたちからは、すぐにサウジアラビアに戻るように言われている。主要メンバーだった考古学者がひとり辞めて、みんなばたばたしているんだ。アル＝ファウの発掘現場で、城郭都市の墓を描いたひとそろいのフレスコ画が新たに出てきたから、ぼくに指揮を執ってもらいたいらしい」

突如として現実がコンクリートの壁のようにサラの前に立ちはだかった。ふたりで一緒に過ごした時間は、どれだけ濃厚だったとしても、つかの間のまわり道だったのだ。いまふたりは、以前からの責務と新しい任務に向き合わなければならない。いつものように、現場での生活が続くのだ。サラはなんとか平静を保った。「ええ、そうでしょうね。いつ戻るの？」

「出発は二週間遅らせてもらった。行く前に、ちょっと片づけなきゃならないことがある。十日後に、パリで開かれるユネスコの考古学フォーラムで発言する予定なんだ。アクスムの発掘に関する報告をするように言われている」ダニエルは、サラがエチオピアから出られないと思ったときに渡したメモリカードをポケットから取り出した。「これをどうしたいか教えてくれ」

「そんなの決まってるわ」

「だろうね。だけど、ちょっと考えてくれ。フォーラムには、ケンブリッジのきみの同僚たちを含めて、あらゆる研究者が出席する。噂では、いまきみの評判はあまりよくないとか。火に油を注ぐだけかもしれない。それでも本気でやるつもりかい？」

「これほど本気になったことはないわ。ガブリエルが岩にメッセージを彫ったのは、見つけてほしかったからよ。それをわたしと一緒に葬り去るわけにはいかない。わたしが彼の手段となる。わたしを通して語ってもらうの。たとえどんな結果になろうとも」

ダニエルはやさしくサラを見つめた。「知ってるかい？　はじめてきみに会ったとき、そら来たぞと思ったんだ。過度に甘やかされた性欲の少ないイギリスの氷の女王だ、世界を支配したいけど、小さな肩をいからせて喧嘩腰になっているせいで手に入らずにいるんだ、ってね」頭を横に振る。「やれやれ、きみを誤解していたよ。きみはたしかに仕事に対する情熱を持っている。自分の信念にとことん従う。同業者の中でほかにそんな人はいないよ」

サラは巻き毛を後ろに払って、片方の肩の上に垂らすようにしてから、いたずらっぽく微笑んだ。「わたしの性欲が少ないって本気で思ってたの？」

「そのとおり」

サラは体を寄せてささやいた。「前はそうだったわ」

ふたりの目が合い、ダニエルがサラにキスをした。サラはこの瞬間に身をゆだねたが、父の確固としたノックと、ディナーの準備ができたという言葉に邪魔をされて終わりを迎えた。

サラはゆっくりと体を離した。「もう行って」

「きみは一緒に食べないんだね？」

「そんな気分じゃないの。それに、父はいま、わたしと一緒にいたくないはずよ」

ダニエルはサラの手にキスをした。「サー・リチャードのことは任せておいて。パリで会おう」

19

早朝の光のもと、ガブリエルの疲れた目にアクスムの都市は驚くほど進歩的に見えた。街は何キロにも広がり、中心市街地から遠くの山の斜面まで広大な範囲を占めている。郊外の家々がもっとも精巧で、みな一様に角石で造られ、モルタルで固められている。重厚な木の板を鉄の鋲《びょう》で留め合わせたドア、寒さを防ぐために鎧戸で覆われた窓。富裕層が暮らす郊外の住居は、いくつかの建物が集まった構造になっていて、それぞれ台所や洗濯場や寝室など用途が定められていた。

ガブリエルは都市の商業中心地へ向かう途中で、そのような住居の一つを通りすぎた。明け方の時間でも、家は活気にあふれていた。三人の奴隷の少女がたき火の上に身をかがめ、家族の食事を準備している。煙はセイヨウネズのいい香りがした。鋭いと同時に甘い香り。山のにおい。若い男が、おそらく家の息子のひとりだろうが、戸口のそばに立って、数珠つなぎにした青いガラスのビーズを親指でいじっていた。染み一つない白いリネンに身を包み、明らかに東の土地から持ちこまれた木版模様《ブロックプリント》のケープを肩にかけている。

ガブリエルは男の視線を避けようとした。伸び放題の赤い顎ひげに、白い肌、アラビア半島から来たとわかる服装のせいで、異人に見えるのはまちがいない。ほかの人たちがみな白い服を着ているのに対して藍色の服を着ているため、真珠の海の中のたった一つのサファイアのごとく目立っていた。地元民たちが体を洗ってこぎれいな格好をしているいっぽう、ガブリエルは物乞いに見えた。ベドウィンのローブはぼろぼろで、顔は垢《あか》と汗と動物の糞で黒くなっていた。そして、いまの自分から想像できるとおりのにおいがした。不潔で、疲れ果て、年をとった男のにおい。頭と視線を下に向けたまま、ガブリエルは従順に見えるように腕をローブの中にしまった。

若い男がガブリエルに呼びかけた。

その言葉はガブリエルには理解できなかった。ベドウィンの方言で答える。「この場所はなんですか、親切なご主人？」

青年は軽蔑するように顔をしかめ、さらにふた言三言しゃべった。

ガブリエルは喧嘩をしたくなかった。手を振って歩き去り、中心市街地へと進み続けた。石畳の小道をたどってさらに街の中に入っていくと、建物は質素になり、隣人のささやき声が聞こえそうなほど隣接していた。石工技術は雑で、富裕層の住居とはまるで異なり、屋根はわらぶきだった。

しかし、礼拝をおこなうための建物はすばらしかった。ガブリエルが最初にたどり着いた建物は、全体が石造りの壮麗な教会で、鍵穴形の窓と彫刻を施された鉄のドアがついていた。ビザンチン様式に似た構造で、ドーム形の瓦屋根の上にシンプルな木製の十字架が立っている。石工技術はほぼ完璧であり、職人たちの道具や資源が限られていることを考えると、建築には何年もかかったにちがいない。中に入ってみたい衝動を抑えられなかった。知り合いはひとりもいないし、明らかに部族も異なるが、コプト教徒たちは肌の色や文化にかかわらずあらゆる人々に寛容と思いやりを示してくれるのではないだろうか。

教会の内部は小さな部屋に分けられていて、それぞれが聖人やキリストの壁画で装飾されており、枝つき燭台のやさしい黄色の光を受けて彼らの目がきらめいていた。石はなめらかに磨き上げられ、かすかに煙と香のにおいがした。ほかに誰もいなかったため、ガブリエルは祭壇の前にひざまずいて、ここまで来られたことに感謝した。祈りを捧げたわけではなかった。祈りは彼の習慣ではない。目に見えない神聖な存在、彼が神と呼ぶ存在は信じているが、自分の信仰を一般的な礼拝方法や聖典と結びつけてはいなかった。自分が感じるものだけを信じており、いまは心の中に神の存在を感じていた。

それと、喪失感も。けっしてきれいに治ることのない古い傷が鈍くうずいている。深く息を吸い、その感覚を受け入れた。それはもはや悲しみではなく、あらゆるものは無常であるという悟りでしかなかった。彼と同時代の人々がなんとしてでも巧みに操って打ち破ろうとした神の使命を、ガブリエルはすべてを奪われてはじめて理解するに至ったのだ。手のひらを開いて、天に向けた。どんなことも受け入れる覚悟はできていた。

アクスム人は勤勉であると同時に友好的だった。交易で王国が栄えているおかげで、繁栄というものを知っていた。高地の花崗岩の山の中では小麦とテフ（エチオピアで栽培されるイネ科の穀物）しか育てられないが、足りないものを買う手段と、残りのものを作る才能を持っていた。世界でもっとも重要な交易路の中心であることとの最大の利点は、ローマ人やアラブ人やエジプト人やナバテア人と出会い、各々から得られるものがあることだった。

繁栄によって、欲と、紅海の東岸では見たことがない階級制度が生まれていた。その点では、遊牧民の社会とは異なる。彼らは共生し、互いとその土地の掟を尊重していた。この場所では、西洋の階級制度が定着しつつあり、それとともに、不平等による衝突と不正行為がもたらされていた。だがまた、慈悲の心もあった。多くを持つ者は、なにも持たない者たちを雇い養っている。ここの国民が受け入れているキリスト教の考えによるものなのか定かではないが、ガブリエルはそれに感謝した。

地元の鍛冶職人のハラスが、ガブリエルを哀れに思い、店で働かせてくれた。ガブリエルは鉄くずをシャベルで大釜に入れたり、溶けた金属をハンマーで叩いて、槍から料理用鍋まであらゆるものを作ったりして、見返りに食事を出してもらった。もっと重要なのは、地元の人々が使っている言葉を教えてもらい、会話ができるようになったことだった。

一日の厳しい仕事が終わったあと、ガブリエルはハラスと彼のふたりの息子たちと一緒に食事の席についた。鍛冶職人はどろりとした雑穀粥をブリキの皿によそい、焦げた羊肉のかたまりを二つのせた。「嫁が作る料理ほどうまくないが、腹はいっぱいになる」ハラスはげらげらと笑った。その笑い声はいやな咳に変わった。何年にもわたって細かい鉄粉や煤を吸ってきた影響だろう。

「それで、奥さんはどこです？」

ハラスはわざわざ食事の手を止めたりせずにしゃべった。「死んだ。こいつを産んだときに死んじまった」下の息子を指す。十二歳くらいで、大きな目をしていた。

「お気の毒に」

鍛冶職人は肩をすくめた。「それが人生さ」

食事の終わりに、ハラスは新人のために息子たちの寝床の横にわらのベッドを用意すると申し出てくれた。たとえ街でいちばんあたたかいベッドだとしても、ガブリエルは丁寧に断った。鍛冶職人の寛大さにつけこみたくなかったし、どのみちひとりの時間が欲しかった。住人たちにおやすみなさいと挨拶をしてから、山腹まで登る長い道のりを進んで、最初の夜に避難所になってくれた洞窟に向かった。

何千匹にも増えつつあるコウモリが、魂が抜けるように花崗岩の子宮の中から出ていくと、ガブリエルはいまや彼の聖域となった場所に入っていった。たき火の小さな炎のそばで暖をとったり瞑想したりしながら、岩の中で平穏を感じていた。オオカミの遠吠えさえも、ずっと音信不通だった友人が訪ねてきてくれたかのように、親しみを覚えるようになっていた。

長い冬の日々、鍛冶場での仕事は非常にありがたかった。外で凍てつくような風が吹きすさんでいても、炉の中で燃えさかる炎と、溶けた金属を成形する重労働のおかげで汗だくになった。そんな陰鬱とした季節のある日、王の使者がやってきた。深紅色のローブを着た指揮官は馬の上からハラスを呼ばわり、鍛冶職人は高貴な訪問客の前でひざまずいた。

指揮官は馬から下りずに、命令を伝えた。「よく聞け。王の中の王であり、このうえなく信心深く公正なアクスムの統治者エザナは、鍛冶職人ハラスに、戦に召集された五千人の男のために鎧を造るよう要請する。冬の終わりまでに完成させるべし。春の第一日に、王と軍隊は強大な敵と戦うべく北のメロエへと進軍する。まずは鎧の原型を造り、宮廷に持参せよ。王が満足したならば、金貨二枚を与える。王が勝利を収めて帰還したあかつきには、さらに金貨二十枚を与える」右腕を空に向かって突き上げる。「神を称えよ。国王陛下万歳」

「国王陛下万歳」ハラスは繰り返した。「この王の卑しきしもべは、これほど重要な任務に指名されたことを誇りに思い、陛下に忠実に仕えることを誓います」

指揮官が馬で宮廷へ戻っていくと、ハラスは歓声をあげた。息子たちがまわりに集まり、父親の体を抱き上げて祝った。

ガブリエルはそれを微笑みながら眺めていた。金貨二十枚は大金だ。ハラスは引退できるし、息子たちはいい相手と結婚ができる。

ハラスが今日の仕事は終わりだと告げ、いちばん大切なときのためにとっておいた二つの贅沢品、ワインと煙草を持ってこいと下の息子に命じた。鍛冶職人はガブリエルに自分たちの幸運を一緒に祝ってくれと手招きをした。

「今夜は、王のために乾杯する」ハラスは言った。「偉大で寛大なエザナ王が、おれたちに微笑んでくださった」

「王に」息子たちが声を合わせた。

ガブリエルはグラスをかかげた。「そして、王の愛顧を得た男に」

これほど上機嫌な三人の男たちを見て、ガブリエルは嬉しくなった。彼らは素朴で、誠実で、日々の厳しい仕事にもけっして愚痴をこぼさない。運命を受け入れ、それにたてつくことも、いやがることもない。いま、きつい労働と、作業中に鉄粉を吸いこんできたことが、すべて報われたようだ。

ハラスがワインをごくごくと飲んでグラスをからにした。「ガブリエル、我が友よ、力を貸してくれ。そうすれば、食事だけじゃなく金貨もやろう」

「喜んでお手伝いしましょう、友よ、けれどわたしに給金を払う必要はありません。家族のためにとっておきなさい」

「絶対にだめだ。承諾しないなら、おまえを解雇する」

その芝居がかった宣言にガブリエルは声をあげて笑い、上の息子からパイプを受け取った。煙草は甘く口当たりがよかったが、かつてダウドと吸ったラクダの糞が懐かしくなった。煙を天に向かって贈り物として吐き出す。安らかに眠りたまえ、旧友よ。


二週間後、鎧と武器がそろうと、ハラスが宮廷に行くための馬を準備した。ガブリエルは荷を厩舎に運び、ハラスが鞍に取りつけるのを手伝った。長剣に短剣、槍、兜《かぶと》、胴鎧、さまざまな大きさの盾。全部で四頭の馬が必要で、男四人で一頭ずつ受け持った。

四頭の馬は蹄をパカパカとリズミカルに鳴らしながら石畳の道を進み、街外れの岩山の上に建つ要塞へと向かった。石の道の両側に並ぶ多くの木々は葉が落ちて雪に覆われていたが、さわやかな空気には新たな芽生えの香りが漂っていた。

「どうどう」列を率いているハラスが、男たちに馬を止めるように声をかけた。

四人は宮廷の門に到着していた。人間を縦に四人並べたほどの高さがある巨大な木の扉が開き、衛兵たちが中庭に入るようにと言った。

ガブリエルはいままで王という存在と近づきになったことがなかった。彼の時代には王はおらず、権力を買うか、もしくは盗む人間がいるだけだった。正直なところ、ガブリエルにとってこのような概念はかなり面倒なもので、ただの人間の前でおじぎをするという考えは彼の西洋的な感性には不愉快だった。だが、この世界を非難する権利はないので、黙って観察してほかの者たちにならうようにと自分に言い聞かせた。

王が部屋に入ってくると、誰もが床に髪がつくほど低く頭を下げた。ガブリエルはできるだけ体を小さくして、異様な外見が許すかぎりアクスム人にまぎれようとした。いまでは手に負えないほどもつれて絡まったひげと、手と顔についた落ちない煤が役に立った――が、もう一度よく見れば、彼が異人であることがわかるだろう。背景に溶けこむことが彼の目標だった。

エザナ王は巨大な男で、大きな肩に藍と赤のローブを丁寧に羽織り、腰にきつく巻いた太い革の帯からはライオンの門歯がぶら下がっていた。首には男の手のひらほどの大きさの黄金のコプト十字をかけている。頭には高さのある円筒形のフェズ帽をかぶり、その広い頂部からは金と銀の鎖が垂れている。夜のごとく黒い肌、ローマ人のように彫りが深く端整な顔立ち、高い頬骨、たくましい顎、猛禽類のように湾曲した鼻、野心でぎらぎらした目。だが、もっとも目立つ特徴は、純金で作られた二つの犬歯だった。一度会ったら忘れられない風貌だ。王族を軽視しているにもかかわらず、気がつくとガブリエルはこの国の絶対的支配者が明らかに持つ荒々しい力に畏敬の念を抱いていた。

エザナは部屋の奥の玉座に腰を下ろし、目の前に並べられた武具一式を無表情で見つめた。軍服姿で丸刈り頭のひょろりとした男が玉座に近づき、鎧をより分けて、王に適切な助言ができるようにその質を吟味しはじめた。

ガブリエルはハラスと息子たちを見た。三人とも恐怖の表情を浮かべている。いまにも王が近づいてきて、このように粗悪ながらくたを神聖な国王陛下に持参したかどで鞭打ち十回の刑を与えられるのではないかというように。

そんなことは起こらなかった。エザナは相談役の批判――「剣は重さが不十分で、兜は基礎が弱い」――をすべて聞いていたが、自身の意見は述べず、武具のところまで歩いていってみずから調べた。熟練した戦士さながらの腕前で剣を振るい、革手袋をした手で刃を確認する。すべての脛当《すね》て、すべての兜、すべての槍の先端を点検してから、判断を下した。

「メロエにいる敵は、我らを恐れるにちがいない」王は声を轟かせた。「アクスムの男たちは雪が溶けしだい進軍する。神のおぼしめしがあれば、我々が勝利を収めるであろう。この申し分のない鎧が大いに役立つはずである」相談役に声をかける。「ラルーム、この者たちの労をねぎらえ」

ハラスと息子たちはほっとして顔を輝かせた。夢が実現したのだ。彼らのこれまでの努力がついに報われるのだと思うと、ガブリエルは嬉しくなった。だが、幸福な光景は長くは続かなかった。

ひとりの宮廷女性が涙を流しながらドアから飛びこんできた。「陛下、すぐにおいでください。アリアさまが……鳥を追いかけていて、泉の中に落ちてしまったのです。息をしておりません」

「王の末娘だ」ハラスがガブリエルにささやく。そして十字を切った。「神のご加護を」

エザナと護衛たちと相談役たちが急いで部屋を出ていった。ガブリエルとハラスと息子たちもあとに続いた。

王が娘のベッド脇に行くと、ラルームが指揮を執った。護衛のひとりに急いで街に行って医師を連れてくるように命じ、宮廷女性のひとつの集団には気つけ薬と圧定布を用意しろと言い、もうひとつの集団には少女が回復するように祈りと聖歌を捧げろと指示を出した。

ガブリエルは干渉すべきではないとわかっていたが、子どもの命が危機に瀕しているときに傍観することはできなかった。自分はこの人々の想像を超える優れた才能を持っていて、少女の命を救える可能性がある。おぼれたのであれば、一刻を争う。医師が到着するころには、すべてが失われているかもしれない。

「わたしは医師です」ガブリエルはラルームに言った。「ご息女を救えます」

ハラスがおびえた様子で首を横に振った。「だめだ、よせ、やめろ。ガブリエル、そんなことをしてはいけない。知識のある者たちに任せておけ」

ガブリエルは彼を無視し、強い口調で言った。「お願いします、閣下。どうかわたしにやらせてください。わたしは昔、息子を亡くしました。ほかの父親に同じような思いをさせるのは耐えられません」

ラルームは疑わしげに顎をこわばらせ、漆黒の冷たい目でガブリエルを見つめた。「もし嘘をついていたら、神に誓って、この手でそなたを殺すぞ」

ガブリエルは頭を下げた。「どうかお願いします。ご息女のところに行かせてください」

ラルームはガブリエルについてこいと身振りで合図した。

寝室では、王妃がひどく取り乱した様子で、ぐったりした少女の体に覆いかぶさっていた。女たちが慌ただしく走りまわりながら、窓を開けて冷たい空気を入れたり、少女をあおいだり、服をゆるめたりしていた。

ラルームが王に走り寄り、ガブリエルの提案を伝えた。王がうなずくと、相談役はガブリエルを少女のもとに案内した。

少女の胸は動いていなかった。ガブリエルは口に顔を近づけて呼吸を確認した。息をしていない。胸に耳を当てたが、聞こえるのは自分自身の動悸だけだった。少女の心臓は止まっていた。ガブリエルは身振りで全員に離れるように伝えた。

前に心肺蘇生を試みたのは何年も昔だが、やるべきことは覚えていた。手のひらのつけ根で少女の胸をやさしく押し、水が吐き出されると、今度は彼女の頭を後ろにそらして、肺に空気を吹きこんだ。少女を救う力を与えてくださいと神に懇願しながら、自分の息子のことを思い出していた。燃えさかる炎に包まれ煙が充満した家で、ガブリエルの腕の中で息絶えていた息子。同じ動作を繰り返すうちに、かすかな鼓動が聞こえた気がして自信がつき、さらに続けた。

街の医師が到着し、小さなアリアのそばに駆け寄って、よそ者に離れるように命じたが、うまくいきかけていると確信したガブリエルは蘇生を続けた。しかし、医師は納得せず、ガブリエルを突き飛ばした。

ガブリエルが床に倒れる音に、少女が目を半分開けた。

全員が驚いて少女を見つめた。王妃が金切り声をあげ、娘を抱きしめた。宮廷女性たちは十字を切り、天井に目を向けた。

「ご無事です」医師が、少女を生き返らせたのは自分だというように高らかに言った。「アリアさまは生きておられます」

まだ床に横向きで倒れていたガブリエルのもとに王が歩いてきて、手を差し出した。ガブリエルがその手を取ると、エザナは彼を立ち上がらせた。一瞬ふたりの目が合ったあと、ガブリエルは床に視線を落とした。自分がこれほど畏縮しているのが驚きだった。

エザナがその剛勇さにふさわしい力でガブリエルの肩をつかんだ。「そなたがいまやってみせたことは、これまで目にしたことがない。何者か知らぬが、白人よ、そなたには才能がある。治癒の力を持っておる」

ガブリエルは言葉が出てこなかった。心臓が激しく鼓動し、あらゆる考えが頭から追い出された。ただその場に立ちつくし、不安げにうなずいた。

エザナはガブリエルのひげの生えた顎に手のひらを添え、強くつかんで顔を左右に動かした。「ローマから来たのか？　何人だ？」

ガブリエルは、恥ずかしさと、部屋にいる全員の目が向けられていることが気になるのとで、小声で答えた。「わたしは西洋から来ました、陛下。けれど、そこで長く暮らしていたわけではありません。わたしはルブアルハリ砂漠で生活していました……ベドウィンの遊牧民とともに」

「そなたの名は？」

「ガブリエルです、陛下」

「神を信じるか、ガブリエル？」

「はい、陛下」

「すばらしい」王はうなずき、部屋にいる集団のほうを向いた。「今日ここで神が奇跡を起こされた。この男を通して、神が我らに話しかけてきた」ガブリエルを指す。「ガブリエルの名を忘れるな。今日この日より、我、エラ・アミダの息子、神と主イエスのしもべ、全帝国の支配者、王の中の王であるエザナは、ここにアラビアのガブリエルを我が主治医兼相談役といたすことを宣言する」

その声明にガブリエルは愕然とした。「しかし、陛下――」

エザナは大きな手を上げてガブリエルを黙らせた。「ラルーム。ガブリエルにふさわしい鎧を用意せよ。我らとともにメロエに連れていき、我らが軍の呪医として仕えさせる。この者を味方につければ、いかなる敵も我らを打ち負かせまい」空中でこぶしを振りまわす。「アクスムの力で、我らに歯向かう者どもを根絶やしにしてみせよう」

王の家来たちが格式張った調子で足を踏み鳴らし、王の言葉への賛同と、どんな敵とも戦う心構えができていることを示した。エザナは全員を下がらせ、妻とともにアリアのそばに残った。


ガブリエルは首と頭をローブで包み、肩に毛布をかけた。厳しい冬の風がヒューッと音を立てて、裸の木々のあいだや屋根の上を吹き抜けていく。なにが起きたのか、それが最終的にどんな結果をもたらすことになるかわからず、深いもの思いにふけりながら、馬に乗って洞窟へと戻った。

到着したときには、骨まで染み渡る寒さで震えていた。乾いたたきつけを積み重ね、二つの石をこすり合わせて火花を起こした。たきつけに最初の火がつき、パチパチと音を立てる。両手を椀の形にして、息を吹きかけてあたためてから、煙が出ているたきつけの上にセイヨウネズの薪を置いた。

戦のことを考えると、不安がまるで井戸の巻き上げ式ハンドルをまわす手のように内臓をかきまわした。炎と破壊、曲がった槍、泣き叫ぶ男たち、流れる血。ガブリエルは両手の中に頭をうずめた。「早く終わらせてくれ」

燃える木の甘い香りを吸いこみ、火打石に手を伸ばした。ずっと昔にクムランの洞窟でダウドにもらった石、砂漠での滞在を思い出させてくれる唯一のもの。それを使って、洞窟の奥にある部屋の花崗岩の壁に文字を刻んだ。記憶の中でハイランの別れの言葉がこだましていた。そなたが内に秘めておるものを、偉大な王国に持っていかねばならん。そして、そこに置いてくるのじゃ。

だから彼はそうした。

20

サラは胃が緊張するのを感じながら、頭の中で自分のプレゼンを再確認した。ユネスコの会員たちを満足させるのはけっして容易ではない。座席が段差式になった講堂の隅から、サラは広い構内を見渡した。科学者や研究者からなる聴衆が腰を下ろしていて、蛍光灯の下でいかめしく頑固そうな顔をしている。こういう人たちのことはよくわかっている。みな疑い深く、ほんのささいな過ちにも食いつこうと身構えている肉食獣だ。

中でもサラにとっていちばん情け容赦のない批評家が目にとまった。スタンリー・サイモンはいつものごとく不機嫌そうな表情を浮かべていた。着古したグレーのツイードのジャケットは、そでが手首まで五センチは足りていない。首もとには濃紺色のペイズリー柄のネクタイ。彼にとっての制服だ。口をすぼめてサラを見つめている。集中しているのか、あるいは軽蔑しているのかもしれないが、目を細めていて、丸眼鏡の後ろでボタン穴のように見えた。その視線からは警告が読み取れた。しくじるな。ケンブリッジに恥をかかせるな。騒ぎを起こすな。

サラはそわそわと腕時計を見た。二十分後には、自分たちが演壇に上がる番が来る。

彼女の考えを読み取ったかのように、ダニエルが体をかがめて耳もとでささやいた。「きみがこの部屋を支配するんだ。きみならやれる」

どことなく甘い口調に、サラはたちまち安心した。ダニエルの曲げた肘に手をすべらせる。ダニエルは〈ブルックス・ブラザーズ〉の濃紺色のブレザーに、ほっそりしたジーンズ、古着店で買った黄色いシルクのネクタイという格好だった。肩まで伸びた髪はひとつに結んであり、数房の巻き毛がほつれてブロンズ色の顔のまわりに垂れていた。職業的であると同時に挑戦的で、いかにも彼らしい。

永遠に思える時間が経ってから、司会者がサラを演壇に呼んだ。アドレナリンで顔を紅潮させながら、サラは目の前の聴衆たちの厳格な表情を眺めた。まず資金提供団体が聞きたがっている必要不可欠な追従を口頭で述べてから、次に視覚に訴えかけるプレゼンをはじめるべくノートパソコンを開き、慎重を期して選んだ言葉で伝えた。

「ご存じのかたもいらっしゃるでしょうが、アクスムの発掘プロジェクトは輝かしくもあり、痛ましくもありました。報告書にあるとおり、プロジェクトの最初の何カ月かは、わたしたちが地下にあると確信している広大な王族の墓地の存在を示すいくつかの手がかりが見つかっただけでした。発見されたのは、四世紀のものと思われる道具や、コイン、陶器の破片、武器です。

「しかし、こうした遺物も重要ですが、それとはべつに非常に珍しい予想外の発見があり、わたしたちは興味を引かれました。八月五日、わたしはたまたまアクスムの高原の上にそびえる山の中にある洞窟を見つけました。のちに〝洞窟I〟と名づけたその洞窟の中には、棺がありました。シンプルなアカシアの箱で、中に入っていたのは、今世紀でもっとも興味深く重要な発見かもしれません。

「この棺に埋葬されていた男性は、最初のうちは謎でした。長身の白人男性で、歯は少なくともわたしやみなさんと同じように完全にきれいに並び、よく手入れがされていました。骨を分析したところ、この男性が四世紀に、アクスムの地下墓地が造られた時期ととても近い時代に存在していたことが確認できました。しかし、この男性の身長、体の大きさ、白人であるという事実、そして言うまでもなく完璧な歯の状態を考えると、はたしてそれが正しいのだろうかという疑問が生じました。

「歯の薄片を分析してみると、ますます興味深いことが判明しました。左側の下顎第二大臼歯の中に見つかった詰め物が、どんな歯科材料とも合致しなかったのです。この歯に使用されていたポリマーは硬質の有機成形プラスチックで、過去でも現在でも、歯科治療では使われていない物質です。さらに、この素材の分子構成は、これまでの科学で知られているどのプラスチックの構成とも一致しませんでした。四世紀の歯科医師が、我々の知らないものを知っていた？　可能性はあるかもしれませんが、実際には考えられません。プラスチック自体が十九世紀になるまで発明されていないのですからなおさらです。この点をとくに強調するとともに、高名な会員のみなさまに留意していただけますよう謹んでお願いします。これは、古代末期最大の謎、現在まで我々に多大な影響をもたらしている謎を解くための、重要な手がかりなのです。

「しかし、もう一つ同じくらい重要な発見があります。例の洞窟の中に部屋があり、その壁にはあまり世に知られていない言語が彫られていました。アクスムでも、アビシニアのほかの場所でも、しゃべられても書かれてもいなかった言語です。これによりさらに明らかになったのは、問題の男性がアクスム人ではなく、むしろべつの地域から来た放浪者で、遠く離れた山の中の王国まで旅をしてきたということです。そしてその理由がおそらく碑文に書かれているのだろうと考えられました。

「言語学者と徹底的に分析と話し合いを重ねた結果、この碑文が紀元前三世紀からおよそ紀元後四世紀ごろまでアラビア半島の部族民によって使われていた古代の方言で書かれていることが判明しました。けれども、推測できるのはそれだけです。この言語はきわめて限られた地域でしか使われていなかったため、先例となるものがほとんど存在してないのです。

「さて、この碑文はなぜ部族民の方言で書かれたのか？　この男性は何者なのか？　そして、さらに重要なのは、碑文にはなにが書かれていたのか？　これらの疑問に対して、わたしたちは驚くべき答えを見つけました。そのせいでわたしの同僚ダニエル・マディガンとわたし自身の命が狙われ、また実際に何人かの罪のないエチオピア人が、解き明かされるべきときが来た古代の秘密のために命を落としました。

「それでは、マディガン博士に発言の場を譲りたいと思います。今回の発掘における、洞窟Iの墓に関する発見について概要を述べてもらいましょう」

ダニエルがマイクやプレキシガラスの演壇を避けながらステージの中央まで歩いてきた。彼には、聴衆の心をつかむ才能と、複雑な概念から関連性のある最重要点を抜き出せる才能がある。それは彼特有の能力であり、すばらしい能力だった。それを使って、頑固な科学者も大衆もとりこにしてきたのだ。サラはダニエルがまさにその能力でここにいる会員たちの関心を引いてくれることを期待していた。

「ありがとうございます」ダニエルが口を開いた。「ついでながら、ウェストン博士はわたしが一緒に働いてきた科学者の中でもとびきり優秀なかたです。アクスムの発掘プロジェクトで、もっと具体的に言いますと、洞窟Iの墓の謎の解明において、彼女はこの職業分野では絶滅危惧種になっているともいえる不屈の精神を見せました」

サラは面食らった。自分のことを認めてくれる言葉など予想していなかったが、ダニエルの口から出たことが重要だった。

「ウェストン博士とふたりで碑文の内容を調べているとき、わたしたちは南・西セム語と東アフリカの言語を専門としているアディスアベバの著名な言語学者に助言を求めました。エチオピア人のラダ・カベデは、碑文に刻まれているのが方言だとわかりましたが、それを読み解く知識は持っていませんでした。しかし、シバ・ストーンと呼ばれる記念碑に書かれている六つの異なる方言の一つだと教えてくれました。

シバ・ストーンは一世紀から存在していましたが、それに関する参考文献はほとんど知られていません。どうやら、この高さ三メートルの一枚岩は、現代のイエメンにあたる地域を統治していたシバの女王の時代に、女王の人生と英雄的行為を物語るために碑文が刻まれたようです。この石は、ミスター・カベデの話では、ラリベラの町外れの遠く離れた修道院にあると言われており、それを守る役目を与えられた修道士だけがその存在を知っていました。

「さらにつけ加えるなら、それがわたしたちにとって、あるいは誰にとっても、ミスター・カベデの最後の言葉になりました。数日後にオフィスで死体となって発見されたのです。銃で襲撃されたらしく、犯人は現在に至るまで依然として逃亡中です。

「これが洞窟Iの墓にかかわる最初の殺人ですが、当時、わたしたちはその動機を十分に把握していませんでした。第二の殺人は十月十二日の夜に起こりました。襲撃者の一団がイムレハネ・クリストス教会に押し入り、罪のない修道士たちを殺害し、シバ・ストーンを破壊したのです。

「『インターナショナル・ニューヨーク・タイムズ』を読んだなら、六ページに二コラムインチ分の記事を目にしたかもしれません。トップニュースではありません。けれど、ラリベラのようにのんびりした町では、このような無分別な大虐殺はそれまで一度も起きていませんせん。ウェストン博士はその夜、現場にいました」重要な部分でダニエルは言葉を切った。

そしていまの言葉の重みを全員に理解させた。聴衆は黙りこみ、注意を奪われていた。ダニエルは先を続けた。

「シバ・ストーンの守護者は、襲撃者のひとりに致命傷を与えられて、ウェストン博士の腕の中で息を引き取りました。死ぬ間際に、彼は秘密の資料についてウェストン博士に打ち明けました。わたしたちが追い求めていた情報が書かれた写本です。その資料は教会の地下、選ばれた者しか知らない部屋に隠されていると、彼は言っていました。

「わたしの同僚のすばらしい調査力により、わたしたちはその地下室への通路と、巻き物や輝かしい写本が収められた見事な図書室にたどり着きました。ひと握りの修道士しか知らない図書室です。

「より詳しい説明は省いて、わたしたちは例の修道士が話していた写本を見つけたと言っておきましょう。驚いたことに、それは洞窟Iの墓の碑文を古代ギリシア語に翻訳したものでした。この修道士の正体と、彼と碑文との関係はあとで説明しますが、その前にまず洞窟Iの墓に埋葬されていた謎の男が残した言葉を、なによりも先に聞いてください」

ダニエルは英語の翻訳を読み上げ、エチオピアからひそかに持ち出すことができた写本の写真を映した。室内が古代の処刑室よりも静まり返る。伝道者さながらの緊迫した口調で、ダニエルは最後の文を読んだ。「『こうして人類は死に絶える。気をつけなさい、神の子たちよ。これを読んでいるのなら、まだ手遅れではない』」

芝居がかった演説が功を奏した。ささやき声と興奮で部屋が活気づく。聴衆席の一列目の中央に座っていた司会者が立ち上がり、小槌を叩いて静粛にと言った。

ダニエルは話を続けた。「先ほど言及した男性は、生まれながらの修道士で、名をアポストロスといい、シバ・ストーンの守護者であるだけではありませんでした。〝アポクリフォン〟に代わって十人目の聖人の秘密を守るために選ばれし者だったのです。〝アポクリフォン〟とは宗教教団のことで、その起源は六世紀まで、エチオピアのツァドカンすなわちキリスト教の九人の聖人の時代までさかのぼります。アポストロスは、ガブリエルの墓をはじめに見つけ碑文を翻訳した聖人アブナ・アレガウィの直系の子孫でした。アポストロスは世界でただひとり翻訳文のありかを知る人物であり、その知識を自分とともに葬るよりも、サラ・ウェストンに託すことにしたのです。

「こうしてわたしたちは十人目の聖人の神聖化された十字架と、全人類に対する最終警告が詳しく述べられている写本を見つけました。しかし、これらの遺物はもはやわたしたちの手もとにはありません。発見したそのときに犯罪者の手に渡ってしまったからです」

ダニエルは、まずマタカラの家で、次いでシミエン山脈の僻地で起きた試練を順序立てて話したあと、最終弁論を述べる花形弁護士さながらにプレゼンを締めくくった。

「事実を整理してみましょう。洞窟Iの墓にいた男性は四世紀の人物であるにもかかわらず、身長も特徴も四世紀の人間のそれとは一致しない。歯の中に見つかった歯科材料は、科学ではまだ知られていない物質である。碑文には、この男性が目撃したと思われる黙示録的な出来事が書かれている。

「しかし、ガブリエルとは何者だったのか？　エチオピアの伝説で認められている、アビシニアの十人目の聖人だったのか？　予言者だったのか？　彼のこれほどまでの洞察力は神の力によって授けられたものなのか？　彼が言及している、残りのふたりの人物は何者なのか？

「洞窟Iの墓の謎は、完全には解き明かされていません。科学で得られるのは一部の答えだけです。残りはけっして解明されないかもしれません。けれども、目の前にある事実を無視することはできません。これは歴史のピースであるばかりか、進行中の歴史、我々がまだ目にしていない歴史のピースになるかもしれないのです。

「この発掘プロジェクトはエチオピア政府によって一時的に中断させられているかもしれませんが、これほど可能性に満ちた発見を放棄するわけにはいきません。わたしはこの立派な組織のコンサルタントとして、アクスムの発掘プロジェクトへの資金援助を継続し、調査対象を洞窟Iの墓と十人目の聖人の正体の追究にまで広げることを提言します。どうもありがとうございました」

ほとんど間髪を入れずに、パネリストと報道記者の両方から質問の集中砲火が起こった。永遠に思えるような時間が経ってから、フォーラムは終わった。

「ここから出ましょう」サラはダニエルの腕を取り、部屋から連れ出した。「どこに泊まるの？」

ダニエルは微笑んだ。「街から一時間ほど離れたホテルだ。きみは？」建物から出るとき、ダニエルはドアを支えてくれた。

「〈プラザ・アテネ〉よ」サラはタクシーを止めながら言った。「そこならすごく静かよ。このサーカスから離れたくてしかたないの」

タクシーで〈プラザ〉に着くと、ふたりはエレベーターでサラのスイートルームに向かった。アパート並みの広さで、十九世紀様式の家具が備えつけられ、やたらと赤色で強調されていた。窓の一つからは、薄暗い空を背景にライトアップされたエッフェル塔が見える。

ダニエルが部屋を見まわした。「いい部屋だね。あのバケツの中にあるのはシャンパン？」

サラは片方の眉を上げた。「そのとおり。お祝いする理由ができるはずだと思ったの。注いでくれる？」

ダニエルは二つのグラスにドンペリニヨンのロゼを注ぎ、グラスをかかげて乾杯した。

「一躍時の人となった女性に」

サラはグラスをダニエルのほうに傾けた。「いいえ。あなたによ。スピーチはすばらしかったわ。正直なところ、マスコミがどんなふうに記事にするか少し心配なの。ほら、わたしって記者たちと最高に仲がいいってわけじゃないから。でも、最終的にどうなろうと、正しいことをしたんだから満足よ」ダニエルとグラスを合わせると、クリスタルが振動して鳴った。「あなたがいなかったら、ここまでやれなかったわ、ダニー」

ダニエルはグラスを置き、サラの近くに立った。彼のあたたかい息が感じられる。ダニエルは両手でサラの首に触れ、指先でゆっくりと鎖骨から胸もとまでなぞった。

その感覚にサラの体が震えた。

「今日はもう十分に話をしたと思わないか？　いまはきみのことしか考えられない」ふたりの視線がからまり、サラは唇を開いてしゃべろうとした。言葉が出てこない。ダニエルがゆっくりと彼女のブラウスのボタンを外していく。

サラの心臓が高鳴る。アフリカにいたときは、ダニエルに惹かれていることを認めないようにしてきた。感情を持ちこんでいたら、厄介な事態になっただけだろう。けれど、ダニエルが彼女の前に立って自分の欲望を告白したいま、もはや自身の欲望を否定することはできなかった。ダニエルの腕の中で、サラはまぎれもない現実感と安心感を覚えていた。いままで誰もこんなふうに彼女を愛してくれなかったし、自分から相手の好意に報いたこともなかった。

ダニエルが息を切らしながらごろりと仰向けになった。「お嬢さん、きみはとんでもないあばずれだな」

サラは笑い声をあげた。「ちょっと、自分でまいた種でしょう。それに、どんどんよくなっていくわよ。明日を楽しみにしてて」微笑みを浮かべてダニエルの肩にキスをする。

ダニエルは肘をついて体を起こし、サラの髪を撫でながら目を見つめた。「サラ、さっきどこに泊まるのかって聞かれたとき、空港の近くのホテルだと言いたくなかったんだ。明日の朝いちばんに、ぼくはリヤドに発つ。いつ戻ってこられるかわからない」

サラはてっきり、もっとふたりで一緒に過ごせるものだと思っていた。ダニエルが去ると知り、思いがけず胸の奥が痛んだ。「そうでしょうね。わかってたわ。ただ……」

「なんだい？」

サラは躊躇した。口にすべきだろうか。

「どうしたんだ？　あの偉大なサラ・ウェストンが言葉に詰まっている？」ダニエルがナイトテーブルから携帯をつかみ、ボタンを押した。「知り合い全員にメールして知らせないと」

「わたしたちはチームだって思いはじめていたの。実際、あなたがいなかったら、生き延びられていたかわからない」

「もちろん生き延びていたさ。きみはタフな女の子だ。きみは自分のことをあまり信じていないんだな。上流階級の生まれかもしれないけど、きみはほかの人たちとは全然ちがう。きみがこの仕事をしているのは、体面を保つためでも、大学に求められているからでもない。きみの良心がそうするように言っているからだ。きみのお父さんや、きみの同僚たち——彼らはきみのような魂を持っていない」

サラは指先でダニエルの胸を撫でた。「ダニー、本当にわたしのことをよく見ているのね」

「ああ、そうとも、サラ。そして、ぼくは自分が見ているものが好きだ。ものすごく大好きだから、喜んできみにかけてみようと思う」

サラは小首をかしげた。「どういうこと?」

「ルブアルハリ砂漠で一緒に働いてくれる考古学者を探しているんだ。主要メンバーのひとりが辞めてしまったって話しただろう? それで……そのポストが空いているんだ。きみが望むなら、そこに就けるよ」

その提案は藪から棒だった。「なんて言えばいいのかしら」サラの顔がほてる。「ケンブリッジはどうするの?」

「よく聞くんだ。連中はすべてが片づく前にきみを切り捨てるはずだ」ダニエルは指の背でサラのバラ色の頬をなぞった。「考えておいてくれ。今日返事をしなくてもいい。だけど、あまり時間はかけられない。ほら、五十度の暑さの中で砂をのみながら働いて生計を立てるために、大勢が列を作っているからね」

サラはもっと会話を続けたかったが、言葉が出てこなかった。ダニエルを抱き寄せてキスをする。ふたりはまた愛し合い、体がへとへとになったころには、パリの屋根の上にラベンダー色の夜明けが訪れていた。


執拗なブーッという音でサラは目を覚ました。ややあってから電話の音だと気づき、自分がどこにいるのか思い出した。電話を見つけたときには、音はやんでいた。メッセージがあることを示す赤い点滅光をぼんやりと見つめる。時計は一時を示していた。目をこするうちに、昨夜の出来事を思い出しはじめた。ダニエルはさよならも言わずに行ってしまったのだろうか？

バスルームのメイクボックスの上にメモがあり、サラの推測が裏づけられた。

『ぼくの心はきみのものだ、サラ・ウェストン』

ダニエルはいまごろサウジアラビアに向かっているにちがいない。驚いたことに、がっかりはしていなかった。きっとまた会えるだろう。

ポット一杯分の濃いブラックコーヒーを飲みながら、『インターナショナル・ニューヨーク・タイムズ』と『ロンドン・タイムズ』と『ル・モンド』を読んだ。『インターナショナル・ニューヨーク・タイムズ』の四ページ目の大見出しには「墓からのメッセージ」と書かれていた。小見出しは「ケンブリッジのチームが四世紀の予言を発見」。『タイムズ』では一ページ目の下部でその話題が特集されており、「エチオピアの十人目の聖人：白人の予言者が国教の進路を変えたのか？」とあった。その記事ではサラは「サー・リチャードのひとり娘」、ダニエルは「伝説のアメリカ人人類学者」と書かれており、ふたりとも科学者というよりは、秘宝を発見するためなら生命を危険にさらすのもいとわないインディ・ジョーンズのように描写されていた。

サラはうんざりした。イギリスのジャーナリストが大げさに記事を書き立てることにはつねづね嫌気が差していた。それでも、この記事には大衆の関心を引き、もっと読みたいと思わせる力があり、実際に読者は我知らず情報を得るようになっている。明らかにこの記者は、サラがはじめてマタカラに会ったときに見せられた碑文を含め、エザナ王の碑文を理解しており、エチオピアの文化や神学の専門家たちにさらなるインタビューをして、ガブリエルが本当にエチオピアの十人目の聖人なのか、世界の終末に関する神からのメッセージを伝えた人物なのかという疑問を提起していた。短期間にこれほどのリサーチができたとは驚きだった。

電話が鳴った。

「サラ・ウェストンです」

「ダーリン、やっと出たか」緊迫し落ち着かない父の声が聞こえた。「いったいどこにいるんだ？　なぜ電話にもメッセージにも応答しなかった？」

「ごめんなさい、パパ。長い夜だったの。少ししか寝てないのよ。どうしたの？」

「ニュースがある」

「いいニュース？　それとも悪いニュース？」

「実際には、その両方といったところか。警察が高地のマタカラの家で彼を発見した」

サラの気分が高揚する。「よかった。それで、逮捕されたの？」

「そう慌てるな、ダーリン。マタカラは家の裏にある井戸の底で発見された」

サラは新聞を落とした。

「数日前に死んでいたんだ。聞いた話では、ひどいありさまだったらしい」

「え？　どうして？」

「いま警察が我が国の捜査官たちと協力して調査している。内部の犯行のようだ。井戸に落ちる前に、マタカラは頭部に傷を負っていた。何者かが彼を気絶させ、井戸まで引きずっていったにちがいない」

「ブレハンがなにか知っているはずよ。話を聞いた？」

「ブレハンが第一通報者だったんだ。なにかを届けるためにマタカラの家まで行き、マタカラが白人男性ともみ合っているのを目撃したらしい。怖くなってその場を離れたから、なにが起きたかは見ていないと言っている。我々がブレハンと交わしていた取引は、当然ながら、マタカラの居場所を教えれば、自由にしてやるというものだった。そこで、我々は約束を果たし、おとといブレハンをイギリス行きの飛行機に乗せた。ところが、アパートに送り届けてから、行方がわからなくなった。銀行口座にも手はつけられていない」

「パパはどう思っているの？」

「おおかた文明国での身の振り方がわからないのだよ、気の毒な男だ。道に迷い、言葉も通じず、どこかでさまよい歩いているのだろう。だが、心配するな、ダーリン。遅かれ早かれ、犬は自分のねぐらに戻る」

「そうね」サラの喉に、なじみのある金属っぽい味がこみ上げてきた。突如として頭の中が恐ろしい考えで満たされた。「なにかわかったら教えてちょうだい。じゃあね、パパ」

サラは電話を切った。マタカラを殺した人物が野放しになっている。マタカラはあまりに多くのことを知りすぎたために、彼のいわゆる後援者に口を封じられたのだろうか？　碑文が明るみに出たから、〝アポクリフォン〟が復讐を企てた？

それに、ブレハン……彼が迷い犬になったなんてこれっぽっちも信じられない。ロンドン警視庁に白状したこと以外になにかを知っているのだ。それはまちがいない。姿を消したのは、おそらく隠し事があるからだ。

ドアが重々しくノックされた。

パニックで心臓が激しく鼓動し、その音が耳の中で鳴り響いた。

ふたたび、さっきよりも強いノックが続いた。

サラは大慌てで部屋を見まわした。重いガラスの灰皿、飲みかけのドンペリのボトル——いざとなったら、どちらでもダメージを与えられる。

　ドアの下から封筒が差し入れられ、足音がしだいに遠ざかっていくのが聞こえた。

　サラは床にくずおれ、自分の被害妄想に悪態をついた。何度か深呼吸をしてから、勇気をふりしぼって封筒を開けた。

　コンシェルジュデスクからだった。

『マドモアゼル・ウェストン
　わたしはあなたとかかわりのあるものを持っています。二十二時きっかりにオルセー河岸六五番地で会いましょう。
マリー＝ロール・オリヴィエ』

　絶対に罠だと思い、サラは指示を無視したが、二通目の手紙が届いた。

『予言には「三人のうちのひとり」と書いてありました。わたしは第二の人物を知っています。

M＝L・O』

21

オルセー河岸六五番地に建つ教会は、街灯のほのかな明かりの下で冷たく薄気味悪かった。その聖所は、セーヌ川左岸に高くそびえる石造りの建物で、まわりを囲んでいる葉のないもつれた枝がパリに秋が訪れていることを告げていた。年代を感じさせるゴシック様式の尖塔が、信者たちを導く灯台のごとく立っている。〝アメリカン・チャーチ〟と書かれた入口の小さな看板がサラを出迎えた。

ステップを上り、教会の二つの回廊をつなぐ屋根つき通路に出て、巨大な石柱の後ろに立って周囲を見渡した。完全な静寂の中、アドレナリンがほとばしって頭がブンブンとうなっている。罠にはまるのではないかという不安のせいか、パズルのもう一つのピースが手に入ることへの期待のせいかはわからなかった。肩越しに後ろを見て、つけられていないことをもう一度確認した。誰の姿も見えない。サラが会うことになっている女性の姿さえも。

そっと中庭に入り、ジャスミンの蔓《つる》の下にある石のベンチのそばで立ち止まった。目を閉じ、強い花の香りを吸いこむ。

「サラ・ウェストン？」フランス人女性の声が静寂を破った。

どきっとして振り返ると、すらりとした女性が熱心にサラを見つめていた。

マダム・オリヴィエはぴったりしたグレーのウールクレープ製のドレスを着て、その上に黒いマントを羽織っていた。つややかな黒髪はシニョンにして鼈甲《べっこう》のクリップで留めてある。細く整った顔は、目のまわり以外にしわはなく、穏やかな表情を浮かべていて、生まれてこのかた一日たりとも悩んだことがないかのようだった。彼女はきゃしゃな手を差し出した。

「マリー＝ロール・オリヴィエです」

彼女はベンチに座ると、人目を気にするように何度か中庭を見まわした。「誰もいませんね」銀色のケースを取り出し、サラに煙草をすすめる。

サラは喜んで受け取った。火をつけ、メンソールの煙を吸いこむ。「失礼ですけど、この密会の目的を教えてくれませんか」

マリー＝ロールはうなずき、煙を吐いた。「その前に、ことの背景を少し説明させてください。事情を理解するのに役立つでしょう」

サラは続けるように身振りでうながした。

「わたしの一族は、十二世紀からフランスにいます。母方の祖先はほぼずっとパリに住んでいました。何人かは南部の出身でした。父方の祖先はフランス人とイギリス人です。わたし自身は、両方の国で過ごしました。イギリスの寄宿学校に通っていました。ケント・カレッジです。ご存じ？」

「ええ、もちろん。友人が何人かそこに通っていました。イギリスで勉強を続けたんですか？」

「それどころか、あちこちで勉強をしました。フィレンツェでは美術史、アテネでは古典。

ソルボンヌには数学期だけ通って必要な単位を取得しました。厳格な教育を受けるよりも、旅や冒険に興味があったのです。夫と出会ったとき、わたしはすべてを捨てて彼についていきました。彼は歴史学者で、西アフリカで働いていました。それ以上にロマンチックなことなど考えられませんでした。わたしたちはカメルーンとマリで十五年暮らしましたが、わたしは重病を患ってしまい、ヨーロッパに帰ることになりました。それ以来ずっとパリに住んでいます」

「あなたの一族ですが、お仕事はなにを？」

マリー＝ロールは率直に話した。「中世の時代には地主でした。それによって莫大な富を築き、貴族の仲間入りをしました。その後、ルネサンス時代には、学者や物書きだった祖先もいました。著述家です。近代では、主に運送関係の製造業を営んでいました。フランスで最初の自動車工場を設立し、のちに飛行機の製造にも参入しました」

「先祖についてそんなに知っているなんてすばらしいですね。その半分でいいから、わたしも自分の先祖について知りたいです。どうやってそれほどの情報を集めたんですか？」

「わたしの一族は、初期のころから細かい記録をつけていたのです。けれど、年を追うごとに家族は各地に散らばり、中には消息を絶った人もいました。歴史学者の妻として、そしてわたし自身、歴史を学んだ者として、一族の記録を回収して復元し、記録文書の形でまとめることに大きな興味を抱きました。家族のためだけでなく、より大きな善のために。いいですか、サラ、祖先の中にはフランスの歴史にとって非常に重要な人物もいました」マリー＝

ロールは謎めいた口調で言った。「また、歴史から意図的に消去された人物も」

サラは興味を引かれていた。「消去されたのには……正当な理由があったのですか？」

「わたしなりに思うところはあります」マリー＝ロールは最後にもう一回煙草を吸ってから、植木鉢の中に入れて火を消した。「でも、あなたには自分で判断してもらいたいのです」

「続けてください」

マリー＝ロールは黒革のバーキンから一冊の本を取り出した。中には家系図が書かれていた。「夫が亡くなる少し前に、ふたりでこれを作りました」資料に指を這わせ、一三一八年の箇所で止めた。「ベルナルド・ドゥ・ボンテクー」と読み上げる。「母方の祖先、一三一八年誕生、一三四八年死去。マルセイユの海運商人で、のちにパリに移り住み、黒死病が流行した際に死亡。フランスとイタリアのいくつかの都市国家のあいだに交易路を開き、海外に食料品を運んでいました。それ以外には、一三四〇年代にパリに移り、みずから築き上げた海運帝国の経営を兄弟たちに任せたらしいということしかわかっていません。死を迎えるまでの数年間は、基本的に社会から孤立していました。理由は誰にもわかりません。わかっているのは、何冊かの本を書いていたということです」

マリー＝ロールはハンドバッグから螺旋綴じのノートを取り出してサラに渡した。

サラは表紙のタイトルを読んだ。「神託。ベルナルド・ドゥ・ボンテクー著」

「もちろん、それはコピーです」マリー＝ロールが言った。「原本はマノワール・ドゥ・ヴァンセンヌで見つかりました。パリ郊外にある一族の屋敷で、いまではもう取り壊されています。一四〇〇年代後半、レディ・アントワネット・コルベールという名の親戚が邸宅を相続し、修復に取りかかっていました。その過程で、レンガ造りの暖炉の裏に手書きの本が隠されていたのを発見したのです。その内容に衝撃を受けたアントワネットは、自費で出版することにしました。本は一時的に世に出まわりましたが、やがて教会がそれを見つけ、異端だと判断しました。そして一冊を除いてすべて捜し出して燃やしてしまったのです。残った一冊は、アントワネットがなんとかフランスからロンドンに持ちこみました。それはいま、一族の記録文書に収められています」マリー＝ロールはまたハンドバッグの中に手を入れた。

サラは中庭を見まわした。なにも動いていない。建物は満ちていく月のほのかな灰青色の光に照らされている。そよ風が屋根の上をヒューッと吹き抜ける。マリー＝ロールに小さな読書灯を渡されたサラは、注意深くページに目を通した。最初の章は黒死病についての項目で、未来形で書かれており、『人間に対する神の裁き』という題がついていた。

『時が近づいている
空は黒くなり
天から全能の神が現れ
フランスに怒りをぶつける。
神は言う、人間は欲深く貪欲になり

地球に関心を払っていない。
金の力と、陳腐な欲求を満足させることにより
救済を得られると考えている。

だが、富も快楽も
人間の魂を救うことはできない。
破壊をもたらすだけであり
そのあまりのすさまじさに紙のようにもろい国はずたずたに切り裂かれる。

ネズミが降り
そのネズミが血の中にとどまり
強力な呪いは
人類に広がる。

毒の玉が人間の肌の下で成長し
体が黒く変色する。
目の奥では炎が燃えさかり
悪魔さながらに異言を口にする。

兄弟姉妹は互いを見捨て
暗黒の日々が訪れ
町々は混沌に陥り
法も聖書も役には立たない。

やがて死神が訪れる
すみやかに、大きな苦痛とともに
そして鉄の鎌を振り上げ
悪しき者たちの首を掻《か》く。

フランスの血では満足せず
死神は他の国々に襲来し
容赦なく
男、女、子を襲う。

三人にひとりの命が奪われる。
家は無人となり

血が大地を汚し
川は死者であふれ返る。

広い大陸に静寂が訪れると
高潔な人々が立ち上がり
神の裁きで破壊されし国々を
再建する』

サラの肌に寒けが広がる。「どういうこと？　これはいつ書かれたの？」

「一三四五年。フランスが疫病に襲われる三年前です」

「彼はどうして知っていたのかしら？」

「わたしは最初、彼がイタリア旅行をしたときに疫病のようなものを目にして、その病気が必然的にフランスに広がると推測したのだろうと考えました。けれど、さらに読んでいくうちに、彼の洞察力はそういうものではないことが明らかになりました。百四十六ページを見てください」

サラは言われたとおりにした。『強国』というタイトルのその章は、近代アメリカについて記述されていた。それを読んだサラは、その正確さに驚嘆した。とくに驚いたのはこの一説だ。

『人間は金属製の巨大なワシを製造し
空の深奥《しんおう》へと飛ばす
そこに存在するのは星と塵のみで
地に立つことはできない』

マリー＝ロールはべつの章を見せた――ホロコーストと第二次世界大戦に関する『戦争』、9・11事件に関する『二つの棟』。

この著者は本当に先見の明があったのか、あるいはなにもかもが捏造《ねつぞう》なのか。

「あなたは科学者です」フランス人女性は言った。「だから証拠を必要としている。あなたが望むなら、我が一族の記録文書をお見せします」

サラは嬉しかったけれど困惑した。「どうしてわたしが見たがると思うのです？　このことがわたしにとってどんな意味を持つんです？」

マリー＝ロールは本の最後のほうのページをめくった。「これがあなたの関心を引くのではないかと思ったのです」

サラはタイトルのない最後の一節を読んだ。そこには大火災と、すべてをのみこむ煙が描写されていた。

『海は草に覆われ
果てしない緑の広がりとなり
いかなる目によっても、人間だろうと海洋生物だろうと、見通すことはできない。
海は牧草地と化し
人々はその上を歩こうと試みるも
人間は水上を歩けないのだと悟る』

「聞き覚えがありませんか？」マリー＝ロールが尋ねる。

サラは頭を左右に振った。この手記とガブリエルの言葉が似ていることに愕然としていた。

ふと、マリー＝ロールのメッセージを思い出した。わたしは第二の人物を知っています。

「ベルナルドが三人の予言者のひとりだということですか？」

「いいえ。だけど、彼の恋人がそうだったのだと思います」

「彼の恋人」

「わかっているのは名前だけです。カルセドニー。ベルナルドは手記の中で一度も彼女のことを書いていません。教会に結婚の記録はありません。子どももいなかったみたいですね。まるで彼女は存在などしていなかったかのようです」

「じゃあ、どうして彼女が存在していたと断言できるんです？」

「手紙があります。カルセドニーが死刑を待っているときにベルナルドに宛てて書いたものです。彼女は異端者として逮捕され、フィリップ六世の権限下で投獄され、四十八時間後に絞首刑に処せられたようです。自分が助かる希望はないと悟って、この手紙を書いたのでしょう。その内容は……」マリー＝ロールは黙りこんだ。「サラ、生きている人間でこの手紙の存在を知っているのはわたしだけです。何世紀ものあいだ、これは我が一族の秘密でした。つねにひとりの人間だけがこの知識の責任を負い、死ぬときに次の者へと受け継がれてきました。どう解釈すればいいのか、誰ひとりとして本当には理解していませんでした。信じる者もいれば、信じない者もいた。わたし自身は、悲劇の女性が自暴自棄になって、実際にはありえない存在だと主張することで自分の命を救おうとしていたのだと考えていました。もしくは、食事も水も与えられず、拷問されたせいで幻覚を起こしていただけかもしれないし、疫病の初期症状を発症していたのかもしれない。事実のはずがない、と。けれどいま、あなたたちの発見に関する記事を読んで……この手紙に書かれていることは事実なのではないかと不安になったのです」

「なぜ事実であることが不安なんです？」

「手紙を読めばわかるでしょう。これ以上はなにも言いません。ご自分で判断してください。これが事実なのか、たわごとなのか。あなたのガブリエルとカルセドニーのあいだにつながりがあるのかどうか」

マリー＝ロールはマントの中に手を入れ、紙の束を丸めて巻き物状にしたものを取り出した。「これがあなたの捜し求めているパズルのピースであることを願います——わたしたちみんなのために」

22

戦がはじまって二十三日目の夜だった。月のない夜が早急にメロエの荒野に訪れ、不毛の砂地を暗闇で包んでいた。血だまりと腐りかけた肉体の鼻を突くような悪臭に、ガブリエルは喉を詰まらせ、必死に吐き気をこらえた。いたるところに死がはびこり、とりわけ診療テントは、治療の場というよりは畜殺場だった。ガブリエルは暗闇の中でうめきながら横たわっている血まみれの人々の横を通りすぎた。多くは朝までもたないだろう。

ひとりの兵士が分娩中の女のごとくうめき、懇願した。「死なせてくれ」

ガブリエルは、胸骨からへそまで剣で切り裂かれた腹部を調べ、出血が止まったかたしかめた。二日前、年長の宮廷女性が紡いだ木綿糸と、メロエに向かう前にガブリエルが設計しハラスが鍛造してくれた鉄の針で、裂傷を縫合してあった。出血は止まっていたが、いまでは傷が化膿し、皮膚は乳用ヤギの乳房のごとく腫れていた。感染症が進みすぎている。

「朝にはよくなっている、友よ」ガブリエルは死期が迫った兵士を励ますために嘘をついた。「少し眠りなさい」

それからべつの怪我人のもとに移動した。冷静な少年で、戦に徴兵されるには若すぎるが、どうしてもとみずから志願したのだった。十三歳、せいぜい十四歳だが、その穏やかな表情は、人生を何度も経験した男のそれだった。

「腕はどうだ？」血に染まった包帯を取ると、膿んでむき出しになった肉があらわになった。少年の前腕はことさら悪意のある刃《やいば》で切りつけられ、ガブリエルが縫合したにもかかわらず、出血はなかなか止まらなかった。前にもやったことがあるのだが、出血を抑えるために、新鮮な馬糞を傷口に塗った。それは危険を伴う――糞の中のバクテリアが益をもたらすよりも害となることがある――ので、感染症を防ぐためにミルラの煮汁を若い兵士に飲ませた。

「明日には戦いに行ける」少年は言った。「あなたのおかげです」

「わたしはなにもしていないよ。助けようとしているただの人間にすぎない」

「みんなはそう言っていない。みんな、あなたは神の力を持った治癒師だと言っている。ぼくたちを悪魔から守るために天主につかわされた聖人。ぼくらを助けるために天からやってきた。ぼくらがこの戦で勝利を収めて、ナイル川流域の土地を統合して一つの偉大な無敵の帝国を築けるように」

ガブリエルは微笑み、少年の手を握りしめた。「休みなさい。明日は忙しいぞ」

眠れぬうちに数時間が過ぎ、暁《あかつき》の空に緋色とサフラン色の筋が現れた。新たな流血の到来を告げる、不吉な美しさ。テントの外では、砂の下になにか邪悪な力がひそんでいるとでもいうように、軍隊がおびえた足取りで動きまわっていた。ガブリエルは戦に向かうために馬に乗ろうとしている王の側近に近づいた。

「なぜ男たちはこんなにそわそわしているのですか、友よ？」

タール色の肌をした小柄で筋骨たくましい兵士は頭を下げた。聖人に対する一般的な挨拶だ。「今日は、これまで目にしたことのない悪魔がやってきます。みな、自分たちの命を心配しているのです」

「なぜ今日はいつもとちがうのです?」

「今日は、いままで出会ったことがないほど獰猛な軍隊が戦いを挑んできます。メロエが援軍を呼んだため、こうしているあいだにも、何千人ものノバタエ人が南下しています。馬とラクダの戦士。メロエの精鋭部隊。何人かはすでに到着していて、戦場の北端で我が軍と交戦しています」

「そのノバタエ人とは何者なのです? なぜそれほど恐れるのです?」

「あの戦士たちには神も王も国もありません。ローマ人たちがみずからノバタエ人を教育し、我々のものよりもはるかに進歩した武器を与えました。しかし、ノバタエ人を信用すべきではなかった。やつらはローマ人に背を向け、独立を宣言した。そして、前人未踏の部族の所有地に乗りこんだ。ほどなくして、ナイル川流域でもっとも卑劣で冷酷な部族と協力関係を築いた。ブレムミュエス人として知られる、頭のない戦士たちです」

ガブリエルには、男たちが敵そのものよりも伝説を怖がっているように思えた。「頭のない戦士は神話にしか存在しません。その敵はあなたがたが思っているほど恐ろしくはないはずです」

兵士は身震いした。「やつらは異教徒です。邪魔をするものはことごとく殺します。男、女、子ども、馬、家畜。戦場では無敵だと言われています」

ひとりのアクスム人の歩兵がよろよろとこちらにやってきた。額から目に血が流れ、鎧は斧で割れられたかのように肩の部分が裂けている。

歩兵の膝ががくりと折れ、ガブリエルは彼を支えた。「早く。診療所に」

「いいえ」兵士の口から血が飛び散った。「王からのことづけを伝えに来たのです」

「なにがあったんだ?」

「敵に包囲されました。王は負傷しています。あなたを呼んでおられます。早く川へ行ってください」

ガブリエルは落ち着いて腰に剣帯を巻き、兜をかぶった。とりわけ深く瞑想した際に、戦に呼ばれることを予見していた。剣の使い方はまったくわからないが、自身の最高の武器である本能を信じていた。ガブリエルは馬に乗った。

北の戦線へ向かう途中、馬は何百という死体を踏みつけた。メロエ人とアクスム人の両方がいた。戦場は墓場と化し、砂は戦死者たちの血で深紅色に染まっていた。あたり一帯で大虐殺が起きている。せいぜい十六歳にしか見えない若いアクスム人が、ガブリエルの目の前で首をはねられた。あたたかい血が唇に降りかかる。

遠方に王の第一軍が認められた。エザナの姿もあり、ブレムミュエス人の集団に囲まれている。伝説の怪物たちは評判とちがい、頭がないわけではないが、肩がとてつもなく盛り上がっているために、頭が胸に押しこまれているみたいに見えた。ほとんど類人猿だ。このような人々は見たことがない。まるで進化に見捨てられたかのようだ。

彼らの戦法は、見た目と同様に醜悪だった。血を好み、至近距離で戦いながら平気で敵の肉を食いちぎる。明らかに、他人の命も自身の命もあまり重んじていない。彼らの目的はただ一つ。殺すこと。

遠くからでも、エザナが利き腕を負傷しているのが見て取れた。王とともに戦っている側近のひとりに命じられ、ガブリエルは馬に拍車をかけて襲歩《ギャロップ》で走らせた。戦いの真っただ中に乗りこみ、王を危機から救い出し、手当てができる安全な場所に連れていくという作戦だった。

勇ましさが求められる使命だが、ガブリエルにとっては勇気の問題ではなかった。相手が王だろうと奴隷だろうと、仲間のために力を尽くすのは人間としての義務である。心の奥深くに根づいている原始的な本能に支えられ、ガブリエルは向かい風の中を川岸へと馬を走らせた。

王と剣を交えているブレムミュエス人が、王の鎧のもろくなっている箇所にさらに一撃を与え、左脇を刺されたエザナは馬から転げ落ちた。王は膝をつくと、負傷しているにもかかわらず断固とした勢いで剣を振るい続けた。だが、ブレムミュエス人は、まるでハイエナのように獲物が弱るのを待ってから、とどめを刺しにかかった。怪物戦士は両腕で剣を振り上げ、愕然とする王の頭に最後の一撃を加えようとした。

ガブリエルは横を通りすぎざまに、ブレムミュエス人のあばらの中央に剣を突き刺した。

猿人は苦悶のうなり声をあげて馬から落ち、血まみれの大地の上で痙攣しながら息絶えた。

ほんのつかの間、ガブリエルの目とエザナの漆黒の目が合った。対等の立場にある王と男。

「ガブリエル……後ろだ」エザナがささやいた。

槍がガブリエルの鎧と左のあばらを貫き、腹部全体に強烈な衝撃が走った。視界に白い光が広がり、体が宙を飛ぶのを感じたあと、ガブリエルは地面に落ちた。

23

『最愛のベルナルドへ

王がわたしの処刑を認め、書類に署名しました。数時間後には、わたしは絞首台に送られます。ほかの囚人たちはわたしに唾を吐きかけ、わたしを魔女と呼び、このうえなく卑劣な罵詈雑言を昼夜なく大声でぶつけ、異端者は焼かれるべきだと言います。けれど、わたしは彼らの侮辱などなんとも思いませんし、死神の残忍な手にとらわれることを恐れてもいません。わたしはずっと昔に死んでいたのですから。しかしいま、真実を告げ、賢人としてのあなたがわたしを理解し許してくれることを願わずにはいられません。

わたしはあなたが思っているような人間ではありません。

西暦一三四〇年に出会ったとき、あなたはわたしがこの地の人間ではないと気づきました。毎晩わたしに、あなたを守るためにつかわされた天使なのかと聞いてきましたね。あのとき、どれだけあなたに話したかったことか。だけど無理でした。あなたに真実を告げたら、あなたが逃げてしまうのではと不安だったのです。そんな危険は冒せませんでした。わたしにはあなたが必要でした。いまでもあなたが必要です。たとえあなたがこれを読んでいるときに、わたしが墓の中にいるとしても。けれど、こうして最期を迎えるいま、時が来ました。わたしを軽蔑し怖がって当然だったのに、あなたがわたしを受け入れ、親切にしてくれたあの寒い冬の日からずっと、あなたに話したかったことを打ち明けます。

わたしは魔女ではありません。予言者ではありません。まったく賢くさえありません。わたしは人類が引き起こす破滅をこの目で見ました、それが事実です。わたしはべつの場所、べつの時代に生きていました。信じがたいでしょうが、わたしはまだ存在していない国、まだ訪れていない時代から、いまあなたが生きているフランスへ来たのです。

わたしはかつて妻であり、母であり、幸福でした。そんなとき、世界が崩壊しました。驚くべきことではありませんでした。それまでずっと、いまにも壊れそうな状態が続いていたのです。けれど、本当にそんな日々が訪れるとは思わないでください。少なくとも、あなたが生きているあいだは。

はじまりは煙でした。最初はなんとも思いませんでしたが、煙はしだいに濃くなり、どんどん広がっていきました。窓の外を見て、わたしは凍りつきました。怒れるドラゴンを前に、感覚が猛烈な勢いで失われてしまったのです。炎が執拗に、すさまじい激しさで燃えさかっていました。火の壁が松の木々をのみこみ、わたしが青春時代を過ごした森を墓場へと変えました。炎の舌が我が家を舐めはじめると、わたしは気づきました。先祖から受け継いだこの家のあらゆる壁、あらゆる思い出がすぐに灰の山になると。

わたしは息子を呼びながら家中を走りまわりました。亀裂から入りこんでくる煙に喉を締めつけられ、叫ぶことができませんでした。床にうつ伏せで倒れている息子を見つけたとき、手遅れだとわかりました。その瞬間、そしてそれ以来永久に、わたしは神の恩寵を失いました。

　息絶えた我が子を腕に抱く気持ちは、経験しなければわかりません。運が尽きてしまい、どんなにいいことが起きても、二度と喜びを感じられないだろうという気持ちです。わたしはあの瞬間に死んだのです。そこで思いました。終わらせればいいのでは？　この身を焼き、魂をあの世に解き放って、悲しみも、野心も、貪欲な肉体に固執することもない場所で漂っていればいいのでは？　わたしは獣の腹の中に向かって突進し、この世に残った弱い存在を捧げようとしました。しかし、そうなる運命ではありませんでした。手がわたしを引き戻しました。それは夫で、わたしたちがいちばん恐れていたことが現実になったと言っていました。炎は北から、南から、東から、西から、肉食獣のごとく迫ってきて、行く手に立ちはだかるものをことごとくむさぼりました。わたしたちはこの日が来るとわかっていました。そのために準備をしてありました。

　避難計画を実行に移すときが来たのです。わたしは最後に、それまで我が家だった場所を見つめましたが、灰になった木の残骸と、あらゆる生命が失われた黒焦げの大地しか見えませんでした。どんどん押し寄せてくる煙の中、わたしたちは息子をお気に入りのブランケットでくるみ、わたしたちのあらゆる夢とともに小さなベッドに横たえました。わたしたちは幽霊でした。歩く屍《しかばね》。一つだけやるべきことが残っていました。最後の善行。耳を傾けてくれる人に、わたしたちの身に起きたことを伝えるのです。こうしてわたしはここに来ました。

わたしの国は、フランスの西、大海の向こうにあります。わたしが生まれる何十年も前から、その地は崩壊状態でした。何世紀ものあいだ、人間はめまぐるしい勢いで増加していました。わたしが生きているときには、人口は百十億人にまでふくれ上がりました。これほどの重さに耐えられる場所があるでしょうか？　気候変動が起こりはじめました。気温の上昇。ますます大きな速度と激しさで襲いかかる嵐。作物の乾枯で引き起こされる飢饉。バイキングの地で氷が溶け、水位の上昇によってのみこまれる海岸。それでも、人間は大地を強姦し、人類の絶滅を早めました。

わたしが小さかったころ、より多くの住居と農場と商業地を造るために、野生の森は燃やされてなくなりました。解決策が出たのは、何年もあとのことでした。木の代わりに、ある植物を海に拡散したのです。数年はうまくいき、人間は自分たちが自然よりも賢いことを祝いました。けれど、その後ある大惨事が起こりました。

強力な機械が壊れ、その廃棄物が海に流出し、問題の植物が大量に増殖したのです。人間はその獣を止めようとしましたが、無駄でした。何カ月かのうちに、海全体に広がってますます厚くなり、日光が水中に入らなくなったため、海の生き物が全滅しました。しかし、最悪の事態はまだ起きていませんでした。

世界中で巨大な炎が噴き上がりました。炎は消えることなく、家や農場や橋をのみこんでいきました。なにも、誰も、その怒りから逃れられません。兄弟や友人たちが業火に包まれ、皮膚が骨からはがれて灰になり、うめきながら死んでいくのを目にしました。

まさにこの世の終末でした。わたしたちの故郷だった世界の最後の瞬間。あの恐ろしい秋の日、わたしたち三人は、人間を別世界へ送り出すために設計された船で逃げました。未来は過去の中に溶けて消え、わたしたちは使命のみを持って、未知の場所と時代に降り立ちました。人類が破滅に向かうのを防ぐために。

わたしの頭がおかしいと思いたいのなら、そう思ってください。けれど、この話はまぎれもなく事実です。先ほど、わたしにはまだあなたが必要だと書きました。あなたにお願いしたいのは、なにがあっても信じてほしいということです。わたしの言葉を信じてください。この手紙に書いたことはすべて事実なのです。あなたが取りかかっている本を完成させて、後世の人々のためにその本を守ってください。人々は予言だと思うでしょう。それが事実だということと、まだ訪れていない歴史をわたしがあなたに語ったということは、ほかの人が知る必要はありません。わたしの名前は出さないでください。わたしはしがない存在、あなたの耳に聞こえる単なるささやき。あなたの文才と、社会での堅実な立場、豊富な知識があれば、人類は留意してくれるでしょう——いまかもしれないし、あなたの人生が終わってからずっとあとになるかもしれません。これから死を迎える女、あなたを大切に思っていた女の訴えをあなたが聞き入れて、わたしが正しかったことを時代が証明してくれることを祈ります。

わたしの頭がおかしいと思うのなら、それでもかまいません。だけど、これだけはわかってください。あなたは、わたしがずっと昔に信じられなくなった世界を照らす唯一の光源です。夜中に恐ろしい悪夢から目覚めたとき、何度あなたのぬくもりに慰められたでしょう。あなたのおかげで、わたしはふたたび人間の美点を信じられるようになりました。

わたしの運命を嘆かないでください。わたしは自分がいるべき場所、神の恩寵の領域にいて、人生で得られなかった平穏にようやく手が届くところなのですから。

永遠にあなたの

カルセドニー』

サラは感覚を失っていた。突如としてすべてが明らかになった。二度と戻れない破滅した世界を捨ててきたというガブリエルの言葉、闇の毛布で海を覆いつくす〝獣〟、命を与えずに奪う空気。いまやっと、ガブリエルの歯が完璧な状態だった理由が理解できた。ガブリエルの歯の中のプラスチックポリマーが確認できなかったのは、まだ発明されていないからだ。

サラはマリー＝ロールに煙草をもう一本もらった。混乱する思考をレースのベールさながらに包みこむ、甘いメンソールの煙草を何度も大きく吸いながら、自分の世界と区別がつかなくなりつつある非現実的な世界について深く考えこんだ。手紙に書かれていることがすべて事実なら、本当にカルセドニーとガブリエルが破滅した世界で引き離されたパートナーであるのなら、今回の発見ははるかに深い意味を帯びることになる。これは世界の終末を告げる予言ではなく、その場にいた人間、それもひとりではなくふたりの目撃者による証言なのだ。

そう考えると背筋が寒くなった。では、これはやがて起こることなのだ。これが自分たちの未来なのだ。目の前にある証拠の重要性はわかっている。また、カルセドニーの手紙がパズルの最後のピースではないことも。ガブリエルもカルセドニーも、三人目のタイムトラベラーのことに触れていた。この人物はまだ正体が明らかになっていない。

科学界の人間は誰ひとり真摯に受け止めないだろう。エチオピアの洞窟に刻まれていた一連の予言。おそらく十四世紀に書かれて以来ずっと秘密にされ、ガブリエルの予言とともに都合よく世に出てきた手紙。正体がわからない、三人目の仲間と思われる人物。こんなことを誰が信じるだろう?

しかしサラは信じていた。

この知識を受け継ぐのはまちがいなく自分の運命だ。だけど、どうすればいい?

教会の時計が十二時の鐘の音を重く鳴り響かせた。「もう行かないと。明日の早朝便に乗るんです。今回の話はものすごくためになりました」サラは両手でマリー＝ロールの右手を握った。「ありがとうございます。その、わたしを信じてくださって」

「このことはふたりだけの秘密にしておいてください……いまは」

「約束します」

「帰る前に、渡したいものがあります」マリー＝ロールはハンドバッグから新聞の切り抜きを取り出した。「一年くらい前に『ニューヨーク・タイムズ』から切り取ったものです。いつか関連してくるのではないかという気がしたものですから」

サラはそれを慎重に広げ、見出しに目を通した。『環境関連会社、地球温暖化対策を発表』

24

サラは新聞記事と手紙をバックパックに入れ、マリー＝ロールと教会のアーチの下を歩いた。東から冷たい突風が川を吹き抜ける。サラは身震いした。マリー＝ロールに別れを告げるときに、こう約束した。「あきらめるつもりはありません。真実を突き止めてみせます」

マリー＝ロールは背中を向けて去ろうとしたが、不意に凍りついた。恐れを知らない毅然とした態度で、陰に向かって言う。「誰です？　なんの用ですか？」

男の大きな手で突き飛ばされ、マリー＝ロールは頭から地面に倒れると、そのまま動かなくなった。

サラの血管を流れる血が氷のように冷たくなる。〈プラザ・アテネ〉から尾行されていたのだ。どれだけのことを見られたのか、あるいは聞かれたのだろうか？

男がクマのような手でサラのバッグをつかみ、「よこせ」と怒鳴った。「さもないと殺すぞ」

サラは拒んだが、力では男にかなわなかった。

男はサラの肩をつかみ、鎖骨が粉々に砕けそうなほどの力で指を食いこませた。サラは叫び声をあげ、男の手に噛みついた。

男は手を引っこめた。「バカ女」と怒鳴り、怒って巨大なこぶしでサラの首を殴ろうとする。

サラは本能的にバッグで男の頭を殴りつけた。男は腕をひと振りしてサラを地面に突き飛ばす。男のばか笑いが夜の静けさに反響する中、サラはなんとか立ち上がった。

逃げようとしたものの、大男に腕をつかまれてしまった。サラは髪を激しく振り乱しながら、手を振りほどこうとした。くるりと振り返り、男の目に親指を突っこむと、うなり声があがったが、痛みを与えたところで一三〇キロ以上ある襲撃者は膝をつかない。それどころか、サラの腕をつかむ手にいっそう力をこめて押さえつけてきた。

サラはくずおれた。

男は口の端からサラの顔に唾を垂らしながら、彼女をかかえ上げるると、ゴミ袋のように川へと運んでいく。サラはがむしゃらに足をばたつかせたが、腰をしっかりとつかまれ、ほとんど息ができなかった。

そのときサイレンが鳴り響いた。

男は立ち止まり、川岸の近くでサラを落とした。そしてオルセー河岸を走って暗い路地へと姿を消した。

サラが顔を上げると、三メートルほど離れたところにマリー＝ロールが立っていて、携帯電話を持った手を振ってパトカーを指していた。顔にはあざができ、服は乱れた状態で、フランス人女性は叫んだ。「逃げて、サラ。姿を見られないように」

サラは息を切らしながら、口だけ動かしてありがとうと告げ、立ち上がった。震える足で、アルマ橋を明るいセーヌ川右岸へと駆けだした。

25

ロンドンへ向かう飛行機の中で、サラはじっとしていられなかった。教会の外での格闘のせいで全身がずきずきしている。肩のあざはひどく痛み、ほとんど動かせない。鎮痛薬のパラセタモールを二錠飲み、マリー＝ロールに渡された『ニューヨーク・タイムズ』の記事を繰り返し読むことで痛みをまぎらわせようとした。

『テキサス州ヒューストン――環境研究会社〈ドノヴァン・ジオダイナミクス〉が、〝ポセイドン計画〟の事前実験に成功したと発表した。本プロジェクトは二〇〇八年よりテキサスの某地で試みられており、実験対象はプランクトンに似た微生物で、理論上は二酸化炭素を吸収すると考えられている。

ポセイドン研究の第一段階では、〈ドノヴァン〉の水生微生物生態学の研究者たちの報告によると、会社のラボで創られた植物プランクトンが制御環境下で三二〇日間生きられたという。これは一般的な海洋微生物の寿命をはるかに超える値である。第二段階では、科学者たちがその寿命を延ばし、生殖補助技術を用いて増殖させることになっている。目標は、日光と大気中の気体で生きられる植物プランクトンを創り出すことである。

「大気中の二酸化炭素の上昇は解消されていません」と〈ドノヴァン〉のＣＥＯ、ウォレス・ケイジは声明を出した。「ポセイドン計画には、この惑星が直面している地球温暖化という呪いを解決できる可能性があります。我が社の実験がこれまでどおり順調に進めば、二酸化炭素を吸収して酸素に変える生命体が実際に誕生し、その結果、よりきれいな空気が生み出されるでしょう。大気中の二酸化炭素を減少させることによって、地球温暖化の影響を実際に防げるのです」

このプロジェクトに詳しい情報筋によると、〈ドノヴァン〉は世界中の七つの海でポセイドン計画の実験を実施するために、多大な政治的影響力を持つ四十五の国で組織された〈地球温暖化阻止を目指す諸国連合〉からの支援を求めているという。連合の代表者はコメントを拒否した』

気味が悪いほど酷似している。このプロジェクトと、カルセドニーとガブリエルが書いていた〝獣〟が同一のものだとしてもまったくおかしくない。もっと調べてみたくなったサラは、コックピットからの着陸のアナウンスを聞いて嬉しくなった。

タクシーでチェルシーのアパートに着くなり、パソコンに駆け寄り、ケンブリッジの記事データベースを呼び出した。〝ドノヴァン・ジオダイナミクス〟と〝ポセイドン〟と〝地球温暖化阻止を目指す諸国連合〟をさまざまに組み合わせて検索する。『ニューヨーク・タイムズ』の記事と『ヒューストン・クロニクル』のさらに長い記事のほかには、マスメディアによる調査は驚くほど少なかった。

業界紙『ネイチャー』の過去二年分のすべての記事に目を通すと、「ポセイドン・パラドックス」という題の記事が出てきた。その記事では、数人の科学者の言葉が引用されており、自己繁殖力のある有機体には、とくにあたたかい水に放出された場合、制御不可能なほど増殖する危険がひそんでおり、〈ドノヴァン〉の海洋科学者たちはまだその事実に適切に対処してないという。あまりに多すぎる植物プランクトンはいずれは死に至り、海底に沈む。そしてその後の分解によって、メタンガスが放出され、ほかの生命体が生きるために必要な溶存酸素が水中から激減することで、海洋全体の状態が危険にさらされるかもしれない。さらに、反対派の意見によると、問題の植物プランクトンはまさにそれらを餌としている魚に害を及ぼす可能性があるという。遺伝子操作で生まれたことが原因となって、絶滅に瀕した魚や海洋哺乳類を含め、海洋生物が大量に失われるかもしれないのだ。

補足記事では、ニューヨークに拠点を構える海洋保全組織〈オケアノス〉の見解が書かれていた。社長のスチュアート・エリクソンはこう警告していた。

『「ポセイドンは壊滅的な結果をもたらしかねない。海洋温度がたとえ五度でも上昇した場合、それは現在の気候変動率を考慮するとたしかにありうることだが、藻類は——自然発生したものであれ、ラボで生み出されたものであれ――成長し変質する可能性がある。八〇年代、地中海でイチイヅタという藻類が制御できないほど繁茂し、海の繊細な生態系をおびやかしたときと同じである」

イチイヅタとは、一般にキラー海藻またはエイリアン海藻と称される植物プランクトンの一種であり、一九八四年にモナコの海洋博物館から誤って地中海に流出した。通常は水槽の装飾用に使われるイチイヅタだが、地中海に流れ出たことで侵入生物に変異した。この藻類は、報告によると海洋の七四〇〇エーカーを覆いつくすほど繁殖し、一帯の海草や魚類個体群をおびやかしたことで、世界的な論争の的となっている。並外れた繁殖の規模に関する報告は誇張だと考える科学者もいるいっぽう、イチイヅタの侵入地域で魚類の半分以上が絶滅したと主張する者もいる』

ガブリエルの予言もしくはカルセドニーの手紙を目にしていなければ、こんな論争など一笑に付していただろう。二酸化炭素を消費する藻類は環境にとって有益であるにちがいないと信じていたはずだ。しかしいま、いくつもの疑問が有刺鉄線さながらに頭の中に突き刺さっていた。

そのとき、携帯電話が振動した。発信者はサイモン教授だった。サラは電話に出た。もうクビだと言われるのだろうか。それとも、今後は教職にしか就けず、考古学者としてのキャリアは終わりだと告げられるのだろうか。

「ラトガース大学の知り合いから連絡があった」教授の口調はこれまで聞いたことがないほど重々しかった。「ダニエル・マディガンがリヤドに戻ってこないらしい」

サラは背筋を伸ばした。「なんですって?」

「シャルル・ド・ゴール空港で搭乗手続きをしたが、飛行機には乗らなかったようだ。きみはなにか知っているんじゃないか。博士に最後に会ったのはきみだ」

サラは感覚を失っていた。「わたし……なにも知りません、本当です。だって……おといの夜は一緒でしたけど、彼はさよならも言わずに朝に急いで出ていきました。それから連絡はありません」

「どうやら、誰にも連絡がないようだ。いいか、サラ、落ち着くんだ。なにが起きているのかはわかっていない。無断で姿を消したのかもしれないし、トラブルに巻きこまれているのかもしれない。きみたちふたりはトラブルに好かれているようだからな」

サラは出し抜けに電話を切り、テキストメッセージを確認した。

朝四時にダニエルの携帯から一通のメッセージが届いていた。

『きみはこちらが求めているものを持っている。こちらはきみが求めているものを持っている。公平な取引を提案する。追って指示を出す。しくじるな』

26

「王をお呼びして。目を覚ましたわ」

女性の声が聞こえる中、ガブリエルはゆっくりと目を開けた。数秒ほどしてから、自分がどこにいるのか気づき、なにが起きたかを思い出した。硬いベッドに横たえられ、上質な綿のシーツと羊皮の毛布にくるまれていた。窓にかかっている紫と金の長いシルクは、月光を入れるために束ねられていた。頭上には鉄のランタンが吊るされ、ライオンとシマウマの皮の絨毯に金色の光の斑点を投げかけていた。白衣に身を包んだ女たちがベッドを囲んでおり、圧定布を濡らしたり、隅に座ってロザリオを親指でいじりながら祈ったりしている。宮廷だ。

最後に覚えているのは、命を奪ったことだった。彼の剣で刺されたブレムミュエス人の断末魔の叫びを思い出し、吐き気を覚えた。その後なにがあったかはわからない。呼吸が浅いことに気づき、深く息を吸いこもうとすると、左のあばらに突き刺すような痛みを覚えた。困惑のベールがはがれていくにつれて、高熱で体がほてっていて、骨が激しく痛むことに気がついた。動こうとしたが、無理だった。これほど強烈な痛みも、不快感も、経験したことがなかった。普通の感染症ではない。目を閉じ、意識を瞑想状態にする。安らぎと平穏が待つ、とらえどころのない世界に溶けこみたかった。

なかば意識を失いかけたとき、エザナが部屋に入ってきた。君主の存在は感じるし、まわりの声も聞こえるが、言葉は歪んではっきりせず、シュールレアリスムの絵画のようだった。

「申しわけ……ありません……王」ガブリエルはつぶやいた。

エザナの太い声がガブリエルの耳に轟いた。「謝ることはない。そなたは身を挺して我が命を救ってくれた。誇り高き男として王に仕えたのだ。王国の万民がそれを知るであろう」

ガブリエルは目を開け、自分の前にいる巨大な人影になんとか焦点を合わせた。エザナはルビーがちりばめられ金糸で刺繍がほどこされた黄金色のローブを羽織っていた。通常は式典のために着る衣装だ。「戦の結果は？」

「ありがたいことに、我々が勝利した。メロエは好敵手であったが、我が軍勢の前に倒れた。主なる神が予言したとおり、アクスム帝国は拡大する。じきにナイル川流域全土は我らの領地となり、アクスムの勢力は海から海へと広まるであろう。神に栄光あれ」

ガブリエルは息をあえがせた。思わず言葉が出てきた。「あれほど多くの死体が……多くの苦しみが……」

「必要な犠牲だったのだ。アクスム王国のみならず、神の国のために戦った殉教者たちだ。いまは何不自由ない地で、天使たちと食べたり飲んだり踊ったりしている。彼らの運命だったのだ。嘆くことはない」

ガブリエルの額を熱い汗が伝い落ちる。頭蓋骨がずきずきと痛み、あばらの激痛で動けなかった。「命が尽きようとしているようです」ガブリエルはささやいた。

「死んではならん。我が軍にはそなたが必要だ。どうすれば傷が癒えるか、女たちに言え。

そなたの言うとおりにしろと命じてある」

「いいえ。わたしはもう助かりません。かまわないでください」

エザナは、部屋の向こうから無言で患者を観察している看護責任者を見た。彼女はガブリエルの言葉に同意してうなずいた。唐突に王は立ち上がった。

「どいつもこいつも、無能者め」エザナはガブリエルを指した。「神ご自身がこの者をつかわされたというのに、おまえたちはただ突っ立って、この者を死なせるのか？　ただちに癒やせ」

王は宝石のついた長いローブを背後で波打たせながら、足音も荒く部屋から出ていった。


その夜、ガブリエルは眠れなかった。熱に浮かされ、うわごとを絶え間なくつぶやいた。数分ほど眠りに落ちても、痙攣を起こしてはっと目を覚ました。呼吸はいっそう苦しくなっていた。ふたたび咳の発作が起きたとき、枕に血が飛び散った。精神的に憔悴した状態でも、体内で大量に出血しているとわかった。

夜間の付添人が叫んだ。「王をお呼びしないと――それとアブナを」

すぐにエザナが、国の主教であるアブナ・サラマと側近の一団を従えて入ってきた。老齢の小柄な主教は刺繍の施された肩帯をかけ、儀式用の銀の十字架を持っており、ガブリエルのベッド脇に近づいてきた。怪我人に聖水を振りかけ、両手を組み合わせて一連の祈りを唱えた。ガブリエルの額に手を置いて告げる。「父と子と聖霊の御名において、この神のしもべに洗礼を施す。主よ、ガブリエルをあなたの御国に迎え入れ、罪を赦し、平穏を与えたまえ。アーメン」

ガブリエルの頭の中は、無秩序にとめどなく混乱していた。懸命に意識を保とう、正気を取り戻そうと努めた。まだ言い残したことがある。

エザナが告げた。「アラビアのガブリエルはみずからの身を挺して王とアクスムの民を守り、自身が神の使いであることを証明した。この者の信仰は、死に直面してもなお揺るがなかった。それはこの者の聖性の象徴である」エザナは首から重厚な黄金の十字架を外し、ガブリエルの首にかけた。「したがって、神に与えられし我が権限において、ガブリエルをアクスム王国の聖人とし、最高の栄誉を与えてこの地の偉大な祖先たちとともに埋葬することを誓う」

「我が王」ガブリエルは空気を求めてあえいだ。言葉を口にできるかわからなかった。「最後に一つだけ望みがあります」

「叶えてやろう」エザナは声を轟かせた。

「平民として埋葬してください。それがわたしです。わたしはデブレ・ダモの山腹にある崖に居を構えています」言葉に詰まり、ふたたび咳の発作に屈した。口の端と鼻から血が滴り落ちたが、先を続けた。「その洞窟の中に埋葬してください。石の壁にわたしの歴史が刻んであります」さらに言葉を続けようとしたが無理だった。

「よかろう。ではそうしよう」エザナは側近たちのほうを向いた。「聖人ガブリエルの遺体はアカシアの棺に入れ、デブレ・ダモに埋葬せよ。彼が言っていた洞窟を見つけ、永久にそこで眠りにつかせるのだ」

アブナ・サラマが死せる者のための聖歌を歌うあいだ、ガブリエルは目を閉じ、その瞬間までは知らなかった世界へと漂っていった。目の前に浮かぶ光景を、無言で、非難することなく見つめた。いまはどんなものも彼を苦しめることはできなかった。家族の農場の裏にある川で彼に泳ぎを教えている父の姿。ふたりで野原を歩きながら、敬意をこめてその土地について語り合ったこと。はじめて息子を抱いたときの、圧倒されんばかりの喜び。こちらに向かってはじめてよちよちと歩いてきた息子。たった一回だけ、師である教授にチェスで勝ったこと。最後に家族を見た日に、高く噴き上げていた火柱。ハイランの顔の深いしわに刻まれた誠実さ。炎のそばで気ままに踊っていたベドウィン。ふさわしい者に見つけてもらえるように祈りながら、震える両手で石にメッセージを刻んだこと。カルセドニー。下唇を震わせながら笑う癖。太古の星を千個も集めたような明るさで輝く瞳。愛し合うときに彼の首のまわりに垂れかかる長い髪。頭の中で純白の光が輝き、そこから手が伸びてくると、ガブリエルはそれをつかんだ。

27

それからの二十四時間、サラは眠らなかった。電話に張りつき、ダニエルを誘拐した人物から連絡がないか数分おきに確認した。なにもない。あまりの緊張感に、胃が万力で押しつぶされているかのようで、口の中はすっぱい味がしていた。きみはこちらが求めているものを持っている。カルセドニーの手紙だ。何者かが、この世に破滅が迫りつつあることを示すあらゆる証拠を消そうとやっきになっている。不眠不休の頭の中で疑問が渦巻き、気が変になりそうだった。頭をはっきりさせなくては。

アパートから出て、冷たい夜の空気を吸いこんだ。バスの排ガスと、煤と、地下鉄の腹から放出される尿のにおいがする。ロンドンのにおい。サラはそれが好きになっていた。ずっと昔に放浪生活を選んだとはいえ、このなじみのあるにおいは懐かしいと思えた。

絶えず肩越しに振り向きながら、慣れ親しんだ目的地に向かって北へ歩いた。ハイド・パーク。暗闇の中で不気味に浮かび上がるブナの木の輪郭、サーペンタイン・レイクに反射する月光、逢引中の恋人たちであふれるベンチ――どれもサラが若いころから変わらない象徴だ。両親が離婚して、母親とアメリカに移る前、サラはよく母親とここで散歩をし、冒険や本、思想や理想について延々と語り合った。

だが今夜は、どんなものも安らぎをもたらしてはくれなかった。公園を端から端まで、ナイツブリッジからベイズウォーター・ロードまで歩いてから、西に曲がってケンジントン・ガーデンズに向かう。帰りはケンジントン・ハイストリートを通ってナイツブリッジに戻った。途中、統一感のない衣装が陳列された店舗の前を通りすぎたが、そういう服はサラの目には女を愚かに見せるための陰謀に思えた。その点ではサラは母とは似ていなかった。母はファッションの奴隷で、家でひとりカクテルを飲んでいるときでさえハリウッドスターの仲間に見えたが、サラは高級ドレスや上質なマニキュアを控えていた。そういうものに意味を見出せないのだ。奔放な消費者主義の見世物を避けるため、サラはスローン・ストリートに入り、閑静な住宅街を通り抜けてテムズ川沿いの道に出た。

アパートに戻ったころには、疲れていたものの頭ははっきりしていた。階段で二階に上がり、ゆっくりと廊下を歩いて、建物の最南端にあるテムズ川に面した部屋に向かう。中に入り、バッグを置いてから、暗闇の中でガラスのスライドドアのそばに立ち、川とその向こうのバタシーの街の明かりを眺めた。

ダニエルのことが頭に浮かぶ。自分の野心のせいで、ふたりともこんな状況に陥ってしまった。これほど無力さを感じたことはなかった。

真っ黒な川の中でなにかが動くのが見えた。だが、この時間に船は走っていない。動きがあった場所を注意して見てみる。川の上で動いたのではないと気づき、心拍が跳ねあがった。背後にいるなにかが動き、それがガラスに反射したのだ。

サラは動こうとはしなかった。

ガラスのドアを開けて一階分飛び降りるか、背後のテーブルの上にある重い大理石のランプをつかんで侵入者の頭を殴るか。もう一度、動きがないかとガラスに目を走らせる。暗い廊下から人影が現れた。

ドアから逃げよう、とサラは決心したが、急に指がうまく動かなくなった。混乱する意識の中、ドアを開けようとすると、侵入者が襲いかかってきた。

サラは本能的にさっと振り返りながら、男の胸に思いきり肘打ちを見舞おうとした。しかし腕をつかまれて背後でねじられ、ガラスに体を押しつけられた。

痛みに叫び声をあげる。

「叫ぶな。大声を出すな」男が命じた。サラは腕を振りほどこうとしたが、男は満身の力で彼女の抵抗を封じた。

「なにが望みなの？」サラの声は痛みとショックで緊張していた。

「よく聞け。手をはなすが、怖がらないでくれ。わかったか？」

サラはためらいがちにうなずいた。男が離れると、ゆっくりと振り返った。

男はフードをかぶっていて、顔は陰に隠れていた。男が窓のほうに近づくと、街の明かりがフードつきのフリースに書かれた文字を照らした。ＩＥＨＯ――国際エチオピア《インターナショナル・エチオピアン・》支援団体《ヘルプ・オーガニゼーション》。ロンドンを拠点に活動している慈善団体だ。それから男の顔が見えた。

「そんな」サラはささやいた。焼けただれて痛々しい皮膚がはっきりと見えた。

もうマスクをかぶっていない顔は恐ろしかった。片方の目は濃紫色の腫れた皮膚でふさがれている。もういっぽうは、覆いとなるまぶたがなく、実際に眼窩《がんか》の中に浮いていた。頬と額のミミズ腫れはまだ生々しく、黒い肌に対してピンク色だった。髪はほとんど燃えつき、傷痕の残る頭皮に寄生するかのように数房だけぺったりとくっついていた。

サラが嫌悪感に顔をしかめると、相手は明かりから離れて顔を隠した。

「ブレハン。ここでなにをしているの?」恐怖に襲われつつもサラは平静を装おうとした。

「イギリス人がおれを解放した。やつらが欲しがっていた情報を与えたら、おれは自由だと言われた」強い訛りがあるものの、ブレハンは明らかに英語の勉強をしたようだ。

「でも、ここでなにをしているの? わたしのアパートで」

ブレハンは両手を合わせて世界共通の祈りのポーズを見せた。「おまえが知らないことがある。おれはおまえが思っているような暗殺者じゃない。たしかにおれは、けっして許されないことをした」ブレハンは川面を見やった。そのまなざしには苦しみがにじんでいた。

「連中の信頼を得るために、アポストロスを殺さなければならなかった。そうしなければ、教団の使命が危うくなっていた」

サラは厳しく非難した。「人間の命よりも教団のほうが大切だっていうの? 自分と血を分けた肉親の命よりも?」

「アポストロスは〝アポクリフォン〟への義務から自分の肉親と縁を切った。だが、おれも同じことをしたとは知らなかった。何年か前、マタカラが十人目の聖人の墓を捜しているのではないかと同胞たちが疑いはじめ、〝アポクリフォン〟の司祭長がおれに教会を出てマタカラの組織のスパイになってくれと頼んできた。おれは秘密厳守を誓った。ほかには誰も知らなかった。アポストロスでさえも。あいつはおれが〝アポクリフォン〟を裏切ったと考えたが、そうなるようにおれたちは望んでいた。もし真実を知っていたら、あいつはおれを守ろうとしたはずだ。それがあいつの性分だったからな。そして、おれたちの努力はすべて水の泡になっていただろう」

サラはブレハンの話に耳を傾けていた。まだ解けていない疑問がいくつもある——おそらくこの男が、真の正体がなんであれ、答えてくれるにちがいない疑問が。

「そう。じゃあ、マタカラを殺したのは誰？」

ブレハンはひるまなかった。「おれだ。おまえたちを山に置き去りにしたあと、あいつの家に行き、おまえとおまえのパートナーを殺したと伝えた。マタカラは『おまえの役目は終わりだ』と言って、おれに拳銃を向けた。おれは逃げた。慌てて外に出たとき、マタカラがおれの脚を撃ち、それからまた発砲したが、弾は当たらなかった。おれは逃げ続けたが、脚から大量に出血していて、弱っていった。そして井戸の近くで倒れた。マタカラがおれに飛びかかってきて、おれたちは取っ組み合った」そこで言葉が途切れた。「正当防衛だったんだ」

サラは無表情で立ちつくし、いま聞いた内容をすべてつなぎ合わせた。ブレハンの話は筋が通る。本当に自分で言っているとおりの人物なら、シミエン山脈でサラとダニエルを解放した理由も説明がつく。それに、サラの父親の使者たちに情報を提供して、捜索に協力した理由も。

「信じていないんだな。これで信用してもらえるかもしれない」

ブレハンはジャケットの中に手を入れ、汚れた白い帆布の包みを取り出した。それを慎重に開けると、今度は金糸で刺繍が施された、血のように赤い布の包みが出てきた。

サラは困惑してブレハンを見つめた。「これは?」

「開けてみろ」

布の端を引っ張ると、包みの中身が現れた。黄金の十字架が、みずから光を放っているかのように輝いている。サラは震える両手で十字架を包むように持ち上げ、敬意を表して頭を垂れた。いままで感じたことのない激烈な感情が、電流のように全身をかけめぐっている。十字架が持つ力に恐れをなし、サラはそっと置いた。

ブレハンが帆布の中に手を入れ、今度はシルクの包みをサラに渡した。開けなくても、中身は写本だとわかっていた。サラはそれを何年も経ってから再会した友人のように胸に抱きしめ、ブレハンを見た。

「アポストロスはおまえに鍵と指示を与えた。なにをすべきかわかっているはずだ」

たしかにこれらの遺物をどうすべきかわかっている。だけど、そのチャンスがあるのだろうか? 十人目の聖人の十字架と、写本と、カルセドニーの手紙を手に入れたサラは、権力の座に就いたことになる――それと、危険な道に。

「ねえ、わたしのパートナーの身が危ないの。彼を助ける時間がどんどんなくなっているわ。

彼の居場所を知っている？」

「知らない。本当だ」

サラはいらいらと息を吐いた。「連中についてなにを知っているの？　誰がマタカラにお金を出していたの？」

ブレハンはうなずいた。「アメリカ人だ。ビジネスマンだと思う。聖人のすべての痕跡を消したがっている。理由はわからない」

「その男と会ったことがある？」

「一度もない。だが、マタカラが何度もそいつと話しているのは聞いた。マタカラは相手の正体がばれないように十分注意を払っていたが、そいつを博士と呼び、一度こんな言葉を口にしていた……ウルフ賞だったか？」

有力な手がかりだ。ウルフ賞とは、一九七八年から数学者や物理学者などに与えられている賞のことだ。少し調べれば、かなり範囲を絞れるだろう。

「名前はわからない？　住所は？　なんでもいいわ」

ブレハンはポケットから紙を取り出し、サラに渡した。「おれが知っているのはこれだけだ」

「テキサス州ポート・マンスフィールド、マーリン・ロード七〇一、倉庫A。これはなんの住所？」

「おまえたちを山の中に置き去りにしたあと、マタカラの家に行くと、ちょうどその住所が記入された箱に写本と十字架を入れているところだった。そこに送るつもりだったんだろう。それを誰にも知られたくなかったから、おれを殺そうとしたんだ」

「ポート・マンスフィールドは、ラグーナ・マドレの端に位置する小さな漁師町だわ」サラはイムレハネ・クリストス教会で翻訳に難儀していたときにアポストロスから届いた謎めいた手紙を思い出した。「母なる海。そうよ。アポストロスはその場所をわたしに伝えたかったのね。ようやく筋が通りはじめたわ」

「おれがここに来た目的はすべて果たした。もう出ていく」

サラが呼び止める暇もなく、ブレハンはガラスのスライドドアを開けると、ひらりとジャンプして下の低木の中に着地した。サラは呼びかけようとはしなかった。どのみちすでに遠くに行ってしまっただろう。代わりにノートパソコンに向かい、ウルフ賞を受賞したアメリカ人を調べた。分野ごとに見ていけば手がかりを得られるのではと期待しつつ、リストに目を走らせた。

『整数論……代数トポロジー……組み合わせ論……ユークリッド・フーリエ解析……』

いくつかは意味さえわからなかった。大学で必修科目を勉強したあとで、サラは複雑な数学は忘れると誓っていた。さらに調査を続けた。

『等質複素領域……ハミルトン力学……ホッジ構造……』

「考えるのよ、サラ」と声に出して言う。環境破壊と関係する数学の分野は？

『擬等角写像……ホロノミック量子場理論……リーマン・ヒルベルト対応……』

どれもピンとこない。そこで一九七八年からの受賞者をひとりずつ見ていった。経歴から有益な情報を得られるかもしれない。

やがてこんな情報が見つかった。

『サンダー・ヒューズ、一九八七年に量子力学で受賞、〈ドノヴァン・ジオダイナミクス〉の創始者・取締役会長』

ゲートから飛び出て疾走するサラブレッドのごとく、心臓の鼓動が速くなる。ラグーナ・マドレになにがあるのか、はっきりとわかった。

28

ポート・マンスフィールドの住民は、ほとんどが老後に釣りを楽しむためにテキサスの外れに移住してきた年寄りばかりで、仕事もせずぶらぶらしていて、友好的だった。みな、喜んで若い女性に親切にしてくれた。とくに、彼女が美人だけれど無知なイギリス人観光客を見事に演じている場合はなおさらだった。サラは無害に見えるよう、まわりに溶けこむように気を配った。父親のジェット機でやってきた金持ち娘だということだけは絶対に知られたくなかった。ジェット機は、急いで逃げるときのために、町から離れた空港に待機させてある。

ぴったりした黒のTシャツに、黒いスキニージーンズ、お気に入りの〈プーマ〉のランニングシューズ。黒い野球帽をかぶり、ポニーテールにした金色の巻き毛を出していた。バックパックを肩にかけているので旅行者に見えるが、実際には今回の任務に必要なあらゆる道具が入っている。

マーリン・ロードは長くほこりっぽい大通りで、とくに朝の時間帯はそれほど交通量が多くなかった。両側には倉庫が並び、多くはシャッターが閉まっていて、外に大型トレーラーが止まっている。ここではまだ秋の涼しさは感じられず、夕方の空気は真夏のロンドンのようにあたたかくじめじめしていた。空中には海水と魚のにおいが漂っている。あまりにぎわっていないことをありがたく思いながら、サラは目的地へと進んでいった。人目につかなければそれだけ都合がいい。

七〇一番地は路地の突き当たりで、灰色のコンクリートの建物がいくつか集まっていた。路地に面した駐車場に車は止まっておらず、大きな旗竿が立っているだけで、星条旗がさわやかな風に吹かれてはためいていた。建物に人けはなく、窓もないために墓のようだった。また、サラが思っていたよりもはるかに大きく、発電所ほどの広さがあった。ここはなんなのだろう。ダニエルはここにとらわれているにちがいない。

サラは隣の建物に止まっているトレーラーの後ろに隠れ、ドアのあたりにさっと目を走らせた。監視カメラがあるが、外部照明はほとんどない。まるでここの代表者が建物を人目につかせたくないと考えているようだ。気づかれずに中に忍びこむには、夜を待たなければならない。あと二時間もすれば暗くなる。暗くなってから、こっそりと近づかなければ。

計画を練っているうちに、空の明かりが薄れ、月の見えない夜がポート・マンスフィールドを包みこんだ。完全な暗闇が訪れると、サラは北側から建物に近づいた。そこにはドアも窓もなく、したがってカメラもなかった。

建物に沿って歩きながら、姿を見られないよう、足音を立てないように慎重に進んでいき、西側の裏口に設置されたカメラの下で立ち止まった。カメラは駐車場を向いている。サラの姿は撮影範囲には入っていない。

不法侵入は専門外だけれど、今回は大切なものがかかっている。ダニエルの命を救うために取引をすることになっても、覚悟はできている。機会があれば、カルセドニーの手紙を利用しよう。

裏口のドアは、狭い駐車場の横に位置していることから、従業員用の出入口なのだろう。そのうち誰かが出てきて、止まっている数台の車のどれかに乗りこむにちがいない。思ったとおりだった。ほどなくして、建物に入るチャンスが訪れた。

ひとりの従業員が一服するために出てきて、ドアを少し開けたままにしておいた。男は携帯電話での会話に夢中で、行きつ戻りつしながら煙草をふかしていた。男がこちらに背中を向けたとき、サラは中にすべりこんだ。

しばらく戸口に立ち、心を落ち着けた。息を吸いこみ、まわりを見まわす。感覚が厳戒態勢になっていた。あたりは暗くてよく見えない。かすかに声と足音が聞こえた。男がふたりいるようだが、定かではなかった。警備員かもしれない。

上を向くと、屋根を支えるように横に渡されたむき出しの鉄骨がぼんやりと見えた。サラは壁に背をつけ、いちばん近くの角まで少しずつ進み、暗闇の中でしゃがみこんだ。

声も足音も聞こえなくなると、バックパックから登山用ロープとひと握りのカムとカラビナを取り出した。ひとりで登るのは危険だが、自分の腕を信用できる程度には何度か経験があった。一つ目のカムをむき出しのコンクリートの壁に固定し、引っ張って動かないことを確認した。それからロープを即席のハーネスのように腰と股間に結び、壁に取りつけたカムに引っかけた。同じ動作を繰り返しながら登っていくと、やがて鉄骨に着いた。床からゆうに九メートルはある。

ロープをたぐり寄せ、あとで下りるときに使うために片方の肩にかけた。眼下には長く広い通路が延びていて、いくつも並ぶ独立した部屋の中心を走る背骨のようだった。限られた明かりの中で見るかぎり、各部屋は大きな金属製のドアで大動脈から遮断されていた。

部屋の中になにがあるのかわからないし、たしかめるために中に入る方法もない。唯一の望みは、煙草休憩から戻ってくる警備員だ。運がよければ、この施設の秘密の場所に入る許可証になってくれるかもしれない。サラは男が戻るのを待った。男の足音が大理石の床に反響し、鉄骨がわずかに振動した。じっと立っていると、男はサラが隠れている場所の下を通りすぎた。

ロープを使って、サラはすばやく懸垂下降した。ネコのようにひらりと床に下り立ち、警備員のあとを追うと、男は左に曲がって建物のべつの区域へと向かった。警報は鳴っていないのでサラの姿は見られていないはずだが、この幸運がどれだけ続くかはわからなかった。

警備員は〈関係者以外立入禁止〉という表示がある頑丈な鋼鉄製の両開きドアの前で立ち止まった。カードリーダーにカードを通し、壁のパネルに暗証番号を打ちこむ。ドアが空圧で自動にスライドして開くと、男は中に入った。

心臓が喉にせり上がるのを感じながら、サラはドアが閉まりかけるのと同時に急いで中に入った。

部屋に入ると、明るい光に目がくらんだ。顔をそむけ、手の甲で目を覆ううちに、目が慣れてきた。作業エリアへの出入りを阻むように置かれた無人の警備デスクの後ろにしゃがみ、机の端からあたりをのぞいた。

警備員は持ち場に戻り、自分の机の前に座った。パソコンが三台あり、なにかを観測しているらしく、画面にはグリッドが映っていた。それぞれのマスには異なる色がついていて、熱測定かなにかのようだ。

サラは周囲の様子を把握しようとした。ガラスの壁が、警備員のデスクとその向こうの広い部屋を隔てている。奥の部屋は自動車工場並みの広さで、何千というパネルが天井から垂直に吊るされている。すべて青みがかったフィルムで覆われ、床から六十センチほどの高さに吊るされていて、その下には水が入った容器が置かれていた。パネルの下端からその容器の中に水が滴り落ちている。まわりの壁際には、野球場にあるのに似た巨大な丸いライトが並んでいた。

これがなんなのか、サラにはわかっていた。二酸化炭素を酸素に変える藻類をおそらく何千エーカー分も育てる、光バイオリアクター。太陽光の代わりに人工の光を利用して、藻類を成長・繁殖させているのだ。理論的には、藻類は無限に増殖し続ける。望みどおりの速さで成長していく――あるいは、速すぎるかもしれない。

つまり、ここが〈ドノヴァン〉のいまわしい施設なのだ。次の研究段階に進むべくこの生命体を海に放出する前に、あらゆる実験がおこなわれている場所。こっそり嗅ぎまわったらほかになにが見つかるだろうかとサラは思ったが、調子に乗りすぎるなと本能が告げていた。それに、この任務の要《かなめ》はダニエルを見つけることだ。彼はここにいる。それはまちがいない。けれど、立入禁止エリアと極秘実験室がいくつもあるこの広い建物の中でダニエルを見つけるには、体力と知力を総動員しなければならないだろう。

電話がかかってきて、警備員が応答した。進行状況について相手に説明しながら、パソコンに一連の画面を呼び出す。男の注意がほかに向いていることを確信したサラは、空圧式の両開きドアのほうに戻り、壁にはめこまれたボタンを見つけた。これで内側からドアを開けられるのだろう。ボタンを押すと、ドアがほとんど音を立てずに開いた。薄明かりに照らされた廊下に出て、忍び足で暗い片隅へと進んでいく。そこで荷物をまとめて、鉄骨の上に戻ろう。そのまま様子を見て待機しながら、次の動きを考えるのだ。急いでロープを体に結ぶ。時間を無駄にはできない。

カラビナを留めるためにカムに手を伸ばしたとき、手首をつかまれた。

さっきとはべつの警備員の懐中電灯に照らされ、サラは反射的に目をつぶった。「これはこれは」男が強いテキサス訛りで言った。「おれたちが会いたかった女じゃねえか」

29

ふたりの警備員に連れられて廊下を進みながら、サラは細部をすべて記憶にとどめた。金属製のスライドドアを一つ、また一つと通り抜けていく。やがて重役のオフィスのような部屋に着いた。電話しかのっていない受付デスクを囲むように、いくつかの閉じたドアが半円形に並んでいた。

「ここで待ってろ」警備員のひとりが言った。その男と相棒は一つのドアから出ていき、鍵がカチッと鳴る音がした。

警備員たちが部屋を出ていった隙に、サラはあたりを見まわしたが、見張られているのはたしかだった。

部屋自体はなんの変哲もない。高さ四メートルの無地の白い壁、磨き上げられた金属の取っ手がついた特大の白いドア。机の上には書類もパソコンもない。電話のほかには、ここが事務所であることを示すものはなにもなかった。

三十分ほど過ぎたあとで、警備員のひとりがふたたび姿を現すと、サラは相手をじっくりと観察した。巨大な中年男で、肩幅があって肉づきがいいわりに、頭は小さい。脚はわずかに曲がっている。黒いワニ革のウエスタンブーツをはき、爪先をV字に開いて立っている。ライトブルーの半袖シャツの制服は、ビーチボールサイズの腹のまわりでぴんと張りつめ、濃紺色のズボンはベルトとホルスターで締めてあった。嚙み煙草を口にしていて、薄い唇を開いて歯をむき出すと、ベルトにつけた痰壺《たんつぼ》に茶色の唾を吐いた。「来い」

「どこに連れていくの？」

「そう焦んな、お嬢さん。すぐにわかるって」警備員は鍵のかかったドアを開錠し、サラを連れてべつに廊下に出た。いくつもの部屋が迷路のように並んでいる。男は一つのドアの前で立ち止まってノックした。「おい、おまえに客だぞ」ドアを開け、サラを中に引っ張り入れる。

サラは息をのんだ。

ダニエル。左目の上で血が固まってかさぶたになり、Tシャツは首の部分が裂けていた。壁に背を向けて、床に座っている。

サラは唇を嚙んで感情を抑えた。

「サラ？」唐突にダニエルが立ち上がった。「ここでなにをしているんだ？」

「そりゃもちろん、おまえを捜しに来たのさ」警備員が口を挟んだ。「それと、あるものを渡しにな」サラのほうを向く。「そうだろう？」

「ええ」サラはダニエルに目を向けたまま言った。「そうよ」

「サラ、だめだ」ダニエルはきっぱりと言った。「なにも渡すな。こいつらはすでに――」

「おまえは黙ってろ」警備員が拳銃の台尻でダニエルの肩甲骨のあいだを殴り、ダニエルは膝をついた。「さあ、お嬢さん、手紙を持ってきたのか？」

サラは腕を組んだ。「かもね。でも、条件があるわ」

警備員は笑い声をあげた。「へえ、なんだ?」

「ボスのところに連れていきなさい。ちゃんとわたしの目を見て、なぜこんなにもこれを欲しがっているか説明してもらいたいの」

「お嬢さん、頭がどうかしてるぜ。あんたは指示を出す立場じゃねえ」警備員にバックパックを強く引っ張られ、サラはよろめいた。「なにが入ってるか見てみよう」

警備員は念入りにすべてのポケットのチャックを開け、荷物を一つずつ取り出した。手紙はどこにもなかった。「じゃあ、どこに隠してんだ?」男の目がサラの体を上から下まで眺める。「さっさと答えねえと、服を脱がせて調べるぞ。どうなるかな?」

一回だけ強いノックの音がして、ドアが勢いよく開いた。

ふたり目の警備員が入ってきた。くちゃくちゃとガムを噛んでいる。「ボスが呼んでるぜ、ネイト」

警備員はベルトから小さな白目製の壺を外し、その中に唾を吐いた。すべてをバックパックにしまい、ドアまで持っていく。「そこの色男とふたりで、じっくり考えな。五分後に戻ってきたときには、取引をする準備をしておけ。イギリス人のおふざけにつきあってる気分じゃねえんだ。わかったか?」

サラは男をきっとにらみつけた。

警備員はドアをバタンと閉め、外から鍵をかけた。

ダニエルがサラと頬を寄せ合い、声が外に漏れないように耳もとでささやいた。「聞くんだ、サラ。あいつらは本気だ。出口のようなものは見かけたか？」

「さっき、バイオリアクターがある部屋に忍びこんだの。でも……」言葉を切り、部屋の細部を思い出そうとした。頭の中で一つだけとくに印象に残っているものがあった。「藻類を育てているパネル――水が入った大きな容器の上に吊るされていたわ。水はどこかに排出されているはずよ」

ダニエルがパチンと指を鳴らした。「そうだ。最初にここに連れてこられたとき、この施設の地下にある部屋に閉じこめられたんだ。昼も夜も排水パイプの音がしていた。かなり大きな音で、なにかが大量に流れているみたいだった」

「つまり、藻類を育てているパネルの下の水は――」

「実際には廃棄物だ。二酸化炭素で成長した藻類の汚泥がここから排出されているんだ」

「そこまでの行き方を覚えている？」

「ああ。だけど、ほとんど不可能だろう。あの男が言っていた手紙って？」

「ガブリエルの警告を裏づける、中世の資料よ。話せば長くなるわ」

「どこにあるんだ？」

「それは言えないわ」盗み聞きされる危険を冒すわけにはいかない。

足音が近づいてくる。

「いい考えがある」ダニエルがささやいた。「ぼくに合わせて」

ドアが開くと、ふたりの警備員が腕を組んで立っていた。

ネイトが口を開いた。「で？　どうする？　さっさと吐け。おれは暇じゃねんだ」

「そっちが望んでいるものを渡したら」ダニエルが言う。「こっちにどんなメリットがある？」

「手紙を渡せば、自由にしてやる」

「嘘じゃないという証拠は？」

「その手紙と、エチオピアから届く荷物が手に入りゃ、もうおまえたちに用はねえ」

まだ荷物が届くと思っているのだ。十字架と写本が奪われたことを知らないのだろう。サラはそれを秘密にしておくことに決めた。ダニエルにも。

「約束するか？」

「誓う」

ダニエルがサラを見た。「どこに手紙を落としたか話すんだ」

ダニエルの意図を理解したサラは調子を合わせた。「地下よ。案内するわ」

「よし、わかった。行くぞ」ネイトが手を振って合図した。「レディファーストだ」

サラは武装したふたりの男を従え、まったく知らない地下へ向かった。自信があるふりをしようとしたが、内心はパニックを起こしていた。うまくやり遂げられるかわからない。こっそりダニエルを見やると、ダニエルはほとんどわからないくらいわずかに片方の眉を上げた。彼がそこにいてくれるだけで安心できた。

廊下に出ると、ダニエルがサラに左に曲がるように合図した。さらに二回左に曲がり、しばらく歩いたあとで、べつの区域に入り、階段を下りていった。地下までは千段あったにちがいない。ここに比べると、これまでサラが入ったことのある埋葬室は狭い墓場に思えた。ここの地下には、明らかに精巧な設備が整っていた。個別に実験がおこなわれている第二のバイオリアクターがあって、なんらかの理由で秘密にされているのだという考えを振り払えなかった。

階段の下に着くとドアがあり、その先の広い空間は迷路のように仕切りで区切られていた。中心に沿ってずらりと吊るされた蛍光灯が部屋の中央を照らしており、隅のほうは薄暗くなっていた。サラはちらりとダニエルを見たが、なんの合図も返ってこなかった。眉間にしわを寄せている様子から、ここからどちらに行けばいいのか懸命に思い出そうとしているのだろう。サラはごくりと唾をのんだ。

ネイトが沈黙を破った。「足を止めるな、お嬢さん。行け、進め」

「ちょっと待って」サラはぴしゃりと言い返した。「考えているの」

「こうすりゃ思い出すかもな」ネイトはダニエルのみぞおちに肘打ちを見舞い、ダニエルは体を二つに折り曲げた。

サラは手をこぶしにしたが、平静を失わなかった。仕切りで区切られたエリアを顎で示す。

「こっちよ」

ダニエルは疑問を挟まなかったが、目を見開いたことから最悪の事態を恐れているのは明白だった。

計画はないけれど、サラは自分の能力を信頼していた。入り組んだ通路を進みながら、出口との位置関係から現在地を割り出すことができる。いちかばちかの賭けだが、それに頼るしかなかった。

先に立って進むサラの後ろにダニエルが続き、そのあとからふたりの警備員がぴったりとついてきた。

サラの首の後ろにダニエルの息がかかった。長い息が一回、続いて短い息が二回。

これもなにかの合図だ。

間があってから、長い息が三回。それがもう一度繰り返される。次いで、短く一回、長く一回、また短く一回。

モールス信号だ。

ドア《Door》。

迷路の反対側に、金庫室の入口のような大きな金属製の厚板があった。ダニエルのメッセージに隠された意味を理解する前に、また信号が送られてきた。短く、長く、短く。短く二回、長く一回。長く、短く。

走れ《Run》。

ダニエルがすばやくひとりの警備員の股間に膝蹴りを食らわせ、動けなくさせた。

サラは全速力で駆けだした。背後で男たちが取っ組み合う音が聞こえた。銃声が轟く。サラは驚いて振り返った。

ダニエルが若い警備員ともみ合いながら、武器を奪った。警備員の顔にリボルバーを突きつける。「じっとしてろ」ネイトのほうを向く。「おまえ。武器をこっちに蹴るんだ」

サラは比較的容易に迷路を出ると、巨大な扉を開ける方法を見つけようとした。

ダニエルがふたりの捕虜とともに現れた。

「ここが例の場所だと思うわ、ダニー。聞いて」

厚いコンクリートの壁越しにかすかな水音が聞こえる。

ダニエルが微笑んだ。「よし、諸君、ドアを開けてくれないか？」男たちの銃をそれぞれの頭に向ける。「おかしなまねはするなよ」

ネイトが壁のキーパッドに暗証番号を打ちこんだ。小さくカチッと音がして、ドアが開錠された。もうひとりの警備員が重厚な金属製の取っ手を引っ張ると、ドアがわずかに開いた。

「おまえらが先に行け」ダニエルが言った。「ほら」

サラとダニエルが警備員たちに続いて中に入ると、金属製の足場があり、その下は崖のようになっていた。ドアの反対側で聞こえた水音は、いまや全出力のヘリコプター並みに騒々しくリズミカルな轟音に変わっていた。金属の踏み板がついた螺旋階段があり、ポールを中心にぐるりと下まで続いているが、はるか先の床は見えなかった。下の広々とした空間にはパイプが入り組んでいて、主要都市の高速道路よろしく、あっちに曲がったり、こっちに曲がったり、互いに交差したりしていた。パイプは地下深くに通じているようだ。

サラは轟音に負けじと声を張り上げた。「ここはなんなの？」

ネイトがサラの足もとに唾を吐き、顔をしかめた。「おれはなにもしゃべらねえぞ」

ダニエルが片方の銃をネイトの若い相棒の眉間に向けた。男のおびえた表情からは怖がっているのがうかがえた。「おまえはどうだ、小僧？　しゃべるか？」

警備員は口ごもり、なにを言っているかわからなかった。目が閉じられ、額に汗がにじみだす。

「目を開けろ」ダニエルが怒鳴る。「こっちを見ろ」

警備員はわずかに目を開け、ドアのほうにじりじりと移動した。ダニエルはもう一つの銃をサラに投げて渡すと、空いたほうの手で若い警備員をつかみ、足場の縁へと引っ張っていった。

「わかった」警備員は叫んだ。「わかったよ。これは下水管だ。はなしてくれ。頼むから、手をはなしてくれ」

「下水管？　なんの下水管だ？　このパイプにはなにが流れている？」

「そ――そ――そう――」

「藻類？」

「ああ」警備員の声はおびえていた。「はなしてくれ」

ダニエルは男の腕をはなした。

すると恐怖で我を失った警備員が襲いかかってきた。ダニエルの喉を両手でつかみ、締めつける。

ダニエルは銃を落とし、警備員の手首をつかんで首からはなそうとした。

サラは銃を構えたが、ダニエルを撃ってしまうかもしれず、そんな危険は冒せなかった。本能的に、ダニエルが落とした銃に手を伸ばした。

そのとたん脇腹を思いきり蹴られ、サラは足場の上を転がって仰向けに倒れた。両足のかかとでネイトを蹴ろうとしたが、足をつかまれてうつぶせにされた。ネイトの膝がサラの腰を押さえつけ、金属の床の上で身動きがとれなくなった。床には細かい穴が開いていて、そこから三十メートル下にある入り組んだパイプがはっきりと見えた。落ちたら一巻の終わりだろう。アドレナリンが湧き上がり、サラはごろりと横に転がって背中から警備員を振り落とした。相手を押しのけようとしたが無駄で、二の腕をつかまれて痛みが走った。

ダニエルがもうひとりの警備員の手を振りほどき、足場の手すり越しに相手を落とすまねをした。明らかに恐怖に襲われた若い男は泣き叫びながら嘔吐し、床にくずおれた。

それからダニエルはサラを助けようと駆け寄り、ネイトの背後から首に腕をまわして締めつけた。「サラ、逃げろ!」

ダニエルと一緒でなければどこにも行くつもりはなかった。耐えがたいほどの轟音の中、ダニエルの口が動くのが見えた。「早く逃げろ」

サラは部屋から飛び出して迷路に戻り、後ろを振り向きながら走っていった。イムレハネ・クリストス教会の迷路で起きた大虐殺が頭をよぎり、恐怖が増した。口が乾き、シャツが汗でびしょ濡れになる。怖い目には何度もあったけれど、こんなのははじめてだった。

ダニエルの姿はない。

彼を失うわけにはいかない。

もう一度後ろを向くと、ダニエルの姿があったが、彼だけではなかった。「ダニー、後ろ！」

ネイトが追ってきていたが、太りすぎで動きの遅い警備員よりもダニエルのほうが速かった。ネイトを大きく引き離していく。

迷路の出口に近づくと、ダニエルは叫んだ。「近道がある。貨物用エレベーターだ。右の廊下に入れ」

サラはうなずき、そちらに走っていった。エレベーターが下りてきたときには、ダニエルが横にいた。ふたりは中に乗りこみ、上昇ボタンを押すと、地下から一階に上がるまでしっかりと抱き合っていた。

町外れの空港に止まっているジェット機は一機だけだった。サラの父親のダッソーファルコン９００。なめらかな流線形で、町でいちばん高級な家よりも高価なこのジェット機は、ターボプロップ機がハイテク飛行機だと思われているこの地域ではめったにお目にかかれない代物だ。

飛行機に乗ってこれほど安堵したのははじめてだった。サラは革のシートにへたりこみ、氷のように冷たいタオルに顔をうずめた。

ダニエルが客室乗務員を呼び、ストレートのバーボンをダブルで頼んだ。二十年以上ウェストン家の専任パイロットを務めているブランフォード・スペンサーが近づいてきた。帽子を取って白髪頭をあらわにしながら、サラに安定と安心を思い起こさせるやさしい声で言った。「ごきげんよう、お嬢さま、サー。それでは、行き先はヒースローでよろしいでしょうか？」

「まだよ、ブランフォード」サラは言った。「ちょっと寄り道をしてニューヨークに行くわ」

「かしこまりました、お嬢さま。事前に〈プラザ・ホテル〉に連絡して、コンドミニアムのお部屋が使えるか確認いたしましょうか？」

「ええ、そうしてちょうだい」

ダニエルがサラのほうを向いた。「〈プラザ〉にコンドミニアムを持っているのかい？　きみにはいつも驚かされるな」

サラは笑った。「まだ序の口よ」

ダニエルはバーボンをごくりと飲んだ。「それで、次は？」

「次は、こっちが連中をぎゃふんと言わせてやるわ」

30

〈オケアノス〉の本部は、マンハッタンのダウンタウンに建つ特徴のないガラス張りのビルの二階にあった。ロビーはきれいだが、あまり独創性がなかった。サラは四脚ある黒い革張りのクロムの椅子の一つに腰かけていた。ダニエルは、いまではひげを剃って〈プラザ〉のコンシェルジュが調達してくれたまともな服を着た姿で、フロントデスクに歩いていった。

若い受付係はすぐにダニエルに気がついた。「嘘でしょう、テレビに出ている人類学者ね。ダニエル・マディガンですよね？」

計画はうまくいっている。ダニエルはこのうえなく魅力的な、南部人特有の間延びした口調で言った。「おや、どうして知っているんだい？」

女性は顔を赤らめ、髪を耳にかけた。「だって、いつも見ていますから。シバの女王の特集番組は大好きでした。男をたらしこむ妖婦だったって言っていましたよね？　一日中あなたのお話を聞いていたいわ」

「ああ、この仕事は本当に興味が尽きないよ。いつか、なにもかも話してあげよう。でも、ねえ、ダーリン、実は今日はスチュアート・エリクソン氏に会いに来たんだ。ぼくの番組に出てもらえないかと思ってね」

ダニエルはサラと同じくらい負傷しているはずだが、それをおくびにも出さずにいられることにサラは感心した。

受付係は餌に食いついた。「本当に？　きっと喜ぶはずです。少々お待ちください」

ダニエルはサラの隣の椅子に腰を下ろした。

受付係がデスクに戻ってきて、スチュアート・エリクソンは喜んでお会いすると告げた。

ダニエルはサラにウインクした。「ぼくがその気になれば、こんなもんさ」

スチュアート・エリクソンは電話を切るところで、サラたちに座ってくれと手振りで合図した。職歴から推測すると四十代のはずだが、少年っぽい北欧風の顔立ちと、細いブロンドをケン人形のように横分けにした髪形のおかげで、二十代に見えた。濃紺色のスーツと赤いネクタイを身につけた姿は、サラが想像していた環境保護活動家とは似ても似つかなかった。ぴかぴかで傷一つない大きなサクラ材のデスクには、整然と積まれた書類の山が二つあるだけだった。

彼は電話を切ると、実際には初対面なのだが、何年も前からの知り合いであるかのようにダニエルを歓迎した。今回ばかりは、サラはダニエルの認知度と、それによって扉が開かれたことに感謝した。

「マディガン博士」スチュアートは言った。「思いがけずお会いできて光栄だ。ニューヨークにはなんのご用で？」

「こちらこそ光栄です。こちらは同僚のサラ・ウェストン。考古学者です。ぼくたちはあなたの活動に関心があるんです。とくに、ポセイドン計画と呼ばれるプロジェクトに対して

〈地球温暖化阻止を目指す諸国連合〉の考えを変えようと奮闘なさっていることに。それについて、詳しく聞かせてもらいたいのですが」

スチュアートは、企業としてはよくある、前もって準備された意見を述べはじめた。「〈オケアノス〉が目指す目標は、海洋環境を可能なかぎり自然な状態で維持し、人間が我らの海に残す足跡を最小限に抑えることだ。わたしたちの保全活動には、海洋生物や水質を守るためのプロジェクトへの出資や、我らの海の繊細なバランスをおびやかすプロジェクトとの対決などが含まれる。ポセイドン計画はそうした脅威であると、わたしたちは考えている」

「あなたの組織について調べてきました」サラは口を挟んだ。「二年前に北太平洋西部のコククジラを絶滅から救ったのがあなたがたのプロジェクトだったとは知りませんでした。あれはすばらしい勝利でしたね。どうやって成功させたのですか？」

「わたしたちは政治的に広い人脈を持っている。我が社の役員会や財政基盤は国際色富かで、権力と影響力を持つ人々からなる。それをうまく利用しているのだと言っておこう」

「〈ドノヴァン・ジオダイナミクス〉のような巨大企業を倒せるほどの影響力を持っている？」

スチュアートはかぶりを振った。「〈ドノヴァン〉はこれまでずっとわたしたちの最大の挑戦だった。彼らはエネルギーから自動車まで、あらゆる産業分野で特定利益団体の支援を受けている。いまやワシントンの寵児だ。石油を基盤とする経済を変化させる際にかかる法外な費用を考えると、彼らのテクノロジーはもっとも将来有望な代替手段だ」

「そのようですね」

「ああ、しかし、彼らは自分たちだけでじつに手堅いプロジェクトを立ち上げた。世界トップクラスの機関の科学者が、あの会社の役員に、従業員に、アドバイザーに名を連ねている。取締役会長のサンダー・ヒューズは、このプロジェクトのために何億という莫大な私財を投じた。プロジェクトの売りは、ポセイドン計画で処理された水が、大気中から二酸化炭素を吸収する熱帯雨林と同じくらいの効果を示しているということだ。主要国の政府はこの巧みな話術にうまく乗せられ、〈ドノヴァン〉が次の研究段階に進む許可を出そうとしている。そこには、海洋環境での例の藻類の実験も含まれている。それこそまさに我々が望んでいないことだ」

「つまり、苦しい闘いが続いているんですね」

「控えめに言ってもそうだ。わたしは一年の大半をかけて、ポセイドン計画に反対票を投じるように連合の加盟国を説得しようと試みてきたが、わずかな成果しか得られていない。最大の味方は、デンマーク環境大臣のラース・ペデルセンだ。海洋にかかわる実験計画には、中でもポセイドン計画には、断固として反対している。反対票を投じてくれるだろう。また、ほかの北欧諸国の大臣たちとも話をしてくれた。彼らは完全に賛同したわけではないものの、少なくともこちらに共感しているそうだ。ただしノルウェーだけはなぜか意思を曲げようとしない。それから、中立を示している国が二つある――フランスとオーストラリアだ。ちなみに、オーストラリアは数年前にニューサウスウェールズ州のいくつかの湖でイチイヅタの大発生を経験した。藻類に対してはきわめて神経質になっているから、反対票を投じるように説得できるだろう。これらの代表者を全員味方につければ、チャンスはある。それが無理なら、〈ドノヴァン〉の圧勝だ」スチュアートは小首をかしげた。「教えてくれ、きみたちはなぜこれほど気にかけているのかね？」

「わたしたちの発見によると、〈ドノヴァン〉の勝利は破滅的な結果をもたらすかもしれないのです」サラはデスクの上にバインダーを置いた。中には、アクスムの発掘からはじまって、つい最近フランスで明らかになった事柄まで、調査結果が収められている。「この古代の碑文と、ポセイドン計画には、明らかに類似点があると思うのです」

スチュアートは老眼鏡をかけ、時間をかけてページをめくった。眉間にしわを寄せ、サラとダニエルを見る。

それをサラは説明を求める合図だと受け取った。「わたしたちが最初にその碑文を見つけたとき、それを書いた人物――エチオピア人が十人目の聖人と呼ぶ男性――がなにを伝えようとしているのかわかりませんでした。使われている言語が千七百年のあいだに明らかに変化していたからです。昼夜を問わず作業してこの謎めいた言葉を翻訳すると、現在と関連性があることが判明しました――ノストラダムスの予言が解釈されたときとよく似ています。例を挙げましょう。十人目の聖人は、人間は『母を強姦し、核までむさぼり、血管を流れる黒い血を吸い出し、それによって自分の体の飢えを満たす』と書いていました。〝黒い血〟とは、〝母親〟――地球――の核から掘削された石油のことだと考えられます。また、少しあとで、〝ガスで汚された〟空気について触れています。論理的な解釈としては、大気中への温室効果ガスの排出と、二酸化炭素濃度の上昇のことでしょう。

「けれど、もっとも興味深いのは、『人間は子をもうけ、その恐ろしい創造物を海に解き放ち、微弱な大気に、生命力を取り戻せと命じる』という節です。これは、微弱な大気、すなわち汚染された大気に、酸素——生命力——を取り戻すために人間が創り出した物質のことを言っているのかもしれません。ここまではよろしいですか？」

スチュアートは身を乗り出した。青緑色の目が好奇心できらめいている。「続けてくれ」

「わたしの考えでは、いま話したこととポセイドン計画の実験は気味が悪いほど類似しています。では、十人目の聖人の次の言葉を考えてみましょう。『子は従い、ついにその日が訪れると、おのれの意のままにふるまわんとする』。ひょっとすると、人工生命体が制御できないほど成長するのでは？　条件がそろえば、そういうことも起こりえます。温水の流出か、もしくは、我々がすでに経験している海水温の上昇か」強調するために間を置く。「あるいは、原発事故か。

「聖人は、子どもが邪悪な敵と手を組んで〝獣〟になると言っています。たしかに黙示録のように聞こえますが、考えてみてください。〈ドノヴァン〉の植物プランクトンと、ほかの自然の力、あるいは人間の力が融合して、海を破壊する突然変異体が生まれるかもしれないというのは、そんなに突拍子もない推測でしょうか？　十人目の聖人はこう言っています、『怪物は闇の毛布で、海を覆いつくし、魚を水中の墓場に葬り、大気は生命を与えるのではなく奪っていく』

「まさしく大気の性質が変わるということです。〝水の華〟のように単純な現象かもしれませんし、想像しうる以上にはるかに凶悪な事態かもしれません。ポセイドン計画で創り出されたような生命体が極限状態で爆発的に増殖し、海を覆いつくす可能性はたしかにありうるのです」

ダニエルが身を乗り出した。「ねえ、スチュアート、あなたならわかるはずです。きれいな海がなければ、世界はあらゆる災難に見舞われるでしょう。極端な気候変動が起こって、深刻な破滅がもたらされるかもしれない。碑文の最後の言葉はこうです、『炎の巨大な舌が大地を覆いつくす。汚れた空気が炎を煽る。煙は恐ろしくすさまじい勢いで天まで昇り、生きとし生けるものは滅び、残るのはただ永遠の静寂のみ』。どう思います？　ぼくには、終末のシナリオに聞こえます。炎による、世界の終わりです」

「たしかに、可能性はある」スチュアートは言った。「海洋生物が死んで海底に沈めば、メタンガスが発生する。メタンガスは可燃性で――」

ダニエルが言葉を継いだ。「さらに、二酸化炭素を吸収する例の藻類から放出された酸素が、炎の勢いを加速させる」

「これはファンタジーではありません」サラはつけ加えた。「この男はその場にいたのです。自分の目で終末を見たのです。彼と、ほかのふたりが」書類をめくり、カルセドニーの手紙で手を止める。「これはある女性がフランスで書いた手紙のコピーです。原本は十四世紀、黒死病が流行したころに書かれたものだと確認できました。平易な英語で、碑文にあるのと同じ出来事が書かれています。偶然？　そうは思いません」

　スチュアートは手紙を読んでから、眼鏡を外して眉を寄せた。「どれも非常に興味深い話だ。だが、連合の代表団には政治的動機に基づいて判断を下す者たちがいるし、彼らを説得するには不十分だろう。中には、とても複雑な独自の関心を持っている者もいる。予言書や、漠然としたタイムトラベル説よりも、もっと確実な証拠が必要だ」

　サラはスチュアートと目を合わせた。「では、これはどうです？〈ドノヴァン〉が実験で回収された炭素を流出していると考えられる根拠があります。テキサスの施設の地下に、迷路さながらにパイプが張りめぐらされているんです」

　スチュアートは背筋を伸ばした。「それはたしかかね？」

「ええ、たしかです」ダニエルが言う。「ぼくたちはそこに行ったんです。この目で見ました。ちなみに、見学ツアーの一環じゃありませんよ。あの地下のシステムがなんであれ、秘密にされています。ぼくらは偶然そこを見つけたんです……施設から出るときに」

　スチュアートは老眼鏡のつるの先端を噛み、目をそらした。「きみたちの話が本当だとすれば、何年も我々を悩ませてきた一連の出来事の手がかりになるかもしれない。グリーンランドの西岸に暮らすイヌイットの部族の人口が、減少しているのだ。彼らはカラーリットと呼ばれている。我々はつい最近、カラーリットが食料としている、その地域の海洋生物が激減しており、残った生物も汚染されて弱っていることを突き止めた。水質を検査したところ、外来種の藻類の残骸が見つかった。その藻類がなぜそこに現れたのか、誰も説明できなかった」

「今回の件に関係していると?」ダニエルが尋ねる。

「かもしれない。〈ドノヴァン〉のパイプはどこかに通じているはずだ。彼らが実験をおこなっている藻類と、北極地方の魚を殺している藻類とのあいだになんらかの関係があるなら、調査をすればなにか見つかるかもしれない。問題は……」

サラはうなずいた。「時間がありません」

「連合会議まで二週間もない」スチュアートは言った。「〈ドノヴァン〉の施設に入れたとしても、まちがいなく連中は拒もうとするだろうが、適切な検査をおこなうだけの時間はない」

「問題点を提起するだけでも、連合の投票を先延ばしにできるかもしれません」サラは言った。「邪悪な計画が進行していると代表者たちを説得できれば、第二段階に進む許可を出す前に検査を要求してくれるかもしれません。わたしたちが力になります」

「なぜこれがきみにとってそれほど重要なのかね?」

「ミスター・エリクソン、わたしは考古学者です。未来ではなく過去を研究しています。けれど、いまの仕事に就いてからはじめて、その二つには密接な関係があるのではないかと考えています。過去と現在が未来に影響を与えるということはすでにわかっています。いま下した決断が、時代を経て、敬意を払われるかもしれないし、悩みの種となるかもしれない。わたしたちには未来の出来事を予見する能力はありませんが、史上はじめて、議論の余地のない明白な証拠が手に入ったのです。未来をその目で見た人々がわたしたちのために——言うなれば、わたしたちの罪をあがなうために——メッセージを残してくれたという証拠が。それを人類に伝えるのが、この証拠を手に入れることになった人間として、わたしの職業上の義務であり、人としての責任なのです」

「とても気高い考えだし、きみの意見に異論はない」スチュアートは言った。「だが、きみは自分がどんなことに足を踏み入れようとしているかわかっていない。敵は手ごわい。躊躇することなくきみをつぶすだろう」

「自分がなにに立ち向かっているか、ちゃんとわかっています」サラは言った。ようやく完全に事態を把握できていた。「それに、わたしに考えがあります」

31

連合の投票がおこなわれる前日、サラは眠れなかった。ホテルの部屋の窓の外では、ブリュッセルの街がほのかな街灯に照らされている。遠くでは、ゴシック様式の市庁舎の尖塔が金色の針よろしく黒いビロードの空を貫いていて、濃い暗闇の中で唯一光を放つ灯台のようだった。サラは時計を見てから——夜中の三時だ——隣で絶えず寝返りを打っているダニエルを見つめた。四日間休むことなく連合の代表者たちとミーティングをしてきたため、ふたりとも疲れ果てていた。だが、サラは眠れなかった。

昨夜の父親との口論のせいで心が乱れていた。連合の一員として、父は会議のためにブリュッセルに来ており、その機に乗じてサラに説教をしてきたのだ。それ以来ずっと、父との会話が頭を離れなかった。

サー・リチャードはこう言っていた。「情報筋によると、おまえは……ロビー活動をしているそうだな。〈オケアノス〉のニューエイジの変人どもと手を組んで、みずから何人もの環境大臣の前で〈ドノヴァン〉のポセイドン計画に反対票を投じるように説得しているとか。それればかりか、明日の会議でスピーチをするそうじゃないか。わたしは、それはありえない話だと説明しなければならなかったんだぞ。娘は優秀な科学者で、そんなまねをするはずがないとな」

父に冷たくにらまれると、いまだに体が震えた。

「ありえない話だろう、サラ?」

内心ではおののきながらも、サラはひるむことなく答えた。「いいえ、本当よ。ポセイドン計画はパパたちが考えているような救世主じゃないことを伝えるために、スチュアート・エリクソンがわたしに協力を求めてきたの。だから、そうよ。彼と一緒に大臣たちに会った。ロビー活動をしていたのは彼で、わたしはただ大臣たちに自分の調査結果を伝えただけ。ポセイドン計画のようなプロジェクトのせいで大規模な破滅がもたらされたことがあると、ふたりの目撃者が述べているってね。大臣たちの票が動く可能性があるか? ええ、あるわ。実際に動くか? そう願うわ」

台風の目のごとき冷静さで、父は言った。「ダーリン、なぜ執拗にわたしに恥をかかせる? わたしがポセイドン計画の忠実な支持者であることは、誰もが知っている。まったく、女王陛下もご自身で賛同を表明したんだぞ。これが地球温暖化の解決策になると全西洋諸国が考えているというのに、わたしの娘は公然と、あからさまに、わたしの立場ばかりか女王陛下のお立場まで軽視している。よくもこんなふうにわたしに逆らえるものだな」

「パパに逆らってはいないわ。わたしはただ、自分の心が正しいと言っていることをしているだけ」

「心だと? やれやれ、大人になりなさい、サラ。いつになったら子どもっぽい理想主義を捨てる? すべてを失ったときか? 連合の前でおまえのばかげたたわごとを話せば、ケンブリッジでのキャリアはおしまいだぞ。そうなるようにわたしが手をまわす」

「サイモン教授は理事会に従うわ、パパじゃない」

「はたしてそうかね？　覚えておけ、サラ。わたしの力でなにができるか、なにをできなくさせられるか」

「どういうこと？」

「大学が芸術工学部用に新しいビルを建てる際に、わたしがささやかな贈り物をしたのを覚えているか？　あれはいくつかの条件つきだったと言っておこう」

サラはかぶりを振った。「なにを言っているの？　お金でわたしがアクスムの発掘プロジェクトに参加できるようにしたの？」

サー・リチャードは青い目に氷河並みのあたたかさをたたえ、とどめの一撃を与えた。

「おいおい、ダーリン。ああいうものは実績で選ばれるわけじゃないとわかっているだろう。誰が誰にどんな貸しを作るか、それがすべてだ」

その言葉はいまだに悪夢の残骸のごとくサラの頭から離れなかった。自分は父にとってそういう存在なのだ。徴集すべき債務。現実がサラの心に突き刺さる。エリート主義の父の世界に彼女の居場所はないのだ。

サラは、自分の計画のことを考えようとした。ブリュッセルに発つ前に実行に移してある。大きな賭けだし、危険をともなう。自分は正しいことをしたのだろうか。すでに多くの人が傷つけられてきた。その数を増やしたくはない。けれど、なにもしなければ、はるかに悪い結果になる。

連合会議の前に心と神経を落ち着かせなければ。わずかなミスも許されない。だが、その夜は一睡もできなかった。さらに一時間、ベッドに横たわり、疑惑や不安と闘ったあとで、とうとう眠るのはあきらめ、ホテルのビジネスセンターに下りていくことに決めた。そこはありがたいことに二十四時間開いている。紅茶を飲みながら、新聞でも読もう。

ジーンズとジップアップパーカーに着替えてから、部屋を出て静かにドアを閉めた。

長い廊下をエレベーターまで歩いていく。この時間はすべてが静まり返っていた。足の下で床がかすかにきしむ音が雷のように耳に響いた。不気味な静けさの中、ふだんなら意識しないようなものに気がついた。古い廊下のむっとするにおいや、スイートルームの大げさな名前――〝ロータス〟、〝オーキッド〟、〝バード・オブ・パラダイス〟。まるで名前だけで、この場所に染みこんだヨーロッパの高尚さが衰退しつつあるという現実から連れ去ってくれるといわんばかりだ。

ふと人影を見た気がして、さっと振り返ったが、廊下にはなんの動きも音もなかった。眠れないせいで被害妄想にとらわれているにちがいない。

ようやく古風な真鍮のエレベーターの扉の前に着くと、下行きのボタンを押した。エレベーターがゆっくりと作動するあいだ、サラはそわそわと片方の足からもういっぽうに体重を移動させていた。明日のこと、父との対決、いまだに頭から離れない迫りくる脅威のことが不安でしかたなかった。

そのとき、カーペットを歩く鈍い足音が聞こえた。振り返る前に、冷たい金属が腰に押しつけられるのを感じた。

「弾はこめてある」

銃の安全装置が解除される音がした。

「黙ってついてこい。おまえに会いたがっている人がいる」

32

朝日の指が空に触れようかというころ、サラが乗った車は、ブリュッセル空港の民間機用滑走路に止まっているガルフストリームG550の横に到着した。ステップの下にダークスーツを着たふたりの男が立っていて、耳から襟《えり》の中へカールコードが延びているのが見えた。ひとりが手首のマイクに向かって、車が到着したことを告げる。もうひとりがドアを開け、サラが後部座席から降りるのに手を貸した。夜明け前の冷たい空気が顔に当たり、サラは身震いした。ふたりの護衛はひと言も発さず、ステップを上ってガルフストリームの機内へとサラを連行した。

こういうジェット機はよく知っているが、これは並外れていた。内装は徹底的にカスタマイズされている。従来の構造ではなく、現代的な、ほとんど未来的とさえいえそうなリビングのようにアレンジされている。楕円形に並んだ革張りのユニット式ソファに、それぞれの前に置かれた自由な形状のアクリル樹脂テーブル。メインキャビンと調理室《ギャレー》を隔てている壁にかけられた抽象絵画。床はつややかな漆黒色の複合木材で、中央には見覚えのあるロゴが象眼細工風に施されている。黒革のイームズラウンジチェアが回転してこちらを向く前から、サラは誰と対面することになるのかわかっていた。

サンダー・ヒューズは高齢の男で、赤い顔に辛辣な笑みを浮かべていた。白い髪は、同年齢の男と比べるとふさふさで、ウェーブがかかっていた。青い目は白内障で濁っているが、サラを油断なくしげしげと眺めるまなざしには知性が見て取れた。〈ドノヴァン・ジオダイナミクス〉の取締役会長は、ピンク色のむくんだ手を振って護衛たちを下がらせ、しゃがれ声でしゃべった。サラの予想とちがってテキサス訛りはなく、どちらかというと聞き慣れた北東部出身者のしゃべり方だった。「ようやく会えて嬉しいよ、サラ。どうぞ、座ってくれ」

サラはためらいがちにソファに浅く腰かけ、相手が話をはじめるのを待った。これまでに多くの死をもたらした男、どんなことも可能にできる男を前に、感覚が厳戒態勢になっていた。

ヒューズは単刀直入に切り出した。「わたしが何者かわかっているのだろうね。たしかにそれは正しい。そして、まったくまちがっている」

サラは窓の外を見た。霧雨の降る朝が訪れつつあり、薄暗がりの中でベルギーの首都がいつもより年をとって疲れているように見えた。サラはまだ黙っていた。

「アンドリュー・マタカラは、教養と、西洋の感性と、幅広い人脈を備えたすばらしい若者だった。わたしが彼を雇ったのは、例の墓を見つけ、予言を秘密にしておくため、ただそれだけだ。彼が権力を味わうたびに堕落していくとは知るよしもなかった。大勢の人々が傷つき……殺された。わたしが頼んだことではないし、認めたこともない。わたしは多くの顔を持つが、殺人鬼ではない。だが、彼が流した血は一滴残らずわたしの手についている」目を閉じ、頭を垂れた。

「懺悔のためにわざわざわたしをここまで連れてこさせたの？」サラはぴしゃりと言った。「それとも、邪魔なわたしを片づけるつもりなの？」

「きみは信じたくないかもしれないが、わたしときみはよく似ている」ヒューズは両手を震わせながら、朝からスコッチをひと口飲んだ。「きみの年だったころ、まだ人間の最悪な部分を目にする前だが、わたしはもっと理想主義者だった。世界を変えられると信じていた……きみが信じているように」

「わたしがなにを信じているか、勝手に決めつけないで」サラの口調には、思った以上に多くの感情がにじんでいた。

「なぜだ？　十人目の聖人の存在を証明しようと奮闘している姿を見れば、はっきりとわかる。きみはすべてをかけてもいいと思っている――仕事も、評判も、肉親からの敬意も。そのような強い信念には敬服する。本当だ。だが、きみはわかっていない。なにが危険にさらされているのか。すべてが見たままというわけではないのだよ」

サラは不透明な青い目をまっすぐに見つめた。赤い顔に負けないくらい充血している。

「あら、なにが危険にさらされているか知っているわ。生まれてからずっと、あなたのような人間のことはよくわかっているの。すべてはあなたのゲームの駒。あなたはポセイドン計画を進めるために連合の支援を必要としている。そして、〈ドノヴァン〉を世界最大の代替エネルギー供給会社にしたがっている。そんなとき、悩みの種が現れたら？　あっさりと取り除く。ほかの人たちと同じように」サラの顔は怒りでほてっていた。「良心はないの、ミスター・ヒューズ？　会社の利益のためなら、喜んで地球の未来を危険にさらすの？」

ヒューズは左手を椅子の肘かけに置き、身を乗り出した。「そう思っているのかね？　わたしが物質的利益のためにこんなことをしていると？　もしそうなら、きみはわたしが思っていたほど賢明ではないな」

「じゃあ、まさにこうやって地球を操作することによって引き起こされる終末をその目で見たふたりの人間からのメッセージを葬ろうとしているのはなぜ？　彼らが言っている獣と、あなたのポセイドン計画は、まったく同じものよ。それなのに、あなたはその可能性を素直に認めようとしない。傲慢もいいところだわ」

ヒューズはやっとのことで立ち上がり、杖にもたれかかった。足を引きずってバーまで行き、角氷が一つ入ったグラスにまたスコッチをダブルで注いだ。「流出した藻類によって世界が滅亡すると考えているのなら、まちがいなくそのとおりだ」

彼が同意するとはまったくの予想外だった。

「ただし、藻類はポセイドン計画で生まれたものではない。いまから四十年後、世界は温室効果ガスにひどく苦しめられ、〈オーロラ・テクノロジー〉という名の会社が、ポセイドン計画の藻類と似ているがはるかに侵略的で不安定な生命体を導入するとしたら？　そして、大規模な森林伐採をおこなったにもかかわらず、地球温暖化がもたらす危険な影響を防ぎたいと考えた諸国が、それに対して十分に検査も実験もおこなわないとしたら？　時間もなく、切羽詰まった指導者たちが、そのプロジェクトを救世主だと考え、わざわざ安定性を実証せ

ずに実施許可を与えるとしたら？　そのせいで、きみの予言者たちが予測したように、徐々

に破滅がもたらされるとしたら？」

サラは当惑した。これは仮説？　それとも、事実の公表？

「我々がこのまま地球を操作し続けたら、サラ、この惑星の状態は急速に悪化し、指導者た

ちはダメージを軽減するために大きなリスクを冒さざるをえなくなる。だからこそ、事態が

極限に達する前に、ポセイドン計画を進めることが重要なのだ。我々は何年にもわたって、

藻類が制御できないほど拡散したり増殖したりしないように、成長をコントロールすること

に重点を置いて研究してきた。考えうるあらゆるシナリオ——毒性物質、核廃棄物、極端な

温度、大気の変化——を想定し、そのすべてに対してポセイドン計画の実験をおこなってき

た。我が社の施設は先進的な設備が整っていて、本物の海洋環境を再現することができる。

悪者は我々ではない。我々の望みは、きみたちと同じだ。避けられない破滅から地球を救う

こと。ポセイドン計画が否決されたら、破滅は抑えられるどころか加速する」

「そうかもしれない。でも、それだけじゃわたしの考えは変わらないわ。どのみち、わたし

の考えは重要じゃない。決定は連合しだいよ。いまは彼らの手にゆだねられている」

ヒューズは激しく咳きこみ、顔がいやな赤紫色になった。呼吸を落ち着けようと、シャツの

襟をゆるめる。「率直に言おう。きみが持っている情報は大きな……損害をもたらしかねな

い。きみには協力してもらいたい」

サラは立ち上がり、彼をにらみつけた。歯を食いしばったが、頭の中ははっきりしていた。

彼の思いどおりになるものか。どんな結果になろうとかまわない。「あれだけのことをしておいて、なぜわたしがあなたに協力したがると思うの？」

「わたしがきみの味方だからだよ、まったく」ヒューズは大声で言った。「たしかに、原発事故が起こる。人類史上もっとも恐ろしく致命的なメルトダウンになる。汚染水が海に流出し、〈オーロラ〉の藻類が変異して急激に成長する。誰がなにをしても止められない。一平方メートル広がるごとに、ますます二酸化炭素を吸収していく。ほどなくして海は覆いつくされ、海洋生物が死んで海底に沈み、大量のメタンガスが排出される。藻類はついに大気から二酸化炭素を取りこみ、酸素が危険なほど増加していく。高濃度のメタンガスに引火して爆発が起こり、酸素が炎の勢いを加速させる。一つの炎がまた一つの炎を生む。さらに一つ。さらに一つと増えていき、やがて炎は地球全土で猛威を振るい、破滅と死をもたらす。そしてすべてが失われる」かすんだ目で窓の外を見る。「きみの予言者たちが書いたとおりだ」

サラは凍りついていた。肌に寒けが走り、腕の産毛が逆立った。「あなたは何者なの？」と尋ねたが、すでに答えはわかっていた。

33

ヒューズの話を聞くまでもなく、サラには真実がわかっていた。これまでめったに経験したことがないが、神の恩寵としか思えないほどはっきりと、本能で感じていた。証拠がなくてもガブリエルの言葉を信じているように、アポストロスの神性にまったく疑問を抱いていないように、墓を発見したときから挫折だらけの地雷原を進めと彼女をかりたてている神秘的な力をたしかに信じているように、サンダー・ヒューズの正体がまちがいなくわかっていた。彼の視点から語られる話を聞くあいだ、すでにエンディングを知っている物語が目の前で展開している気がしていた。

「ガブリエルとカルセドニーはカリフォルニア工科大学でわたしの生徒だった」ヒューズは言った。「ふたりとも、優秀な物理学者だった。博士課程修了後の研究をしていたふたりを、わたしはあるプロジェクトの助手に選んだ。タイムトラベルに対する既成の概念をそっくりくつがえすプロジェクトだ。わたしたちは力を合わせて〝クロノポッド〟という装置を試験的に作製した。時空を超え、すべて——過去、現在、未来——が一体となったループ空間にワープすることができる。当初の目的は過去や未来に旅をすることだったのだが、ループ空間の中のどの時代に到着するか正確にはわからなかった」

サラは懸命にその概念を理解しようと努めた。人間の想像力の無限の可能性を信じている科学者であるにもかかわらず、タイムトラベルは理解できなかった。理解したいことがいくつもあった。

「カルセドニーとガブリエルが残したメッセージによると、戻る方法はなかったとか。本当なの？」

「まあ、昔のSF作家が描いたタイムマシンとはちがったからな。本の中では、年代と目的地をダイヤルで設定し、魔法のごとくそこに移動して、まずい事態になったら船に戻り、無事に家に帰れた」ヒューズはくすくすと笑った。「いや、科学でも人間の想像力にはかなわない。たしかに、我々には戻るすべはなかった。実際のところ、片道の旅だった。だから、実験では生きたタイムトラベラーを送り出したことはなかった」

「つまり、そのポッドではまだ人間はタイムトラベルできない段階だった。簡単に消滅してしまうかもしれないから」

「そのとおり。そしてわたしたちはそれを知っていた。だが、わたしたちはそのリスクを冒した。奇跡的に、三人とも生きていた。一九六三年にわたしがタイムトラベラーとしてフィラデルフィアに着いて以来、それが気がかりだった」ヒューズは過去を思い出してぼんやりと笑みを浮かべた。「大変な体験だったからな」

「なにも持っていなかったはずね……身分証さえも」

「またしてもそのとおりだ。身分証は持ってこられなかった。わたしの本名はアムール・セントジョンだ。父が動物学者で、絶滅に瀕《ひん》するアムールヒョウから名前を取った」

「それじゃ、サンダー・ヒューズって誰なの？」

「フィラデルフィアで友人になったホームレスの男だ。アルコール依存症で、末期の肝臓病で死にかけていた。近親者はなく、友人の話もしなかった。厳密には、わたしもホームレスだった。レストランの裏口に行って食べ物をねだっては、彼と分けて食べた。彼は自分の人生についてわたしに話し、わたしたちのあいだには絆のようなものが生まれた。彼が亡くなると、身分証をもらい、彼になりすました。六〇年代には、個人情報窃盗などというものは存在していなかったからね。誰もそういう犯罪を監視していなかった。とても簡単だったよ」

「それから、どうやって富を築いたの？」

「それは、わたしはたまたまインサイダー情報を持っていたからね」ウインクをする。「正直、苦労したよ。提示できる履歴書も職務経験もなかったから、アルバイトをした。皿洗い、建設現場での作業などだ。貧困者のように暮らし、一銭残らず貯金して、のちに〈バークシャー・ハサウェイ〉や〈マイクロソフト〉といった会社に株式投資した。その当時は少額で取引がおこなわれていた。最初から有利な取引をして大金を稼ぎ、その後、自身の科学研究に投資した。なにをすべきかわかっていたから、全人生をそれに捧げた。わたしの時代の人々が犯した過ちを正すために、チャンスを与えられたのだ」

「具体的になにがあったの？」

「二〇六〇年、世界は炎で崩壊していた……まさに地獄のような光景で、生きているあいだに目にするとは思いもしなかった。十年ほど前から〈オーロラ〉が〝奇跡の藻類〟を海に放出していた。しばらくは、たしかにうまくいっているように思えた。わたしたちはみな、二酸化炭素が抑制され、地球温暖化は過去の災難になったと考えていた。だが、ガブリエルは納得していなかった。彼は最初から惨劇が起こることを予測していた。わたしたちはそれを信じたくなかった。しかし、やがて原発事故が起こり、藻類が増殖しはじめた。先進国の政府は、なにも問題はないと言って大衆を安心させたが、わたしたちはよくわかっていた。あるときわたしたち三人は、もし自分たちが恐れている世界の滅亡が起こったら、〝クロノポッド〟を使って逃げようと決めた。時空の連続空間の向こうにどんな運命が待ち受けていようとも、避けられない死よりも悪いことはない。いちかばちかの賭けだった」

「ふたりの身になにが起きたか、考えたことはないの？」

「考えなかったことはない。だから、わたしは予言者や、出典が疑わしい文書というものに興味を抱くようになり、それらを調べて、友人たちが残したかもしれない手がかりを捜した。やがてガブリエルを見つけた。最初は、友人であるドイツ人収集家から、エチオピアの十人目の聖人の伝説についての話を聞いた。フランクフルトの彼のもとを訪ねていくと、地下にしまっていたステッレを見せてくれた。アクスムで発見されたものだと言い、ある白人男性の話をしてくれた。四世紀に生きていた人物で、メロエの戦いでの英雄的行為によってエザナ王に聖人と認められたという。エチオピアの伝説では、その聖人は予言者でもあり、地球の終末を詳しく述べた警告文とともに埋葬されたらしい。だが、墓の場所を知っているのは神秘主義集団だけだった。わたしは興味を引かれた。十人目の聖人の謎をもっと調べようと心に決め、個人的にデブレ・ダモの修道院に行った。そこではじめて、聖人の名前がガブリエルであることを知った」

ヒューズは椅子にへたりこんだ。疲れきっているようだ。「〝クロノポッド〟で出発する前、わたしたちは約束をした。我々の知識で過去の進路を外れさせ、それによって未来を変えるということで意見が一致した。だから、ガブリエルの碑文にはわたしたちが目撃した出来事について書かれているとわかっていた。人類に対する警告であると。しかし、それが明るみに出れば、わたしの計画が台なしになってしまう。真の解決策が生まれる直前だったのだ。どんなものにも邪魔をさせるわけにはいかなかった。ガブリエルもそう願っただろう」

サラはかぶりを振った。「いいえ。そうは思わない。カルセドニーとガブリエルのメッセージの真意は、人間は自然に干渉すべきではないということよ。その点であなたと彼らの考えは異なっている」

「そんなにいい子ぶるんじゃない、サラ。わたしたちは三人とも同じことを望んでいた。わたしはただ、利用可能なあらゆる手段を使って、やがて訪れるとわかっている滅亡を食い止めようとしているだけだ。ガブリエルは洞窟の壁に碑文を残した。カルセドニーは恋人に手紙を残した。わたしだけが近い時代に到着し、その点で有利だった。実際、状況を変えるための完璧なチャンスがあった。彼らにはなかった」

「たとえチャンスがあったとしても、彼らはなにも変えなかったはずよ。賢明なふたりは、変化をもたらす唯一の手段は、自分たちの行為の結果を人々に理解させることだとわかっていた。とくに、欲や恐怖によって引き起こされる行為。それこそもっとも破滅的な結果をもたらす。ほかでもないあなたは、それに気づくべきよ。真の解決策は、まっとうに生きて、人間が干渉しなければならない事態を起こさないようにすることだわ」

ヒューズの顔が青ざめ、呼吸が苦しそうになる。ポケットに手を入れ、ピルケースを取り出した。震える手で数個のカプセルを出して、残りのスコッチとともに一気にのみこんだ。

「サラ、考えることがたくさんあるだろうが、悠長にしていられない。わたしを軽蔑したければ、そうしたまえ。わたしはやるべきことをした。ガブリエルとカルセドニーがみずからのやり方でそうしたようにな。自慢できないような出来事も起きた。けっして償えないだろう。だが、究極の過ちを犯して後悔したくない。はるか昔にわたしが目撃したような未来をもたらすわけにはいかないのだ。わたしは八十二歳で、多発性硬化症を患っている。残された時間はほとんどない。破滅が待つ未来への進路を変えるための、わたしの最後の試みだ。わたしが失敗すれば、人類は死に絶える。機関車を脱線させるため、矢の猛攻撃を防ぐための、我々の最後のチャンスかもしれない。わたしのことをどう思おうと、みずからの良心に従って行動しなさい。どうかお願いだ。自分がこの運動をはじめたそもそもの理由を思い出してくれ」

「覚えているわ。問題は、あなたが覚えていないということよ。あなたがしていることは、そもそも地球の破滅を引き起こした愚行と同じくらい見当ちがいだわ。わからない？　あなたが食い止めようとしていると主張しているもの、それをあなたは擁護しているのよ」

「あのパイプのことを言っているのなら、説明しよう。あれはきみが思っているようなものではない」

いまこそ、真実を問いただし、彼女が求めている告白を引き出す完璧なチャンスだった。

「そうかしら？　あのパイプは北極圏に通じてはいないし、大量の海洋生物を殺してもいないって言うつもりでしょう？　イヌイットの部族が死に続けて絶滅の危機に瀕していることには関係ないって」

「きみは賢い女性だ」ヒューズは言った。「だが、何事も犠牲をともなうということを理解するほど賢くはないし、経験豊富でもないようだ」

「じゃあ、認めるのね？」

「戦時中は、大勢のために少数が犠牲になった。わたしたちがしていることが静かな戦争ではないと考えているのなら、お嬢さん、残念だがそれはまちがっている。我々の環境に起ころうとしていること、起こりうることは、我々の生涯でもっとも厳しい闘争だ。ヒトラーよりも、バイオテロよりも、もっとも残虐な聖戦《ジハード》よりも厳しい。我々の地球の生存をかけた戦いだ。普通の人々は、いまはまだ食卓に食べ物が並び、自宅が爆破される心配がないため、そのことに気づいていない。自分に影響がないかぎり、問題は起きていないと考えている。人間の先見の明のなさには驚かされるよ」

「あなたの意見に同意できる点もあるけど、自分の目的を推し進めるためだけに、死んでいく人々を無視するの？　それは犯罪よ」

ヒューズはサラの非難を聞き流し、時計を見た。「きみが賢ければ、わたしと対立するのではなく、協力するだろう。わたしはきみに一生に一度のチャンスを、ほかの誰も手に入れられないものを与えられる。ケンブリッジにも、きみの父親にも、ダニエル・マディガンにも頼らずに、名をなすチャンス。完全にきみだけのプロジェクトだよ」

サラは感情を出さずにヒューズを見つめた。どんな提案をされようと関心はないけれど、興味を引かれていると思わせなければならない。話し続けることで、墓穴を掘ってくれるかもしれない。「続けて」

「きみはさっき、イヌイットの部族が絶滅の危機に瀕していると言った。それは事実だ。グリーンランドのカラーリットの人口はいま、一万人もいない。じきに完全に絶滅し、伝説だけが残る――それと、氷床の奥深くに埋もれている特別な文献が。イヌイットの歴史を知っているなら、昔からカラーリットの長老たちが謎の力を持つ治癒師として知られてきたことはすでに承知しているだろう。一般的には、治癒に関する慣習や教えは口頭のみで伝えられてきたと考えられている。しかし、我々はそうではないと知っている。古代の信仰について記されたアザラシの皮の断片を発見したのだ」

明らかにヒューズは、どのボタンを押せばサラの心をつかめるか心得ている。敵を知ることでここまでやってこられたにちがいない。通常なら、サラはこのような発見に好奇心をそそられていただろうが、ヒューズのことはこれっぽっちも信じていなかった。質問をしてもまともな答えは返ってこないはずだとはっきりわかっていながらも、とにかく尋ねてみた。

「〈ドノヴァン〉のような会社が、カラーリットや彼らの慣習にどんな関心を持っているというの？」

ヒューズは大きな声で笑った。「我々はカラーリットにはなんの関心もないよ、お嬢さん。アザラシの皮を見つけたのはまったくの偶然だ。グリーンランドは地熱資源に富んだ地域だが、ほとんど開拓されていない。我々はこの六年間、グリーンランドで活動しているノルウエーの研究チームに出資してきた。取り決めはこうだ。我々は地熱エネルギーを西洋諸国で利用できるようにするための施設の建設に協力し、彼らは我々の、なんと言おうか、沖合での実験に口を出さない。我が社の研究者たちが掘削可能な場所を探して調査をしていたときに、文書の断片を発見した。きみの質問の答えになっているかな？」

それこそサラが求めている答えだった。スチュアート・エリクソンが推測しているとおり、〈ドノヴァン〉はグリーンランドに関心を向けている。そのうえ、〈ドノヴァン〉とノルウエー人が結託しており、ノルウエーが〈オケアノス〉に猛烈に反発していることにも説明がつく。

サラはそのまま会話を続けた。「あなたの提案を受け入れるとしましょう。それであなたはなにを得られるの？」

「きみの忠誠だよ。わたしはきみのプロジェクトに全面的に出資し、きみが好きなように自分のつまらないショーを取り仕切れるように全権を与える。その見返りに、きみはわたしに完全な忠誠を誓う。質問はしない。干渉もしない。きみは自分の仕事をし、わたしにわたしの仕事をさせる。もっと詳しく説明したほうがいいかね？」

「いいえ。完全に理解しました」

ヒューズはむくんで震えている手を差し出した。「では、取引は成立かね、ウェストン博士？」

サラは手を差し伸べず、数秒ほどじっと立ちつくし、これまで感じたことのない決意を抱きながら、取締役会長の濁った目を見つめた。必要なものは手に入れた。あとは終わらせるだけだ。腕時計の文字盤を調節し、時間を見た。連合会議まであと二時間もない。

サラは顔を上げてヒューズを見つめた。「あなたの話はいろいろ考えさせられるわ。今度はこっちがあなたにいろいろ考えさせてあげる。あなたの提案にはまったく興味はないわ。プロジェクト内容のせいじゃなくて、あなたみたいに魂を売るつもりはないからよ。わたしにはまだモラルがあるの、ヒューズ博士――明らかにあなたにはないみたいだけど。あなたはみずからの野心に、神を演じるという壮大な計画に、すっかり目がくらんでしまって、自分がもたらそうとしている破滅が見えていない。ガブリエルはあなたのようにさしでがましい人間に対して、こう警告していたわ、『人間はその無限の自己愛で、創造主の役割を担う』とね」自由の身になったかのように、すっかり気持ちが落ち着いていた。サラにとって、次になにが起ころうと、これはあらゆる意味で勝利だった。「あなたの邪悪なゲームに参加するつもりはないわ」

ヒューズは暗殺者のごとき冷たい目でサラを見つめた。「きみは大きな過ちを犯そうとしている、お嬢さん。だが、わたしの生涯をかけた仕事をきみに台なしにされるわけにはいかないのだ」彼が座席のボタンを押すと、数秒のうちにふたりの護衛がふたたび現れた。ヒューズは彼らにこちらに来るように合図した。「わたしのビジョンを理解してもらえず残念だよ。こんなまねはしたくなかったが、やむをえまい」

ふたりの男に肘を握りつぶされそうなほど強くつかまれ、サラは膝をついた。

「はなして」腕をほどこうとしながら、ヒューズを激しくにらみつけた。「これは誘拐よ。こんなことをしてただじゃすまないんだから、このろくでなし」

次に感じたのは、電流が全身をかけめぐり、まぶたが重くなって床に倒れたことだった。

34

目が覚めたとき、サラは革張りのユニット式ソファにぐったりともたれており、なにが起きたか覚えていなかった。頭が重く、自分のものではないように感じられ、まるで肩にボウリングの球がくっついているみたいだった。じんじんする指をどうにか曲げてこぶしを作ることしかできなかった。やっとの思いで、エッチングが施されたガラスのスライドドアと、異国風の木製の羽目板に囲まれた小さな長方形の窓に焦点を合わせた。まだヒューズの飛行機の中だ。上体を起こしてソファに座る姿勢になろうとしたが無理だった。なんとかしたいものの、じっと横たわって体を回復させるよりほかになかった。

「よし、許可が出た。十分後には離陸できる」

「フライトはどのくらいだ？」

コックピットからふたりの男の声が聞こえた。

「飛行態勢に入ったら、およそ四十八分だ」

ジェット機についてよく知っているサラは、四十八分というのはブリュッセルからロンドンまでのフライト時間だと気がついた。サラを飛行機に乗せてベルギーと連合会議から遠ざけようとしているのは明白であり、彼女を降ろす場所としてロンドンは理にかなった場所に思えた。そのことに気づき、全身にアドレナリンがほとばしった。急に警戒態勢になり、やっとの思いで体を起こして周囲を見まわした。飛行機に乗っているのは、パイロットと、副操縦士と、サラを気絶させた護衛のひとり。パイロットは飛行機を走らせるためにボタンを押したりレバーをカチャカチャさせたりしており、護衛はサラに背を向けてコックピットの扉の前をうろついている。チャンスはいましかない。サラは立ち上がり、忍び足で飛行機後部のトイレへと向かった。

護衛がサラに気がついた。「おい、どこに行くんだ?」

「あのね、緊急事態なの、わかる?」サラは叫び返した。「すぐすむわ」

「じきに離陸する。飛行機が飛び立ってから……」

「だめよ。待てないわ。あなた、自分の手を汚したい?」

「わかった。一分だぞ。それを過ぎたら、中に入っておまえを引きずり出すからな。わかったか?」

サラはうなずき、トイレに入って鍵をかけた。誘拐犯がまぬけでよかった。もっと賢ければ、G550にはトイレから荷物室に通じるドアがあることに気づいていただろう。脳みそではなく腕力で雇われたのは明らかだ。男の愚かさはサラには有利だった。この飛行機のことはよく知っている。父親が去年までG550を所有しており、その後下取りに出してダッソーファルコンを購入したのだった。父の強い要求で、パイロットのブランフォードがサラに完璧なテクニカルツアーを実施した。おかげでドアの開錠方法さえ知っている。メインキーは搭乗員のひとりが持っているが、非常事態に備えてつねにスペアキーがペーパータオルホルダーの裏に置いてある。サラは、タオルが入っている節目模様のクルミ材のホルダーを開け、中に手を入れてよく使われているキーホルダーを捜した。小さな箱があったので引き出し、上部の蓋を後方にスライドさせたところ、捜し物が見つかった。鍵を冷静に鍵穴に差しこむと、嬉しいことにカチッと音がした。

飛行機が動きはじめる。ゆっくりと走りだしており、行動を起こすには長くて五分しかない。

せかすようにノックの音が響き、トイレのドアの反対側から激怒した護衛の声がした。「嬢ちゃん、なにをしてるのか知らないが、いますぐ出てこい」ドアが蝶番から外れんばかりに激しくノックされる。「聞こえたか？　い、い、いますぐだ」

サラは荷物室の中にすべりこみ、後ろ手にドアを閉めてから、外に通じる扉を捜してあたりを見まわした。部屋の奥、荷物用ネットと電気機器収納ボックスの向こうにあった。

飛行機が右に曲がる。車輪が滑走路から離れるまでせいぜい一分か二分しかない。荷物室の壁につかまりながら、自由への扉に向かって慎重に進んでいく。扉を開けたらすぐにコックピットで警告ライトがついて、パイロットが気づくだろう。すばやく躊躇せず行動しなければならない。ラッチ錠をまわし、ドアを開けた。

滑走路まではゆうに五メートルの高さがあり、灰色のアスファルトが勢いよく流れていく。敷居の上に立つと、風で髪がはためいた。冷たい突風が顔に吹きつけられるのを感じながら、次に起こることに備えた。いまジャンプするのは自殺行為だ。飛行機がフルスロットルで離陸用滑走路を走りだす前につかの間だけ停止する瞬間を待つしかない。可能性は低いけれど、それが唯一のチャンスだ。

飛行機が離陸に備えて滑走路の端で止まった。サラは鼻を突くようなジェット燃料のにおいに満ちた冷たい空気を吸いこんだ。思いきって決断するときがあるなら、いまこそそのときだ。

パイロットが異変に気づくまでの時間を少しでも稼げるように、後ろ手にすばやくドアを閉め、飛行機が加速しはじめるのと同時にジャンプした。

硬いアスファルトに着地する前に、大怪我をしないように体をボールのように丸めて頭を胸につけた。はじめてマヤ遺跡の発掘に参加したグアテマラで、人里離れたジャングルでスカイダイビングをしたときに教わった技だ。アスファルトに何度も体を打ちつけて強烈な痛みを覚えながら、ごろごろと転がった。止まるまで一生かかった気がした。

体のあちこちに激痛を感じつつ、サラは仰向けに横たわっていた。骨が万力で砕かれたみたいだ。だけど、自由だ。

鋼のような灰色の地面に目を向けると、ヒューズのG550の車輪が滑走路を離れるのが見えた。

35

連合会議まであと三十分というころ、ダニエルは会場のロビーでうろうろ歩きまわりながら、パートナーから連絡がないかと三十秒おきに携帯電話を確認していた。ようやく携帯が振動した。ブリュッセルの番号からのテキストメッセージだが、それこそ彼が望んでいたものだった。

『トラブルがあったの。もう大丈夫。計画を開始して。SW』

ダニエルは安堵のため息をつき、テキストメッセージを送った。

『無事にここまで来てくれ。あとはぼくに任せて』

自分がすべきことはわかっている。

スチュアート・エリクソンの運動に協力するためにブリュッセルに来る前、サラとダニエルはロンドンに立ち寄った。ブレハンを見つけて力を貸してもらうというのはサラのアイデアだった。可能性は少ないが、時間も選択肢もなくなりつつあった。さらに、人目を避けている修道士を見つけるだけでも、困難であることが判明した。

サラはブレハンが彼女のアパートに忍びこんだときに着ていたジャケットのＩＥＨＯのロゴを覚えていて、そこから論理的に取りかかろうと考えた。サラとダニエルがイーストエンドにある国際エチオピア支援団体のセンターに行ってみると、その建物はアディスアベバの銃弾だらけのあばら家とたいして変わらなかった。中はほこりとカビのにおいが漂い、十年前から誰も掃除をしていないかのようだった。階下のデスクには誰もいなかったので、テレビラウンジに行ってみると、充血した目の若い男がぼんやりと日本のアニメを見ていた。

「男の人を捜しているんだけど」サラがアムハラ語で言った。「顔がひどく焼けただれているの。見たことある？」

若い男はいぶかしげにサラを見つめ、ひと言もしゃべらなかった。ダニエルはサラに階上を調べようと合図した。キーキーきしむ階段で二階に上がると、寝室が数室と、悪臭を放つ共用バスルームがあった。

サラが部屋をノックした。

男が少しだけドアを開けたが、サラが最後まで言い終わらないうちに目の前でバタンと閉めた。

ついにブレハンを見つけたのはダニエルだった。焼けただれた顔も夜の闇でなら隠せるので、日中は身をひそめて、太陽が沈んでから姿を現すはずだと、かなりの確信があった。夜の十時をだいぶまわったころ、ダニエルは炊き出し所の裏でブレハンが食べ物を捜してゴミをあさっているのを見つけた。

「友人として来たんだ」驚いている修道士に、ダニエルは事前に街角の食料品店で買っておいたひと袋のジャーキーを差し出した。

サラが角を曲がって現れた。ブレハンはふたりが目の前に立っているのを見て凍りついた。

驚いた表情から、まさかここでふたりに会うとは思っていなかったのだろう。

「ブレハン」サラがやさしく言った。「力を貸してほしいの。あなたはわたしたちの味方?」

ブレハンはうなずいた。

「よかった。じゃあ、これをテキサス州のポート・マンスフィールドに届けてちょうだい」

サラは小さな赤いシルクの包みを渡した。

「写本」ブレハンはささやいた。「だめだ……約束しただろう」

「わたしを信じてちょうだい、ブレハン。よく聞いて。あなたにやってほしいの」


ダニエルはプレゼンテーションがおこなわれている集会室に静かにすべりこんだ。室内は満員だが、誰もダニエルが入ってきたことに気づかなかった。全員の目が、〈ドノヴァン〉を代表して最終弁論をしているサンダー・ヒューズに向けられていた。演壇の横で、車椅子に座ってワイヤレスマイクにしゃべっている。講堂の三段式の聴衆席には、世界各国の連合の代表者が座っている。ヒューズは熱心に話を聞いている聴衆に向かって、雄弁に、自信たっぷりに語っていた。

「事実を考えてみましょう。地球は病んでいます。嵐や疫病を引き起こしている有害な汚染物質によって死にかけています。大地は荒廃し、作物は死んでいます。人間はこの人口過剰の惑星に残っているわずかな資源のために熾烈な争いを繰り広げており、その結果、憎しみが増え、戦争が起きています。そして、年を経るごとにこの状況はますます悪化しています。

いまこそ行動を起こさねばなりません。みなさん、ポセイドン計画は解決策であり、懸念事項ではありません。二酸化炭素削減を目指して実施されてきた中でもっとも将来性のある研究であり、それを証明する実績があります。科学界では画期的な大発見だと認められています。我が社では、世界トップクラスの研究機関の科学者が役員会として、従業員として、アドバイザーとして名を連ねています。わたしがこのプロジェクトに私財を投じたのは、潜在的利益のためではなく、信じているからです。

「ポセイドン計画は何年にもわたって、多大な調査と発展とともに進められています。すでに、ポセイドン計画で処理された一エーカー分の水が、大気から二酸化炭素を吸収する熱帯雨林の四分の一エーカーに匹敵するということが証明されています。我々人類が引き起こした深刻な森林破壊を取り消すことはできません。しかし、そのダメージを軽減することはできます。メディアやその他さまざまな討論番組で、反対勢力が我々を批判していることは、隠すまでもありません。彼らは事実をなにも知らずに、ポセイドン計画で創られたような生命体はほかの物質と接触して変異したら、地球に害を及ぼすかもしれないと述べています。そんなことがありうるか？　ええ、そのとおりです。我々がそうしたシナリオや、さらにいくらかのシナリオを考慮したか？　そのとおりだと断言します。我が社では、まさにこの問題のみを研究する科学者を雇っています。ポセイドン計画の藻類はきわめて安定した生命体です。我々はそのことを確認しました。高温、悪条件の大気・海洋、さらには有害廃棄物とまで接触させましたが、性質は変化しませんでした。

「テキサスにある我が社の研究施設では、世界初のテクノロジーを採用しています。特許を取得したバイオリアクターの中で、将来性に満ちた革新的な方法で藻類を育てています。光合成を利用し、この藻類を大幅に増殖させることができました。現時点でポセイドン計画によって生み出されている生命体をすべて海洋表面に拡散すれば、二酸化炭素レベルを一パーセント削減できるはずだと確信しています。そしてそれは、連合の代表者のみなさま、はじまりにすぎません。ポセイドン計画は地球温暖化に対する最良の防止策であり、我らが地球のより健全な地球への答えなのです。それが未来です。今日、あなたがたには、より美しく、回復と後世の人々のために、その未来を築くチャンスがあるのです。どうもありがとうございました」

室内で拍手喝采が起こると、ダニエルはスチュアート・エリクソンの耳にささやきかけた。スチュアートはうなずき、自分のノートパソコンをダニエルに向けた。

ダニエルは、サラの計画を実行に移すときに彼女から聞いたケンブリッジのイントラネットのドメイン番号を打ちこんだ。「わたしになにかあったときのために」とサラは言っていた。予兆があったかのように。

ダニエルはサラのパスワードでサイトにログインしてから、またテキストメッセージを送った。そして、〈オケアノス〉側の意見を発表すべく演壇に向かう準備をしているスチュアートにパソコンを返した。ダイアログウィンドウを指して言う。「準備ができたら、ここをクリックしてください。協力者には送信を開始するように伝えてあります」

連合会議の議長である、鼈甲縁の丸眼鏡をかけた銀髪のドイツ人が立ち上がり、両手を上下に動かして室内を静かにさせた。「ありがとう、サンダー・ヒューズ、実に完璧なプレゼンでした。お集まりのみなさん、ご存じのとおり、本連合の運営規約には、あらゆる行動提案に対して、正式に反対意見を述べたいという組織からの申し立てを受けなければならないとあります。本日は、アメリカの海洋保全組織〈オケアノス〉の社長スチュアート・エリクソンから反対意見があります。その後、投票に移りたいと思います。では、難しい話は抜きにして、エリクソン氏にご登壇いただきましょう」

スチュアートは演壇につくと、マイクを上方に調節した。かすかに震える手で老眼鏡をかける。咳払いをして、パソコン操作の担当者にうなずいた。

最初にプロジェクションスクリーンに映し出されたのは、海面直下に広がる美しいサンゴ礁の写真。

「世界の海。それは地球の七一パーセントを占めており、我々の唯一もっとも重要な資源であります。まさに、海が命を与えているのです。気候や天候を制御し、地球上の水の九七パーセントを構成し、世界の半数近い人々に栄養を与えています。アメリカだけでも、六つに一つの職業が海洋関係の産業から成り立っています。人類は昔から海と結びつき、その存在に頼ってきました。しかしいま、地球上の生命を支えている水との関係が複雑になっていきます。実際、人間の影響をどうにか受けずにすんでいる世界の海洋は四パーセントしかないという研究結果が出ています。〈オケアノス〉の使命は、保護活動や介入活動、ロビー活動、重要な情報の流布などを通して、我らの海に美しさと均衡を取り戻し、気候変動による海へのさらなるダメージを防ぐために、力を貸すことです。その使命を実現するにあたり、我らの海の繊細なバランスをおびやかす組織とためらうことなく闘います」

そこでスチュアートは間を置き、次の画像を出すように合図した。「藍藻の群れ。「藻類は、我らの海において生命の存在と保護になくてはならない存在です。光合成によって酸素を作り出すとともに、さまざまな海洋生物にとっての食料でもあります。しかし藻類は、多くの生物と同様に、生態系のバランスが維持されてはじめて機能・繁栄するのです。そのバランスが崩れたら、藻類は急激に増殖し、実際に海洋生物と海洋環境に害を及ぼしかねません。水の華が起こるたびに見てきましたが、水中で高密度に発生した藻類が水面を覆い、海中に光が入らなくなるのです。本来は、このような現象はめったに起こらず、ダメージは長くは続きません。しかし、人間の活動によって、その状況が完全に変わっています」

次の画像は、北極帯で藻類の調査をしているドイツ船の写真。「これは〝ポラールリヒト〟というドイツの調査船で、北極圏で小規模な実験をおこない、藻類を海洋に放出することで大気中の二酸化炭素を削減できるかどうかを調べていました。ポラールリヒト船の科学者たちが、海水に鉄分を補給して藻類の個体数を増やそうとしたところ、結果はさんざんでした。死んだ藻類を餌とする海洋生物でも消費が追いつかなかったのです。藻類が急速に増殖したため、酸素濃度が減少し、海洋生物が大量に死にました。藻類が海底に沈むと、メタンガスが発生し、これは北極海の一つの島の沖合で起こった小規模な出来事です。もしこの実験が海洋の広域でおこなわれたら、どれだけの資源が失われることになるか、考えるだけでぞっとします」

スチュアートは手でスクリーンを示した。そこにはモナコ海洋博物館の写真が映し出されていた。「さて、ここにいる多くのかたがたがよくご存じの事例に注目してみましょう。八〇年代——正確には一九八四年——イチイヅタという名の一種の藻類が、誤ってモナコ沖の海洋に流出しました。この藻類が地中海と接触すると、制御不能なほど成長し、繊細な生態系をおびやかしました。海洋の七四〇〇エーカーを覆うまで成長し、在来植物を消滅させたり締め出したりして、生態系のバランスを変えていきました。そのあまりに大きな変化に、多くの研究では、藻類が蔓延した一帯で魚類の半分以上が絶滅したと報告されています。

「みなさんにこうした事柄をお話ししているのは、そこから藻類が極限状態においていかに不安定であるかがうかがえるからです。これだけでも、ポセイドン計画のようなプロジェクトに賛同するかどうかを考え直す理由になるはずです。しかし、さらにもう一歩踏みこんでみましょう」

スチュアートはパソコン係にうなずき、テキサスの〈ドノヴァン〉の施設のまとまった画像を映し出させた。「すでにサンダー・ヒューズから、〈ドノヴァン・ジオダイナミクス〉がバイオリアクターで藻類を育てていること、その藻類は遺伝子操作で生み出され、自然に存在する藻類よりも強く、制御不能なほど異常発生することなく極端な温度や環境有害物質に耐えられるという話がありました。また、ポセイドン計画の藻類は、彼の言葉を引用するなら、〝大幅に〟増殖しているとも言っていました。けれども、ヒューズ氏がみなさんに伝えていないことがあります」

スチュアートは言葉を切り、水をひと口飲んだ。部屋中が死体安置所さながらに静まり返る。

「テキサスの〈ドノヴァン〉のバイオリアクター施設の地下には、高機能のパイプが迷路のごとく張りめぐらされています。おそらくそれはある種の下水管で、回収された炭素と藻類の排棄物を地下のどこかに流出していると思われます。そう考える理由もあります。昨年、〈オケアノス〉はグリーンランドの西岸沖で水質検査をおこない、大量の海洋生物が弱っている理由と、何年も前からその地域のカラーリットの人口が減少している理由を突き止めようとしました。我々が発見したのは、連合のみなさん、異常に高濃度の二酸化炭素でした――正常値の二十倍以上の数値です。二十倍です。しかし、それだけではありません。生物学的に藍藻の特徴とは一致しない藻類が分解した痕跡も見つかったのです。我々の調査によると、バフィン湾で発見された藻類は遺伝子が組み換えられていました。偶然？　かもしれません。けれど、そうではないかもしれません」

聴衆のあいだでささやき声が起こり、集会室に動揺が広がる。

聴衆席の最前列で車椅子に座っていたヒューズが立ち上がり、杖で体を支えた。顔は紅潮し、呼吸が苦しそうだった。「嘘だ」と怒鳴り、腕を振りまわしながらスチュアートを指さした。「議長、連合のみなさま、発表を中断して申しわけないが、この崇高な会議の場でこんなたわごとを許すわけにはいきません。いまの話は、百パーセント根拠のない非現実的な仮説です。エリクソン氏は、もともと北極圏の海で二酸化炭素レベルが上昇しているという事実を述べ、それを利用して仮説をでっち上げているのです。彼がここで言っていることはまったくの虚偽であり、それには我慢なりません」

代表者たちが座っている三段目の席から議長が立ち上がった。小槌を三回叩く。「ミスター・ヒューズ、勝手な発言は慎んでください。いま発言権があるのはエリクソン氏です。プレゼンが終わってから意見を述べるのはかまいませんが、途中で急に口を挟まないように。ミスター・エリクソン、続けてください」

スチュアートはパソコン係に二度うなずいた。画面表示を変えて、ケンブリッジのイントラネットを呼び出すようにという合図。

「ミスター・ヒューズ、いまの話が虚偽だとするなら、これをどう説明します？」スチュアートはプロジェクションスクリーンを指したが、なにも映らなかった。ログインは認証されているが、送信されていない。画面は真っ暗で、左下に〝送信待機中〟という文字が点滅しているだけだった。「技術上の問題が生じているようです」スチュアートはふたたびパソコン係のほうを向いた。「もう一度やってみてくれ」

二度目の試みでも結果は同じだった。ダニエルは不安げに眉間にしわを寄せて、座席の上で身じろいだ。もう一度急いでテキストメッセージを送る。『いますぐ送信しろ』

返信はなく、ダニエルは最悪の事態を恐れた。

スチュアートが目を見開いてダニエルのほうを見た。

ダニエルは首を横に振った。

そのとき、集会室の金属製の両開きドアが開き、全員の頭がそちらを向いた。彼らの視線の先では、サラが部屋に入ってくるところだった。

36

サラの額の左側は赤く擦りむけ、両方の手のひらは血とアスファルトで汚れていた。服のそでは肩から肘まで破れ、いやな紫色の打撲傷がのぞいていた。ひねった膝から腿に突き刺すような鋭い痛みが走り、足を引きずっていたが、強さを感じていた。全員の目が彼女に向けられている――そこに父親も含まれているのはわかっていた。

サラの予想外の登場に、見た目の状態に、またしても公の場で父に恥をかかせたことに、立腹しているのだろう。なるべく父の視線を避けながら、さっと部屋に目を走らせると、群衆の中にダニエルの姿があった。避けられなかったのは、ヒューズの痛烈な視線だった。いつもは赤い顔色が、大理石像のような薄い灰色に変わっていた。目を細めてサラを凝視しており、怒りの炎が感じられた。サラはヒューズから顔をそむけ、ここでやるべきことをした。

聴衆席の近くにあるマイクの前に立ち、口を開いた。「議長、お集りのみなさん、厚かましくも割りこむことをお許しください。わたしがここに来たのは、エリクソン氏にプレゼンに欠かせない情報を伝えるためです」サラは冷静で、落ち着き払っていた。「運悪く、わたしは不慮の出来事に見舞われ、遅刻してしまいました」

議長が眼鏡越しにサラを見つめ、次いでスチュアートを見ると、スチュアートは同意してうなずいた。「こちらへ」議長がサラに言った。

足を引きずりながら部屋の正面へと歩きだすと、すぐにスチュアートが演壇を離れ、サラを迎えに来た。彼はサラに戸惑った表情を見せたが、説明している時間はなかった。サラは身を寄せ、いくつか指示をささやいてから、彼に腕時計を渡した。スチュアートが彼女の手を握りしめると、サラは声を出さずに口だけ動かして「幸運を祈るわ」と伝えた。

スチュアートは、録音モードという表示が出ている腕時計の文字盤を見下ろした。そして親指を再生ボタンの上に置いて言った。「よろしければ、議長、環境とグリーンランドの先住民に対する〈ドノヴァン〉の悪意を示す証拠として、音声記録を提示したいと思います」

彼がボタンを押すと、聴衆たちはヒューズとサラの会話を聞くところとなった。

「グリーンランドは地熱資源に富んだ地域だが、ほとんど開拓されていない。我々はこの六年間、グリーンランドで活動しているノルウェーの研究チームに出資してきた。取り決めはこうだ。我々は地熱エネルギーを西洋諸国で利用できるようにするための施設の建設に協力し、彼らは我々の、なんと言おうか、沖合での実験に口を出さない。我が社の研究者たちが掘削可能な場所を探して調査をしていたときに、文書の断片を発見した。きみの質問の答えになっているかな？」

「あなたの提案を受け入れるとしましょう。それであなたはなにを得られるの？」

「きみの忠誠だよ。わたしはきみのプロジェクトに全面的に出資し、きみが好きなように自分のつまらないショーを取り仕切れるように全権を与える。その見返りに、きみはわたしに完全な忠誠を誓う。質問はしない。干渉もしない。きみは自分の仕事をし、わたしにわたしの仕事をさせる。もっと詳しく説明したほうがいいかね？」

「いまお聞きになった声は」スチュアートが言った。「サンダー・ヒューズの声です。彼の言葉を借りてこう言いましょう。もっと詳しく説明したほうがいいでしょうか？　そうは思いません」

「ばかげている。これはなんの証拠にもならん。会話の前後関係をまったく無視して引用しているだけだ。議長、お願いです」明らかに動揺したヒューズが言葉に詰まり、激しい咳の発作に襲われた。

集会室はハチの巣をつついたような騒ぎになり、みな、なにが起きているのか理解しようとしていた。

議長が小槌を叩いた。「静粛に、静粛に！」

プロジェクションスクリーンにぱっと映像が映り、部屋が静まり返った。ビデオカメラは暗いスチールパイプの地下墓地を上下左右に映し出している。壁に裸のまま取りつけられたライトの青い光輪にほのかに照らされ、パイプの輪郭だけが見えた。映像は暗く、無音で、骨の迷路が映っているだけだった。

サラの計画が順調に進んでいた。ブレハンが、亡くなったマタカラの使者を装い、マタカラが死ぬ直前に送るつもりだった荷物を届けにきたふりをして、〈ドノヴァン〉の施設に侵入したのだ。中に入ると、エンジンルームに忍びこみ、サラの発掘用の帽子についているビデオカメラを作動したというわけだ。

画面の映像を見ているうちに、サラはブレハンを危険にさらしていることへの罪悪感から気分が悪くなった。ブレハンは最悪の事態を覚悟して、みずから進んで出かけてくれた。彼にとっては、兄の死と、エチオピアの神聖な地を破壊したこと、聖遺物を汚したことへの報いだった。十人目の聖人のメッセージを守って殉教することが彼の義務であり、名誉なのだ。けれどサラにとっては、すでに多くの命が奪われた戦場でまた一つの命が危険にさらされていることを意味した。ブレハンが〈ドノヴァン〉のパイプ設備の前にいることで、ポセイドン計画の運命が決するかもしれない。だけど、その代償は？

信じるのよ、とサラは繰り返し自分に言い聞かせ続けた。喉の中で心臓が激しく鼓動している。信じるのよ。

ブレハンが螺旋階段を下りはじめ、パイプをたどって三十メートルほど進んでいく。なにをしているの？　サラは彼に、映像を録画したら出ていくようにときっぱり言っておいた。いま、ブレハンは計画をさらに一歩進めている。自殺行為よ、とサラは思った。そこから出るのよ、もう。いますぐ出て！

集会室の全員の目がスクリーンの映像に向けられている中、ブレハンが不意に階段を下りるのをやめた。一瞬凍りついてから、ぱっと頭を上に向ける。サラの体が思わず震えた。なにかがおかしい。映像からかすかな声が聞こえ、それからブレハンがまた階段を下りはじめた。今度はさっきよりも早く、慌てている。金属の踏み板をすばやく勢いよく駆け下りる足音が部屋中に響き渡る。

ブレハンは追われている。

声がさっきよりも近くで聞こえた。「そこで止まれ」

侵入者がいることを知らせる警報が鳴る。カメラはぶれた金属を映しているだけだった。

サラはほとんど息ができず、恐怖に目を見開いて映像を見ていた。もっとも恐れていたことが起ころうとしている。エンジンルームに銃声が轟くと、サラは膝からくずおれた。修道士のぐったりした体が十五メートル下の床に落ちていくのを見て、両手に顔をうずめた。

空気を求めて息をあえがせた。部屋は混沌状態に陥り、話し声が耳をつんざくばかりに高まっていたが、サラに聞こえるのは、今朝ヒューズが言っていた言葉を繰り返す内なる声だけだった。戦時中は、大勢のために少数が犠牲になった。何事も犠牲がともなう。

顔を上げたとき、スクリーンに映る最後の映像が見えた。〈ドノヴァン〉のロゴ入り制服を着た警備員が、懐中電灯で被害者を照らしていた。彼は相棒に声をかけた。「おい、チャーリー、ここに死体がある」

スクリーンが暗くなった。

連合の議長が立ち上がり、そのぼんやりした表情から、ショックで感覚を失っているのが見て取れた。彼は気持ちを落ち着けて言った。「映像はもう十分でしょう。連合の代表諸氏は両方の意見を聞きましたね。それでは投票をおこないます。会議室に集まって投票し、その後、結果をお伝えします。聴衆のみなさまは、代表諸氏が戻るまでその場でお待ちください」

代表者たちが一列になって部屋を出ていった。聴衆たちのあいだでひそひそとささやく声が広がる。

サラは息を吐いた。なにもかもがスローモーションで動いているような気分を覚えつつ、この一日の出来事を受け入れようとした。肩にやさしく手が置かれ、振り返るとダニエルがいた。ひと言も発することができず、ふたりは抱き合った。

十分後、連合のメンバーが戻ってきて、段差式の座席のそれぞれの席についた。議長は立ったまま発表をおこなった。

「連合の代表諸氏、およびお集まりのみなさま、結果が出ました。〈ドノヴァン・ジオダイナミクス〉のポセイドン計画継続研究への出資および認可につきまして、投票結果は、十一名の代表者が賛成、三十四名の代表者が反対でした。この決定に加え、連合は適切な監査官と協力して〈ドノヴァン〉のバイオリアクター施設に違反がないか調査し、それに応じて対処します」議長は小槌を二回すばやく叩いた。「会議は一時休止します」

数秒のうちに、サラはスチュアートと〈オケアノス〉の役員たちに囲まれた。みな、勝利に興奮して舞い上がっている。祝福や感謝の言葉は、水中の泡のようにぼんやりとサラの耳に響いた。サラは愛想よく微笑んだが、内心では、払った代償に値する勝利なのだろうかと考えていた。

いくつものグレーのスーツの肩越しに、父親の姿がちらりと目にとまった。明らかにサラが気づくのを待っていたサー・リチャードは、四角い顎をこわばらせ、頭を横に振った。その目は険しく、なにも映し出しておらず、それが父の気持ちを表していた。父は背中を向け、部屋を出ていった。サラが家に帰ることはもう二度とないだろう。

サラはひるまなかった。背筋を伸ばし、ダニエルを見つめた。「ここから出ましょう」

途中で、ヒューズ取締役会長の横を通りかかった。彼は攻撃的に拍手をした。「おめでとう、お嬢さん」その声はこわばり、目には悪意がにじんでいた。「きみが我々の運命を決したのだ」

サラは深く息を吸いこみ、顎を上げた。「運命はわたしが決めるものじゃない。あなたでもない」

ダニエルがサラの肩に腕をまわし、外へと連れ出した。ダニエルがタクシーをつかまえているとき、頭上で二羽のツバメが完璧な8の字を描いて飛んでいた。無限を表すシンボル。目にあふれた涙がプリズムとなり、日光が何百という小さなクリスタルに砕け、その一つ一つが躍る色彩の小宇宙のようだった。まばたきをすると、幻影は消えた。

エピローグ

サラは岩だらけの丘のふもとに立ち、不安定に揺れる擦り切れた牛革を凝視していた。地上と聖地を隔てる細い糸。そのロープを目でたどって垂直に切り立つ高さ三十メートルの崖面の上に視線を向けると、そこには古代の教会が見えた。ごつごつした古い石造りの平屋根の建物で、木製の楣《まぐさ》で支えられている。デブレ・ダモはまさにサラが想像していたとおりだった。あばら家に見せかけている宝物庫、貧民の衣装を身につけた王。サラは隣にいる男性に視線を向けた。

「準備はいいか？」ダニエルが尋ねる。

サラは両手の親指を立ててみせた。

「よし。最後にもう一度確認しておこう。バギーパンツ……ぶかぶかのウィンドブレーカー……髪は帽子の中に押しこんである……よし、完璧だ。どこから見ても男だよ」

サラは大きな声で笑った。ダニエルのユーモアは不安を貫いて楽観的な気持ちにしてくれる。

「待って。もう一つ」ダニエルはポケットに手を入れ、端に擦り切れた房飾りのついた象牙色の数珠を取り出した。「何年か前にインドのラダックを旅していたときに、僧侶にもらったんだ。ヤクの骨でできている。幸運をもたらしてくれるそうだ。思うに、いまは少し幸運があっても害はないだろう」

数珠はサラの手の中でたしかな存在感を持っていた。指で回転させてから、手首に三重に巻いた。「ありがとう、ダニー。その、ここまで一緒に来てくれて」

「おい、ぼくはエチオピアに戻りたくてしかたなかったんだよ。それに、ここの意地悪な年寄り修道士たちにきみが女だということがばれて、崖から放り出されそうになったときに、きみを受け止める人間が必要だろう」

サラはバックパックのチェストストラップを締め、頭上の革ロープの端の輪に頭を通した。そのまま腰にゆるく引っかける。

「この子がもってくれることを祈ろう」ダニエルが古びた革を引っ張って言った。

「あのね、ダニー、これは何百年も使われてきたのよ」

「ああ、だから心配なのさ」ダニエルはサラの肩をつかんだ。「気をつけるんだよ。本当に」

サラは長いあいだダニエルを抱きしめ、麝香の香りにひたった。「ダニー、あなたの提案についてずっと考えていたの。あなたと仕事をすることについて」

「まだ有効だよ」

「わたし……引き受けるかも」

ダニエルはいままで見たことないほど大きな笑みを見せた。「日焼け止めの準備をしておいたほうがいい。砂漠は五十度近くになるから」

「暑いのは平気よ。いちおう言っておくけど」サラはロープを二回引っ張った。上にいる修道士に、登りたい人間がいることを知らせる合図。

十年のあいだ岩に囲まれて働いてきたおかげで、サラはこのように急な断崖を登っていくすべを身につけていた。くたびれた見た目とは裏腹にはるかに頑丈なロープにつかまりながら、切り立った岩壁をプロさながらに登っていく。

上に着くと、よく見る信者用のみすぼらしい白いローブと白い縁なし帽を身につけた侍者がサラを出迎えた。

「ようこそ、ブラザー」彼はアムハラ語で言った。「長い旅を経てここまで礼拝に来られたのですね。聖地デブレ・ダモはあなたの祈りを聞き届けるでしょう」

「修道院長に会いたいのですが」

その声から正体を偽っていることがばれてしまい、修道士は驚いて彼女を見つめた。自分の目の前にいるのが女だと気づくとヒステリーを起こし、腕を振りまわしながら、この女人禁制の聖なる地に彼女がいることを罵った。

修道院長がそれを聞きつけ、慌てて外に出てきた。

「女性です、女性です」憤慨した若い侍者が、サラが悪魔であるかのように指さした。「ただちに去るべきです」

サラは帽子とサングラスを取り、修道院長に顔をよく見せた。ふたりはすぐに互いに気がついた。ずっと前に、十人目の聖人の墓の外で出会っていた。神の怒りを招くとサラに警告した老修道士だ。めぐりめぐってここに戻ってきたいま、彼がまったくまちがっていたわけではないとサラは認めた。たしかにこの旅ではときに恐ろしい出来事もあったが、ためらうことなくもう一度同じ旅に出るだろう。

「ブラザー・アポストロスから伝言を預かっています」

修道院長は穏やかにサラを見つめた。「あなたを待っていました」そして背中を向け、聖域へと歩きだした。

サラは彼に続き、なんの騒ぎかと集まっていた当惑顔の侍者たちの列を通りすぎた。中に入り、拝廊を進んでいくと、九人の聖人たち、もの言わぬ住人たちの敬虔なまなざしを感じた。金色のイコンやモザイク壁画に描かれた、もの言わぬ住人たち。壁のくぼみには、ゲエズ語の彩色写本が陳列されており、描かれた当時と変わらずいまでも壮麗だった。壁から吊るされた金色の香炉の中で絶えず燃えている乳香の香りが、空中に満ちている。サラの頭がくらくらした。

修道院長は至聖所の前で立ち止まり、両膝をついた。

サラも彼の隣でひざまずき、長い沈黙のあとでこう言った。「ブラザーたちの死に、責任を感じています」

「彼らの運命は定められていたのだ、我が子よ。すべて定められていることだ」

サラは目の端からひと粒の涙をぬぐった。「わたしたちを待っている破滅的な未来は？　十人目の聖人が警告した滅亡は？　それも定められているのですか？」

「起こるのであれば起こるだろう。我々の知るところではない」

「でも、知識がわたしたちの行動を導きます。そして行動は変化をもたらします」

「いくらかの変化をな。だが、我々の行動が歴史の流れを変えるのか、それとも我々はあらかじめ決められた未来を実現するための道具でしかないのかは、わからない。それは神の領域であり、人間《マン》が関知するところではない」修道院長はサラのほうを向いて微笑んだ。「あるいは、男性《マン》だけでなく女性も」

サラはその言葉の重みを受け止めた。必ず起こる大惨事への道を外れさせるために、計画を企てたり、試練に耐えたりしてきたにもかかわらず、成果を挙げられたのかどうか依然としてわからなかった。人生ではじめて、すべての疑問に答えがあるわけではないと認めなければならなかった。深く息を吸いこんでから、ここでやるべきことをした。

「アポストロスに、これらをもとの場所に戻すように頼まれました」丁寧に包装された包みをバックパックから取り出す。

修道院長は包みを開けずに受け取り、額に近づけた。長いあいだ無言で、明らかに祈りに没頭していた。やがて立ち上がり、サラに口づけをするようにと手を差し出した。ロウソクの明かりを受けて、骨のような中指にゆるくはめられた指輪が輝いている。そこには見覚えのある〈アポクリフォン〉の金色の紋章が刻まれており、彼が教団の司祭長であることを示していた。およそ千五百年前にアレガウィが写本に封蝋を施したときに使われたのと同じ指輪だ。サラは敬意をこめてそれに口づけをしてから、振り返らずに教会をあとにした。

崖の縁に立ち、けっして許すことも忘れることもできない、岩だらけのエチオピアの山地を見渡した。この険しい山に、十人目の聖人の墓が、その秘密と報われない希望とともに眠っている。

サラは目を閉じ、ガブリエルの顔を思い描いて、いまでは熟知している伝説と結びつけようとした。だが、なにも思い浮かばず、強い西風が吹いているだけだった。革のハーネスを身につけ、サラはゆっくりと、慎重に、崖を下りていった。

謝辞

エチオピアの人々、スニト・サングラージカ、エチオピア航空、ラリベラの司祭たち、スラン・ウィジャヤワルダナ、デボラ・ケッパー、マリオ・ルービン、ジュリアン・ウッド、ヤミット・ウッド、ミチコ・クリス、〈メダリオン・プレス〉のすばらしい編集者たち、そしてこの物語にインスピレーションを与え、導いてくれた比類なきピーター・ルービンに、著者から感謝を捧げます。

訳者あとがき

D・J・ニコによる初邦訳作品をお届けします。二〇一二年に刊行された本作がデビュー作で、〈サラ・ウェストン・クロニクル・シリーズ〉の一作目にあたります。本シリーズは二〇一三年に二作目〝The Riddle of Solomon〟が、二〇一五年に三作目〝The Oracle〟が出版されており、さらに二〇一六年には、紀元前十世紀のイスラエルとエジプトを舞台にした初の歴史小説〝The Judgment〟が出版されています。

本書は、そのシリーズ名のとおり、サラ・ウェストンを主人公とした冒険ミステリー小説です。ケンブリッジ大学の考古学者であるサラは、エチオピアのアクスムで発掘作業をしていたときに、たまたま洞窟の中に封印された墓を見つけます。そこに埋葬されていた遺体は謎だらけで、しかも洞窟の壁には古代の言語で不思議な碑文が刻まれていました。サラは、コンサルタントとして派遣されてきた文化人類学者ダニエル・マディガンとともに、謎の解明に乗り出します。やがて、驚くべき真実が明らかに……。

まるで『ダ・ヴィンチ・コード』と『インディ・ジョーンズ』と『イングリッシュ・ペイシェント』を合わせたような、神秘的で叙情的でスリリングな作品を、ぜひお楽しみください。

十人目の聖人

2016年10月25日　初版発行

著　者　D.J.ニコ
訳　者　市ノ瀬美麗
（翻訳協力：株式会社トランネット）
装　丁　杉本欣右
発行人　長嶋うつぎ
発　行　株式会社オークラ出版
〒153-0051　東京都目黒区上目黒1-18-6　NMビル
営　業　TEL：03-3792-2411　FAX：03-3793-7048
編　集　TEL：03-3793-8012　FAX：03-5722-7626
郵便振替　00170-7-581612（加入者名：オークランド）
印　刷　図書印刷株式会社

定価はカバーに表示してあります。
乱丁・落丁はお取り替えいたします。当社営業部までお送りください。

ISBN978-4-7755-2599-9